バルザック

山田登世子＝訳・解説

風俗のパトロジー

新版

新版序　今福龍太　町田康
青柳いづみこ

藤原書店

BALZAC

PATHOLOGIE DE LA VIE SOCIALE

1839

〈本書を推す〉

バルザックとともに呼吸する文体

今福龍太

十九世紀前半のフランスの知は、途方もなく魅力的で逸脱的な「学問」のスタイルを持っていた。ブリア＝サヴァランの食の哲学的エセーとして優美かつ徹底的にマニアックな『美味礼賛』（一八二五）の原題は「味覚の生理学」。そして生のエレガンスと歩行所作と興奮剤を扱ったバルザックの本書『風俗のパトロジー』（一八三九）の原題は「社会生活の病理学」。およそ、今日の範疇では「学問」的著作とは考えられないスタイルで書かれたテクストに、「生理学」とか「病理学」とかいったいかめしいタイトルがついていることは、しかし決して読者へのこけおどしでもなければ、権威への阿りでもなく、ましてや正統的学問の生真面目さへの皮肉でもない。この時代、まだいまのわれわれが考えるような「学問」の生硬な几帳面さへの固執など、じつは存在しなかったのである。なんと自由な知と振舞いにあふれた社会だったろう。洗練された知、奥深い生命の吐露は、新聞の三文記事からも、諷刺小説からも、手紙からも生まれた。あらゆる種類の人間が屯するところこそ、知の泉だった。バルザックの九一篇の小説群『人間喜劇』はその泉から至高の水を汲み取った最高の成果である。

本書を読めば、いまのわれわれの狭い「学問」への硬直した思い込みは痛快なまでに吹き飛んでしまうことだろう。バルザックに戻りさえすれば、学問がいかに破天荒な自由を持っていたかを衝撃とともに発見するからである。しかもその直観的な精緻さにも。なおも、こんなものは「病理学《パトロジー》」とは何の関係もない、と専門領域にこだわりながら抵抗する者は、そもそも個々の学問領域を指す言葉自体が、無限定な知の躍動を「大学」というような権威的閉鎖世界のなかに囲い込み、飼いならし、独占するための詭計にすぎなかったことへの無知をさらけだすことになる。

　バルザックもいうように、彼は「よろずの学問」「宏大な学問」を指向した。それこそが知の圧倒的な領土なのだった。しかもそれは「優雅の学」と呼ぶべきエレガンスを湛えていなければならなかった。覚醒した理性への働きかけだけに終わらず、それは人間の眠りすら統御する力を持っていた。表層的な気取ったファッションがかもしだす偽の優雅さ＝虚飾からはほど遠い、無意識すら包み込むエレガンスこそが生の源泉なのだった。

「歩行」についての哲学はあまたあれど、「いかに歩くか」をここまで微細に分節しつつ、その優美さを画定したものはないだろう。バルザックが注目するのは、生きて動いている身体の生き生きとした姿であり、身体の繊細なニュアンスである。硬直やぎこちなさからすっかり解放された、まろやかな動きにこそエレガンスがある。そうした身体は、人生で過ちをくり返していても（いやくり返しているからこそ）深く美しいのである。いや美醜を超越する真実を抱えているのである。

　バルザックが語る「身体が動いている時には、表情は動くべからず」という公理はとても面白い。私はすぐに、バルザックがもし「映画」という芸術形式を知っていたなら、と、ありえない妄想を抱いてしまう。バルザックの死後四〇年以上もたった十九世紀の末に発明された映画こそ、ある意味で、人間の「歩き方《デマルシュ》」démarche を記録・再現して見せる至高の芸術であり「学問」だったのではないだろうか。バルザックなら、バスター・キートンのサイレント映画を観て、ひたすら歩き走り逃げるキートンの身体思想とあの「偉大なる《グレイト・》無表情《ストーン・フェイス》」との合体に快哉を叫んだにちがいない。フェリーニ映画で酔いとともにぎこちなくも優雅に踊るマルチェロ・マストロヤンニの、過度な感情移入を排した演技に涙したにちがいない。

そして私の連想は二十世紀半ば、ブラジル内陸の川べりで洗濯する女たちの「足どり《デマルシュ》」へと導かれる。バイーア州、サン・フランシスコ川の水で洗濯した日常の衣服を頭に乗せて家路につく混血女たちの軽快なステップを、ボサノヴァの発明者ジョアン・ジルベルトが擬音語化して歌った歌「ビン・ボン」。その歩行の永遠の響きをもしバルザックが聴いたら、彼はここに人類の「完全なダンス」がある、と直観したのではないだろうか。身体のニュアンスが生み出す壮大な銀河を、時代を超えて、彼は発見したかもしれない。だがそう、いかなる者も、人生へと歩み出す第一歩とは、すなわち墓穴への第一歩でもある、というバルザックの究極の命題に、私たちの誰もが還らねばならないのだろう。そのような歩き方の宿命を抱いた人間喜劇への賛歌とは、奥深い苦渋や底なしの悲哀といつも境を接していた。

いまのわれわれが軽く「嗜好品」と呼んでしまうものも、バルザックにとっては「近代興奮剤」にほかならなかった。彼の「学問」の面目躍如たる表現である。酒も、砂糖も、カフェインも、「近代」という歴史的プロセスを「興奮＝昂奮」させたという意味で「近代興奮剤」なのだ。この、生命を磨り減らす快楽なるものの奥底を知る厳格な歴史学は、いまの心理学も精神分析学も植民地主義論もたどり着けない孤高の領野である。

バルザックは叡知と夢と諧謔とをもって、社会生活をめぐる風俗や物事を測り、分析しつづける。ヴァルター・ベンヤミンは、バルザックの普遍性をその著作における「生空間測量＝幾何学《ゲオメトリー》」の振舞いの独創性に求めた（ベンヤミン「バルザック」）。それは、カフカの『城』の「土地測量士」Kの振舞いにも通ずる。そこでは、狭義の学問的・科学的測量ではなく、体験的、自己投企的、さらにいえば自己摩滅的（自分の生を磨り減らすほどのという意味で）な生空間測量が、壮絶な覚悟とともに企図されているからである。バルザックは書いた。「放蕩を究める白痴《たわけ》坊主と知性人との絶妙なあいだに生まれる真の力」と。

最後に言っておかねばならない。なによりも本書の僥倖は、山田登世子という、バルザック的エレガンス精神、この真摯と諷刺の作法の奇蹟的な二十世紀的分身を訳者として得たことにほかならない、と。精緻な観察と批評の言語、そこにたゆたうスパイスの利いた、けれど優しさすら湛えた諧謔精神は、訳者山田登世子のものでもあった。本訳書の、著者との「共‐呼吸」とでもいうべき一体感に満ちあふれた文体が、それを証拠立てている。


（いまふく・りゅうた／文化人類学者）

〈本書を推す〉
人間はどのような事になってしまっているか

町田 康

人間は時代の影響をどれほど受けるのだろうか。画期的な発明、文明の進歩によって人間は根底から変わってしまうのだろうか。それは俺にはわからない。わからないけれども、例えば今から八百年くらい前に成立したとされる「宇治拾遺物語」とかを読んでいると、変わったなあ、と思う部分と、変わらんなあ、と思う部分がある。それはいずれも此の世や人間をどのように見るか、人の一生をどう捉えるか、という価値観、人生観、世界観のようなものなのだけれども、それにもふた色あるように俺なんかには見える。

どういう事かと言うと、人間の思惟や思弁でなんとかなる価値観と、そうしたものではどうにもならない欲に根ざした価値観、業のような、ナンヤラ観とか言って余裕かます感じではもはやないものとに分けられると思うである。

前者については八百年とかでなく、もっと短い周期で俺らは感じているようにも思う。っていうのは例えば、戦前、普通の人が普通に感じていたことや言っていたことを本で読んだり、浪曲や映画で見たり聞いたりすると、「同じ日本人でもえらい変わったんやなあ」と思うし、更に言うと、昭和三十年代後半の生まれである俺からすると、この十年くらいで世の中の気配は随分と変わったような気がするし、そういう自分も知らぬ間に時代の影響を受け、考えることが随分と変わった気がする。

それについて、賢い人なら、その原因や理由を専門的な立場から、或いは直感的に言い当てることができるのでしょうよ。そしてこれからどうしていったらよいかの提言もできるのでしょうよ。だけど俺はアホのボンクラだからそれができない。だけど別に悲しくない。

なぜなら右に言ったように、後者の、観ならぬ業、のようなものがあると感じるからである。

それは例えば卑近な例で言うと、この十年か二十年か知らんけれど、兎に角、昔はなかったスマートホンというものによって個人が多くの情報をきわめて簡単に得ることができるようになり、それどころか以前はただただ流布される情報を受け止めるのみであった民衆が自ら情報を発信できるようになって、人の行動や価値観がいみじく変化したとか、そんな事はそれは確かにあるのでしょうよ。だけどそれは表面上のことで、じゃあその根底にナニがあるかというと、昔から変わらず人間の基底にある宿業のようなものがあってそれがなにかというと、マアはっきり言って犬や猫とあまり変わらない生存戦略に過ぎないようにも思われる。つまりそれはせいぜい人間的に言えば、「楽して金を儲けたい」「楽して生きていきたい」「得したい」「快楽を貪りたい」だろうし、あからさまに言えば、「女に（男に）持てたい」という事であろう。その為に男は金や権力や才能を見せびらかしたいし、女は男を魅惑・魅了する身体を見せびらかしたい。って言うか、それが成功しているか失敗しているかは兎も角として実際に見せびらかしている。

なーんてな事を言うと、それについて様々の立場から批判する人があるのも、この十年くらいの間に始まったことで、価値観の変化の一例である。それ故、「そういう批判をする際、それは昭和の価値観であって令和の今となっては通用しない」みたいな事を仰る。だけどその根底には人の基底にある、他を打ち負かして優位に立ちたい、という衝動があり、イズムというものは、人間の意思それをコーティングする、言わば衣服のようなものに過ぎない、と俺なんかは思うのである。

もちろん衣服にはハイブランドの服もあればファストファッションもあり、高かったり安かったりそれをデザインする人が居るかと思うと、収入に応じてそれを買わされる側の人も居る。だから、それを、善きもの、と思わせる人と思わされている人があるのだが、いくら思わせる側だからといって全裸で往来することはできず、そういう人だつてなんらかの衣服を着ているでせう、と云う事を申しあげているのである。

てな事を考えたのはバルザックの『風俗のパトロジー』を読んだからである。これは人間がどのように生きるべきか、について書いている振りをしながら、どのように生きるべきか、に拘泥すると見えなくなる、どのような事になってしまっているか、を詳細に描いている点で、ここで大事なのは、絶対王制にムカついた民衆が「おまえらだけがええ目すな」と怒って、平等な感じにしようとして服を着替えたのだけれども、それにしたって服は服なので、新しく支配層になったそいつらはそいつらで自分らだけ贅沢な服を着始めた。なぜなら人は皆いずれ滅する個別の身体を持っているから、という認識に基づいているという点で、それ故、人間の変わっていないところが書かれ、それによって、こんだ逆に衣服の真の用い方について学ぶことができると俺なんかは思う。

問題はこれを読み、衣服を脱ぎ捨てた人間の姿を読むと、わりかし虚無的な気分になってしまうかも知れないという点だが、しかしだからと言って「社会」を出て「自然」になることは俺らは絶対にできない。だから大丈夫。虚無的になるだけで虚無にはならん、と笑って読めばよいと俺なんかは思った。

（まちだ・こう／作家）

〈本書を推す〉
バルザックとの新たな冒険

青柳いづみこ

山田登世子さんが翻訳されたバルザック『風俗のパトロジー』を読んでいると、なんとなくポーの『息の喪失』や『使い切った男』の語り口を思い浮かべる。

たとえば、『歩きかたの理論』のきっかけとなったという馬車のシーン。群衆の中に友人をみかけた男が身を乗り出した瞬間、「神様と人間だけが知っているあの秘密の決定因の一つが働いて、その友達が二、三歩動いたのだ。くだんの男は、手を差し伸べたまま馬車からもんどり落ち、やっとのことで壁に手をついた」。

その様子を見ていたバルザックは、あれこれ想をめぐらせた結果、「生命流体の消失」に行き当たる。『近代興奮剤考』で無水コーヒーをすきっ腹に飲んだとき生体に起きる現象を舌なめずりしながら描写するくだりも、ポーそっくりだなあと思ってしまう。

もちろんこれは順序が逆で、出版年からすれば、ポーの方がバルザックに似ているのだ。ポーの詩や怪奇小説の仏訳を通じて象徴派詩人たちの間にポー旋風を巻き起こしたボードレールも、『リジア』や『モレイラ』と『ルイ・ランベール』や『セラフィタ』の類似に言及している。ボードレール自身、若き日にはバルザックに傾倒し、『ベアトリックス』に着想を得た小説『ラ・ファンファルロ』を発表している。

若き日にバルザックのほぼ全作品を読破したと伝えられるドビュッシーは、これまたポーの影響が色濃いメーテルリンク『ペレアスとメリザンド』でオペラを書いたあと、『ラ・グランド・ブルテッシュ』のオペラ化を模索した時期があった。舞台となる荒れ果てた屋敷には、ポーの『アッシャー家の崩壊』のお城を思わせる「大きな亀裂」が走っている。誇り高いフランス貴族が姦通した妻を罰するためスペイン人の間男を生きたまま壁に塗り込めてしまうストーリーも『黒猫』を連想させるが、『ブルテッシュ』が書かれたのは一八三二年、『アッシャー家』は三九年、『黒猫』は四三年。

ドビュッシーの友人の詩人ピエール・ルイスは、バルザックの『娼婦の栄光と悲惨』のエステル・ゴプセックをモデルに『偽のエステル』というパロディ小説を書いている。ドビュッシーはこの作品をもとに『エステルと狂人の家』という戯曲を試作しており、「狂人の家」の住民には『アッシャー家』の主人公ロデリックの名も見える。

ボードレールが翻訳・導入したポーの作品は、マラルメやリラダン、ユイスマンス、ジッド、ヴァレリーら象徴派・デカダン派の詩人・作家に大きな影響を与えた。彼らの仲間うちにいたドビュッシーも例外ではなく、『鐘楼の悪魔』や『アッシャー家の崩壊』の音楽化を企てた。後輩のラヴェルもまた、ポーの『構成の原理』を作曲語法に応用しようと試みている。

十九世紀末にパリの文壇・楽壇双方に伝搬したポー旋風の源流にバルザックがいるというのは、本当に驚嘆すべきことではないか。

『風俗のパトロジー』は、山田登世子さんの翻訳デビュー作だという。登世子さんの死後、ご主人の鋭夫さんが編纂された『月の別れ』には、新評論編集長時代に本作を出版された藤原良雄さん（現藤原書店社長）の思い出話が掲載されている。一九八〇年初秋、かねてから親交のあった鋭夫さんにすすめられるまま山田さんのお宅を訪ねた藤原さんは、登世子さんと大きな包みに出会った。包みの中身は、すでに翻訳が終了した『風俗のパトロジー』（原題は『社会生活の病理学』）の手書き原稿だった。

登世子さんは私の四歳年長（早生まれなので学年は五つ上）だが、私の時代でも翻訳は師事した先生の下訳からはじまり、先生の名前、または共著の形で出版されるのが普通だった。まったくの新人がいきなり大バルザックの翻訳書を刊行する……最初から直球勝負の登世子さんも見事だが、それを受け止めた藤原さんのアシストもまた見事だった。

大型のA５判で下を大きくあけ、関連の図版や注を入れる。読んでいるページでイメージが沸き、巻末に行かずとも派生情報を得ることができる。この形は、この分野では初の試みだったという。

一九八二年の刊行だが、訳文はリズムが良く、疾走するバルザックの思考と同じぐらいのテンポで一気に駆け抜ける。時折はめこまれるカタカナも新鮮で、二十一世紀のマインドにもまっすぐ飛び込んでくる。

四二年のときを経て三回目の刊行。ここから、登世子さんとバルザックの新たな冒険が始まるような気がして、わくわくしている。

（あおやぎ・いづみこ／ピアニスト・文筆家）

バルザック

風俗のパトロジー〈新版〉

目次

風俗のパトロジー〈新版〉

優雅な生活論

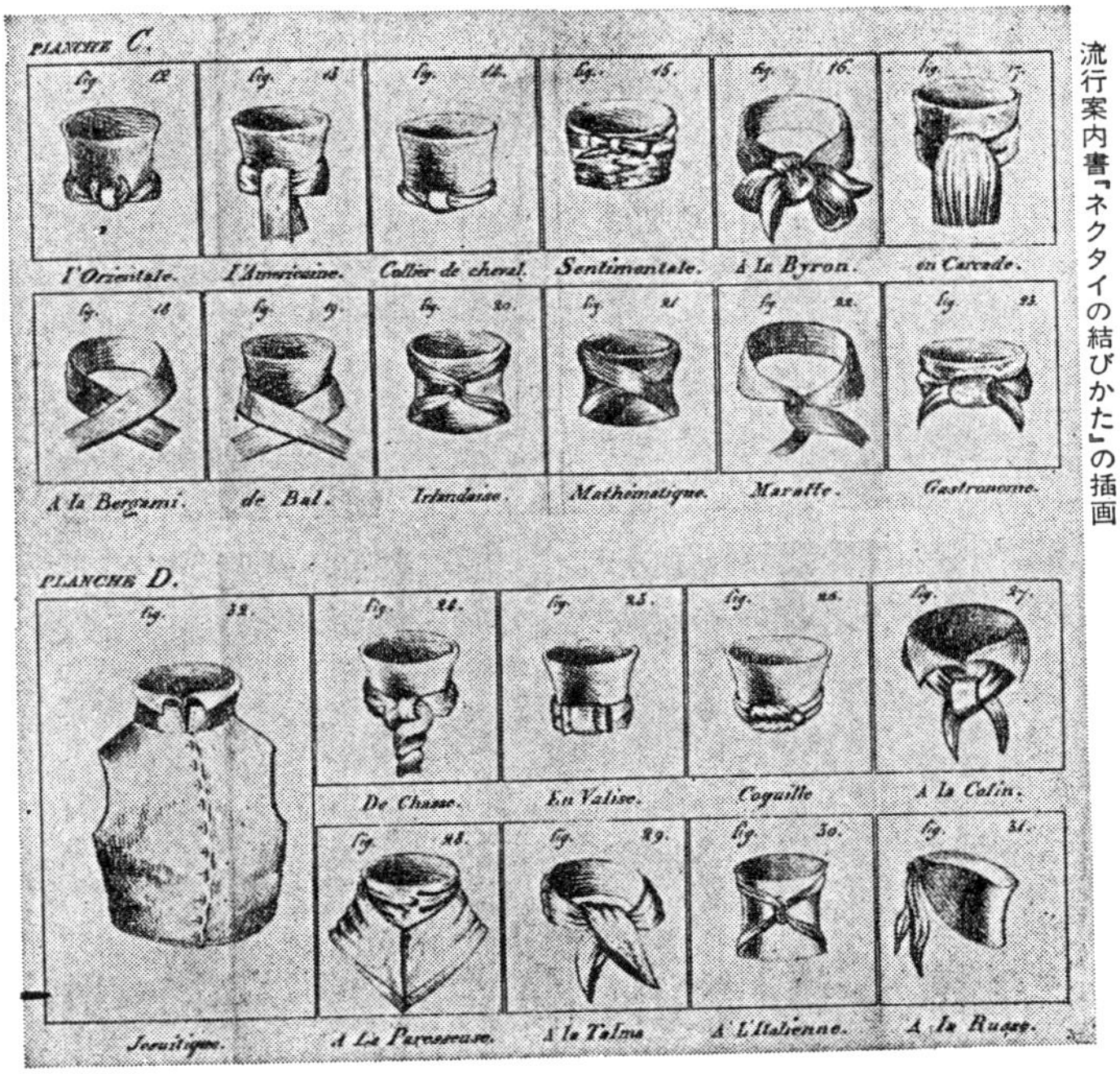

流行案内書『ネクタイの結びかた』の插画

第一部 総論

「精神ハ物質ヲ動カス」 ——ヴェルギリウス

「ステッキの持ち方ひとつに、その人の精神があらわれる」 ——洒落者

ダンディ姿のバルザック

第一章　序説

文明は人間を大きく三つに分けた……。統計学者Ch・デュパン氏(1)にならってこの三つを色分けしようと思えば造作もないが、いやしくもキリスト教哲学の本を書こうかというのに、はったりは禁物だろう。代数のxをもちこんだうえに色まで使ったりしないで、わかりやすく優雅な生活の奥義を説いていくことにしよう。そうすれば、いまだに折返しつき長靴なんぞを履いていらっしゃる優雅の敵諸君にもよく御理解いただけるにちがいない。

さて、現代社会がつくりだした三階級とは次の三つである。

労働する人間
思考する人間
何もしない人間

ここから三種の生活形態が生まれてくる。**ボエーム**☆の詩情あふれる放浪の物語から、立憲君主国の王様の眠たくなるほど退屈な話にいたるまで、あらゆる生活は次の三つのどれかで表される。

暇なし生活
芸術家の生活
優雅な生活

(1) **シャルル・デュパン**（1784〜1873）政治家、数学者。当時としては全く新しい統計学を手がけ、二色色分けのフランス地図を用いた統計地理学の著作で名高い。

☆傍点は原文イタリック。以下同様。

第一節　暇なし生活について

暇なし生活というのはどれを取っても似たり寄ったり。汗水たらして労働に精を出す人達は一生を棒に振るようなものだ。まるまる一個の道具に成り下ってしまうのだから。精いっぱい同胞愛を発揮してみても、せいぜい彼らの残した仕事に感心するのが関の山。うず高く積み上げられた石の山などを眼にすると、よくもまあと感動に打たれはするけれど、ふとその石を積み上げた人々のことが浮かんでも、憐憫の情がこみあげるだけである。せめて建築家なら偉大な思想家と思わないでもないが、その下で働いた労働者なんて、もはや巻揚機の類と同じこと、手押車やシャベル、ツルハシと一緒にされてしまう。

これではあんまりだろうか。いや、労働に駆り集められた人々は蒸気機関と一緒で形もそっくり同じ、個性的なところがまるでない。こうした道具人間は、社会からみればゼロに等しく、どれほど足したところで何かある数字を頭にもってこないかぎり決して数にはならないであろう。

農夫、石工、兵士といった連中はもともと同一の大衆、同一の集団に属し、形も同じ断片、部分でしかなく、つまりは同一の道具であって柄が違っているだけである。彼らは太陽と共に寝起きする。農夫と石工は鶏の声で目を覚まし、兵士は起床ラッパで目を覚ます。兵士にあてがわれるのは革の半ズボンと二オーヌの青い兵隊服地と長靴、農夫と石工には、そこらへんにあるぼろ着。いずれ劣らずごく粗末な食料が与えられる。漆喰を打つか人間を撃つか、隠元豆を刈りとるかサーベルで斬りとられるか、それが春夏秋冬変らぬ彼らの仕事である。こうした連中にとって労働とは死ぬが死ぬまで答えのわからぬ謎のようなものだ。たいてい彼らは辛い仕事づくめの一生の御褒美に小さな木のベンチを買入れる。茅屋の戸口の埃だらけのニワトコの下でそのベンチに座っていれば、どこかの屋敷の従僕に、「じいさん、あっちへ行くんだ。貧乏人にお恵みがあるのは月曜だけだよ」などと言われなくてもすむ。

こうした貧しい人々にとって人生とは行きつくところパンの櫃にパンがあるかないかであり、お洒落とはぼろの入った長持のことである。

小売商、下士官、書記などは暇なし生活のなかでもまだましな部類。むろん彼らの生活とてまだまだ卑賤の域を出ない。相も変らぬ労働、相も変らぬ巻揚機だ。ただそのメカニスムが少々複雑になり、歯車に知性のかけらが挟まっただけである。

こうした連中の頭では、仕立屋といえば芸術家どころか恐ろしい請求書のことだ。近頃はやりの替えカラーを豪盛にはずんでみたのはいいけれど、そんなお洒落に気が咎め、借金しただけなのに盗みでも働いたように思いこむ。連中にとって馬車といえば、普段なら辻馬車、冠婚葬祭の折なら貸馬車と決まっている。

人夫風情のようにあくせく貯めてやっと老後の衣食を確保するほどではないにしても、彼ら働き蜂の一生の夢もほとんど似たようなもの。ブーシュラ街そこらで五階の寒々とした一間にありつけるのが精々だ。そして女房には縁なし帽《カポット》と生成り木綿の手袋、亭主には灰色の帽子ひとつとたまに一口のコーヒー、子供はサン＝ドニの女子寄宿学校に入れるか、でなければ僅かでも学資を出してやるか。そして家族全員に、週に二度は霜ふりのゆで肉。

●縁なし帽をかぶった下層の婦人

全くのゼロではないけれど整数ともいえないこの人々はたぶん小数であろう。

この苦悩の市では、(2)人生とはつまるところ年金を得るか、公債の一つでも買うかに尽き、優雅といえば房飾りのついたカーテン、舟型ベッド、ほや付ランプ等のこと。

暇なし生活をおくる人々は、大帆船の帆綱の上の見習水夫よろしく平衡をとりながら、社会の梯子をよじ登る。その梯子をさらに何段か登ってみると、お眼にかかるのは医者、司祭、弁護士、公証人、下級司法官、卸売商、田舎貴族、官吏、佐官、等々の連中。

この人々は素晴らしく良く出来た機械である。ポンプ、チェーン、ハンドルをはじめ、歯車の一つひとつに至るまで念入りに磨かれ、調整ゆきとどき、油をさされて、刺繡入りの立派な覆いの下で回転している。しかし彼らの生活も動きづくめの生活であるに変りなく、まだまだ自由にものを考えて創造力を発揮するには遠い。この紳士たちは毎日毎日備忘録に書きこんだ場所にあちこち足を運ばねばならない。この手帳が、その昔学校で彼らを苦しめたあの学監の代わりを果たすのであって、自分はなにか専制君主よりはるかに気紛れで恩知らずな誰かに仕える奴隷なのだと始終思い知らされるのだ。

この人々がやっと隠居の身になる頃には、流行のセンスなどとっくに消え失せてしまっている。いまさら優雅などと言ってももう遅い。その証拠に連中の乗る馬車ときたら、ステップが外に突き出た型の馬車か、でなければ、質素で知られるあのポルタル博士の馬車よろしきオンボロ馬車。相も変らずカシミア織りを有難がるし、妻君たちは、やれ首飾りだ耳飾りだのとかざりたてる。こうした贅沢は決まって貯金代わりなのだ。家の調度はすべて金目のもの、門衛所には、わざわざ「御用の向きは門番に申しつけられたし」などと

(2) ダンテの『神曲』地獄篇、第三歌より。

数だろう。

書いてある。この連中は、社会総数のなかで数は数にちがいないけれど、せいぜい一桁の

この階級のなかで出世すれば、人生は行きつくところ男爵の称号、優雅は麗々しい羽飾りのお仕着せを着た下僕か、フェドー座の桟敷かといったところ。

暇なし生活は、これにて終了。高官、高位聖職者、将軍、大地主、大臣、従僕*、王侯たちは有閑人に属し、優雅な生活を送る人々である。

社会を解剖してみると、結果はごらんのとおり嘆かわしい。解剖を終えた哲学者は、互いに偏見を抱きながら蛇のように避け合って暮らしている人々の姿にすっかり嫌気がさして思わず呟かずにはいられない。「何も私が好きでこんな国民をつくったわけではないけれど、これがあるがままの国民なのだから……」

以上のように社会を広く眺め渡してみると、手はじめに掲げる格言がよくおわかりいただけるだろう。

*原注　従僕は優雅な生活に必要不可欠な一種の付属品である。

格言《アフォリスム》

1

文明人、野蛮人を問わず、人生の目的は休息にある。

2

全くの休息は憂鬱を生む。

3

優雅な生活とは、大きく言って休息を楽しくする術をいう。

4

つねひごろ労働に勤しんでいる者には優雅な生活がわからない。

5

派生命題——いやしくも上流人士なら休息を享受しなければならない。それも、労働の経験なしに。言いかえれば富くじを引き当てるか、百万長者の息子に生まれるか、王侯であるか、閑職または名誉職に就いているか、いずれかでなければ。

第二節　芸術家の生活について

芸術家は例外である。芸術家にとっては閑暇が労働であり、労働が休息なのだから。芸術家はお洒落をするかと思えば、また服装などからきし無頓着ときている。気の向くままに作業服を着たり、最新流行の燕尾服で決めてみたり。規則に従わず、規則を創りだすのが芸術家なのだ。ひたすら無為に過ごすかと思うと、何もしていないようでいて実は大作の想を練っていることもある。ある時は木轡をつけたみすぼらしい馬に乗り、ある時には颯爽と幌付四輪馬車《ブリッカ》を乗りまわす。懐に二十五サンチームもないかと思えば、また時には羽振りよく金をまき散らす。何をしようと芸術家はつねに偉大な思想家であって、社会を支配するのである。

イギリスの政治家ピール氏がシャトーブリアン子爵を訪ねた折のこと。通された書斎を見まわすと、家具はすべて柏材で出来ていた。シャトーブリアン氏より三十倍も裕福な大臣はそのとき目から鱗が落ちた思いであった。イギリスにはそこらじゅう純金、純銀の家具調度が溢れているけれど、とてもこの質素な調度には及ばないと感じ入ったのである。

芸術家はつねに偉大である。自分だけのお洒落、自分だけの生活をもっていて、何をしようと彼ならではの知性と栄光が輝くのだ。だから芸術家の数と同じ数だけ、独自な思想に輝く生活があることになる。もとより流行など意に介さないのが芸術家。人の支配を寄せつけず、何事も自分の思うがままに操ってみせる。好きこのんで醜い人間を扱ってみたりするのも、自分の手にかけて創りかえてみせようというのである。

以上に述べたことから、ヨーロッパ風の格言が出来上る。

6

芸術家は自分の好きなように……またはやれるように生きる。

第三節　優雅な生活について

ここで優雅な生活の定義を忘れるようではこの論考も片輪になってしまうだろう。定義のない論考は両脚を斬り落された陸軍大佐も同じで、おいそれと前に進めない。定義するとは要約することだから、以下に要約することにしよう。

定　義

優雅な生活とは外面的、物的に洗練された生活のことである。
または、
いかにも才人らしく収入を使う術《アール》である。
あるいはまた、
他人と同じようには何事も為さずして、しかも他人と同じようにすべてを為したかに見せる学問である。
いや、もっと上手に言えば、
身のまわりにある品々をすべて優雅なもの、趣味良きものにしてゆくこと。
より論理的には、
財産を上手にひけらかす方法である。
われらが畏友A－Z(3)に言わせれば、

(3) **A－Z**　初稿ではE・Gになっており、明らかにこれは『ラ・モード』の編集長エミール・ド・ジラルダン（1806～1881）を指している。ジラルダンは次々と大衆紙を創刊して近代ジャーナリズムに道を拓いた人物で、バルザックとも交友があった。

事物に貴族性をもたせることであるとか。

経済学者P‐T・スミス[4]によれば、

優雅な生活は産業振興の原理である。

教育学者ジャコト氏[5]によれば、

今さら優雅な生活を論じるまでもないとのこと。すべて『テレマック』に論じつくされていると言う（『テレマック』に登場するサラントの国を見られたし[6]）。

哲学者クーザン[7]の弁によれば、高度な思想に照らした優雅な生活とは、

理性の鍛練であって、これには必ず感覚、想像力、心情の鍛練が伴う。こうして鍛えられた理性が本能的な直観や動物的な直覚に滲透してゆけば自ずと生活は理性の色に染まってゆく（『哲学史講義』四十四ページ参照。もっともこの難解な文章が本当に優雅な生活のことを述べているのかどうか、それは知りませんが）。

サン＝シモンの教義に照らせば、

優雅な生活こそおよそ社会が罹る最大の病いにちがいない。なにしろサン＝シモン主義の原理からすれば、大財産とはこれすなわち盗みなのだから。

かの傑物ショドリュック[8]によれば、

優雅な生活とは愚にもつかぬこと、たわ言の寄せ集めであるとか。

優雅な生活は確かに以上の定義のいずれにも該当する。結局どれもみな前掲の格言3と同じことを遠まわしに言っているのだから。けれども優雅な生活にはさらに重要な問題が

（4）プレイヤード版の訳注はむしろこれはアダム・スミスではないかと推測している。

（5）**ジャコト**（1770〜1840）万人の知性の同等性を唱え、ジャコト式と呼ばれる独自な教育法を提唱したので知られる。

（6）『テレマックの冒険』はフェヌロン（1651〜1715）が王太子に王たるものの心得を説くために書いた教育小説で、「サラント」はそこに登場する理想郷。

（7）**クーザン**（1792〜1867）折衷主義学派を創始した哲学者。なおバルザックの『哲学史講義』の引用はやや不正確である。

（8）**ショドリュック** 陸軍大尉。弊衣破帽、風変わりな風体でパレ＝ロワイヤル広場を徘徊し、当世版ディオゲネスとして人々の耳目を集めた人物。

ひそんでいる。要約法をはずさぬよう、順次述べていくことにしよう。

国民が一人残らず金持になる政治などというのは夢の話。国民は、生産する人々と消費する人々と、どうしても二つに分かれてしまう。種を蒔き、苗を植え、水をやり、刈り入れをする方の人々が、必ず食べ分が少ないというのは一体どういうわけだろうか。さほど難しい謎でもないのに、こうした事態をあたかも大いなる天の摂理であるかのように考えたがる人々が多い。人類の歩んできた道が結局どこに行きついたか、それを明らかにしてゆけばきっとこの謎も解けるだろう。さしあたっては貴族主義と非難されるのは覚悟のうえで率直にこう答えておきたい。牡蠣が自分の運命を神様に抗議してみても始まらないのと同じことで、社会の最下層に生きる人々も自分の運命をとやかく言う権利はないのだと。

この答えはなかなか哲学的だしキリスト教的でもある。立憲憲章《シャルト》(9)とは何か、少しでも深く考えたことのある方々なら一挙に謎が解けたのではないだろうか。勝手ながらそういう方々だけを読者にして先を続けさせていただこう。

社会あってこのかたつねに政治とは、つまるところ金持同士が貧乏人に対抗するために勝手に取り決めた安全保障契約であった。一方には全てを他方には無を、というこのいわゆるモンゴメリー式分配は、国民の間に闘争をひきおこし、社会に生きる一人ひとりの胸に立身出世の情熱を呼び覚ます。この情熱こそ他のもろもろの野心の原型とも言うべきもの。苦しめられ虐げられる側には属したくないという欲求あればこそ、世に貴族が生まれ、貴族階級が生まれ、高位高官、廷臣、寵姫、等々が生まれてくるのだから。

けれどもこの情熱は一種熱病にも似ていて、何を見ても宝棒(10)に見えてくるし、宝棒を登

(9) **立憲憲章** 一八一四年、王政復古にともないルイ十八世が欽定した憲章。一八三〇年の七月革命により、世襲王権を定めた条項を削除するなど一部修正が加えられたが、要するに貴族と上層ブルジョアジーの利益を図った憲法で、七月王政下のフランス社会の基本的な枠組を示している。

(10) **宝棒** 祭りの時などの遊びの一つで、つるつる滑る高い棒の先に賞品をつるし、競争しながらそれを取りに登るゲーム。なおここのくだりはクルクシャンクの諷刺画(図参照)を念頭に入れて書かれたものであろう。

●「宝棒または同盟国に支えられたルイ十八世」

りながら、自分はまだまだ下の方だ、まだ半分のところまでしか来ていないなどと思い患うことにもなる。おかげで自尊心はむやみにふくれあがり、虚栄心も煽りたてられた。ところでこの虚栄心というのは何とかして毎日毎日着飾ってみせたいという欲求以外の何ものでもないから、誰もが自分の権勢のしるしに何か表徴を身につけたいと望むようになってきた。それがあれば、自分は大きな宝棒の上の方にいるのだぞと通る人ごとに教えることができようし、現に王様もその宝棒の頂上に鎮座ましまして権力をかざしているではないか。という次第でこれまでにもさまざまな物的表徴が次々と生まれてきたのであった。家紋、仕着せ、垂れ頭巾、長髪、風見、赤いハイヒール、僧帽、鳩舎、教会の椅子蒲団、嗅ぎ香、称号、綬《じゅ》、冠、つけぼくろ、紅、王冠、とんがり靴、法官帽、ガウン、毛皮模様の紋章、緋衣、拍車、等々。(11) こうした物的表徴は、その人にどれほど暇があり、どれほど勝手な気まぐれを満足させられるか、人間や金銭や思想や労役をどれほど恣《ほしいまま》にできるかを表していた。通行人もこれを一目見さえすれば、その人が有閑人か労働者か、数に数えられるのかゼロなのか、見わけがついたのである。

ところが、十四世紀の長きにわたって創りあげられてきたこれらの衣冠束帯を、突如として大革命が力づくでひき剝がし、すべて唯の紙幣に変えてしまった。とたんに、国を揺るがしかねない大いなる災いの一つが巻きおこり、猛威をふるい始めた。暇なし人間たちが、自分たちだけ働かされるのはもうごめんだと言い始め、ぬくぬくと閑暇を楽しむより他に芸のない哀れな金持連にむかって、今後は苦労も利益も自分たちと対等に分かち合ってもらおうと言い出したのだ！……。

(11)「垂れ頭布」は中世から十六世紀まで男女に用いられた被りもので、ことに垂れの長い頭布は身分の高い婦人が用いた。「風見」は、貴族の館だけに特定の型の風見が許された。同様に塔式の「鳩舎」も貴族だけが備えることができた。「赤いハイヒール」は宮廷人の履き物。「教会の椅子蒲団」も一部の特権階級に使用されたもの。「つけぼくろ」は十七世紀にイタリアから貴婦人の間に伝わった風習。「とんがり靴」は十四世紀から十五世紀にかけてポーランドから伝わった。「拍車」は騎士階級の一部だけに許された特権。

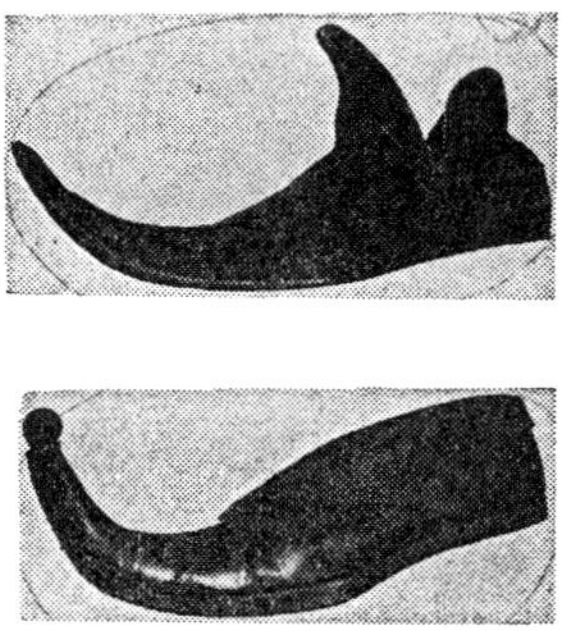

●十四、五世紀に用いられたとんがり靴

世界中がこの闘いを見守っていた。ところが驚いたことに、あれほど新体制に御執心だった当の暇なし人間たちが、自ら有閑人に成り上るや否や、手のひらを返すように、こんな体制は破壊的で危険で不都合でよろしくないと非を鳴らしはじめ、こんなものは廃止しようと決めてしまったのである。

というわけで、これを境に社会は再編成された。男爵、伯爵が復活し、再び勲章が現れ、かつては美々しい家紋が貧乏人に向かって言ったのと同じことを、今度は羽飾りの帽子が知らしめることになった。いわく、サタンヨ、退ケ！[12]☆……「ひかえい、平民ども！……」いとも哲学的なフランスは、こうして最後の試練を経て、これまで国を支えてきた旧体制のよろしさ、有難さ、安全性を改めて再確認し、何人かの戦士に率いられるまま進んで三位一体の原理に立ち戻ったのだ。この原理あればこそ世に谷や山があり、柏もあれば禾本科植物もあるというわけである。

こうしてキリスト紀元一八〇四年、紀元一一二〇年における同様[13]、世に広く認められたのであった。同胞を見渡しながら次のように呟くのは、男女を問わず欣快にたえぬことだと。いわく「私はあの人達の上にいる。私は彼らを威圧し、保護し、支配している。私が彼らを威圧し保護し支配していることは、誰が見ても一目瞭然だ。他人を威圧し保護し支配している人間は、話しかた、食べかた、歩きかた、飲みかた、眠りかた、咳のしかた、服の着かた、遊びかた、どれ一つとっても、人に威圧され保護され支配されている人間とは違っているのだから」

こうして「優雅な生活」が出現したのである！……

(12) マタイ伝第四章。

☆カタカナの文または句は原文ラテン語。以下同様。

(13) 一八〇四年はナポレオン帝政成立の年。一一二〇年は特に何かの歴史的事件があった年ではなく、いにしえの封建時代を指している。

たちまち、「優雅な生活」は世に拡まった。ぴちぴちしていてフレッシュで、成熟しながら若々しく、つんと澄ましてめかしこんだ「優雅な生活」は、たちまち世に迎えられて磨きをかけられ、いっそう大きくなり、方々で生命を吹きこまれながら拡まっていった。それもこれもすべては例の、「私は人を威圧し、保護し……云々」という、すばらしく道徳的、宗教的、君主的、文学的、立憲的、利己的なひとり言のおかげ。

それというのも才能と権力と金に恵まれた人々が行動したり生活したりする原理は、そんじょそこらのありふれた生活の原理と断じて同じかろうはずがないのだ。

しかも誰だってありふれた人間にはなりたくない！……

だから優雅な生活はそもそも立居振舞の学問なのである。

いまや問題は十分に要約されたようである。すみからすみまで明瞭で、かの名議長S・S・ラヴエ伯爵が議員任期七年に改まった初の国会に提出した議案かと思うほど。

とはいうものの、優雅な生活はいったいどんな人種に始まるのだろう。有閑人なら誰でもその原理を身につけることができるのだろうか。

次に掲げる二つの格言はあらゆる疑問を氷解させるにちがいないし、これから述べる流行論の出発点にもなるだろう。

7

優雅な生活をおくろうというなら、さっそうと軽二輪馬車《ティルバリー》を乗りこなす名騎手でなければ完璧とはいえない。

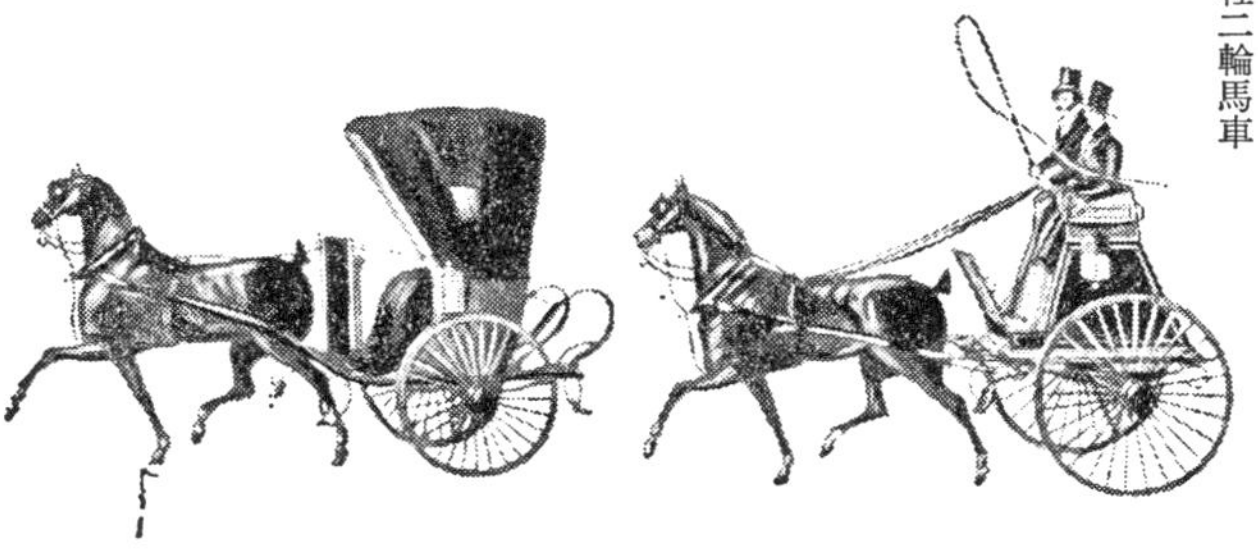

●軽二輪馬車

金持になったり金持に生まれたからといって優雅な生活をおくれるとは限らない。優雅な生活の感覚がそなわっていなければ。

つとにアテナイの政治家ソロンも言ったではないか。汝、君主たるすべを知らぬなら、君主になることなかれ、と。

第二章　優雅な生活の感覚《センス》について

優雅な生活の感覚《センス》を身につけるには、社会の進歩をよくのみこんでいなければならない。こうした生活様式は、はやくも成年に達した若い政体が生みだした新しい人間関係、新しい欲求の表現ではないだろうか。だからこの感覚を皆にわからせ広くとりいれてもらうには、そもそも大革命からめぐりめぐって優雅な生活がどのように生まれてきたか、ぜひともその経緯を明らかにしてみなければならない。むかしは優雅な生活など存在しなかったのだ。

事実、いにしえの貴族は勝手気儘に暮らしていてもつねに特権階級にとどまっていた。ただし赤いヒールを履いたこの人種にも宮廷作法というのがあって、現代の流行に当たる役割を果たしていた。といってもこうした宮廷作法が生まれたのはたかだかカトリーヌ・

ド・メディシスの時代。イタリアから来た二人の女王が、洗練された贅沢や優雅な立居振舞、化粧の妙をわが国に伝えたのである。カトリーヌは宮廷に礼儀作法を導き入れたり（『シャルル九世への手紙』を参照）、知性優れた人士を側近に召しかかえたりしたが、スペインから来た二人の女王(14)もこれを引継いだ。こうしてフランスの宮廷は、ムーアとイタリアが相次いで創出してきた雅びを受継ぎ、その審判者ともなっていったのである。

けれどもルイ十五世の時代までは、普通の貴族と宮廷貴族の相違といっても、せいぜいのところ、多少高価な胴衣だとか、履き口が広い装飾ブーツ、襞衿、髪に焚きしめる麝香、ある程度の新しい言葉づかいといったぐらいのものだった。それにこうした贅沢は純粋に個人的なもので宮廷中の皆がみな贅沢である必要は決してなかった。たいていは衣服なり馬車なりにたっぷり十万エキュもつぎこめば一生それで足りたのである。かたや地方貴族は、質素な身なりで通せたおかげで素晴らしい城館を造築することができた。今どきの金ではとうてい手の届かぬその壮麗さは今日の感嘆の的になっている。これにひきかえ宮廷貴族のなかには、服装に贅を凝らした挙句のはてに御婦人を二人と客に招けなかった者もいたにちがいない。大枚をはたいて手に入れたかのベンヴェヌート・チェッリーニ作の塩入れをテーブルに飾ったのはいいけれど、テーブルの周りには粗末なベンチしかない、といった光景もしばしばだった。

　生活の物質面から精神面に話を移せば、貴族は借金をしてもよし、居酒屋通いもよし、まともに書けず話せずでも一向に構わなかった。無知だろうが頓馬だろうが、人品を汚そうが馬鹿なことを言おうが、貴族であるのに変りはなかった。そのうえ刑吏も法律も、貴

(14) イタリアから来た二人の女王はカトリーヌ・ド・メディシスとマリー・ド・メディシスを指し、スペインから来た二人の女王はアンヌ・ドートリッシュとマリー・テレーズ・ドートリッシュを指す。

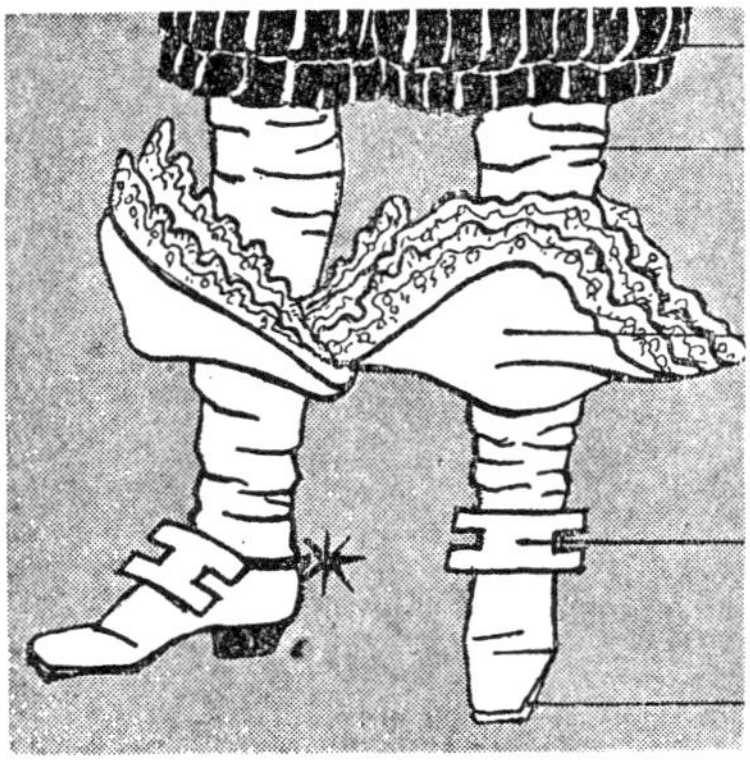
●十七世紀の宮廷人がはいた装飾ブーツ

族をありとあらゆる百姓権兵衛（これぞ暇なし人間の極めつき）の類から区別していた。貴族には絞首刑ではなく斬首刑が適用されたからである。あたかも貴族はフランスにおけるローマ市民のごとくであった。* 正真正銘の奴隷にすぎぬガリア人は彼らの前で無きに等しかった(15)。

こうした考え方が身にしみついていたので、やんごとなき貴婦人は家臣の前でも平気で着替えをしたものだ。家臣など牛も同然というわけである。町人風情から金をくすねとったところで体面を汚すわけでもなかった（バリエール氏の新作のなかの一章「タラール公爵夫人談」を見られたい(16)）。デグモン伯爵夫人は、身分の低い男を愛して不貞の意識もなかった。ショーヌ公爵夫人も、平民の男から見れば公爵夫人に年齢なんかあるわけがないと公言してはばからなかったし、財務総監ジョリィ・ド・フルーリィ氏も、二千万人の夫役人夫が存在するなどそもそも国家の災難だと言ったものだ。

けれども今となっては、一八〇四年の貴族も、紀元一一二〇年の貴族も、もはや何の意味も持たない。大革命とはまさしく特権に対する十字軍だったのであり、その使命も全く無駄ではなかったのだ。なるほど貴族院は今なお残る世襲的特権の名残りであって国に寡頭制を敷いてはいるけれど、といってそれが憎むべき特権を具備した貴族階級になることはもうありえないだろう。こうしてみれば一七八九年の変動は一見社会体制を改良したかにも思われる。ところが財産の不平等はどうしても弊害を生み出さずにはいないのであって、今また新しい形態のもとに特権が復活している。今日の社会には、失墜した笑うべき封建制に代って、金銭、権力、才能という三大貴族階級が存在するのではなかろうか。こ

＊原注　貴族というのは国家の一員、**gentis homo** を意味した。

(15)　サン＝シモンの思想の一つに、軍事的征服によって封建貴族となったフランク人と被征服者ガリア人との闘争としてフランス史をとらえる見方があるが、こうした考え方はサン＝シモンばかりでなく当時の知識界一般に広まっていて、たとえばここから七月革命をガリア人の報復と見る考え方も生まれていた。バルザックはこうした思潮を受けて言っているのであろう。

(16)　**バリエール**　一八二八年に、摂政時代からルイ十五世、十六世時代にかけての回想録を著す。その第二章「タラール公爵夫人談」の一場面に、錚々たる貴婦人連が金融家から賭博で金を巻きあげるくだりがある。

の新しい貴族階級は、どれほど合法的だろうとやはり大衆に重圧を課していることに変りなく、銀行という名のローマ貴族制を押しつけ、与党の力にものを言わせ、また才能ある人々は新聞や演壇から砲火を放ちながら大衆の上に立とうとしているではないか。こうしてみると立憲王政に復帰したフランスは(17)、偽瞞的な政治的平等をかざしつつ実は悪を一般化したにすぎない。とどのつまり現代は金持の民主主義の時代ではないか。十八世紀の大いなる闘争は第三身分と支配階級の一騎打に他ならなかった。民衆は狡猾な人々の手足に使われたにすぎなかったのだ。だからこそ一八三〇年十月の現在、依然として二種類の人間が存在するのである。金持と貧乏人、馬車に乗る人と自分の足で歩く人、有閑人である権利を金で買った人とその権利を手にしようと望む人。社会はこの二項によって表される。項の中味は変っても、二項式そのものは変らない。人間は一生の幸福や栄華をいつも偶然に負うている。かつて貴族が存在したのもこの偶然のおかげだった。今日の才能というのも、世襲財産が生まれの賜物であるように天性の賜物なのである。

こうしてこれからも相変らず有閑人が同胞を支配しつづけることだろう。彼らはさんざん事物をいじりまわして、おもちゃにした挙句、こんどは「人間をもてあそんでみたい」という欲求に駆られる。しかもこうした有閑人は生活の心配がないだけに、誰にもまして物事を研究し観察し比較検討できる立場にある。だから彼ら金持連は、人の魂に生来そなわる攻撃欲を大いに発揮しておのれの知性に磨きをかけるのである。そうなると時間と金と才能の三大権力によって金持の独裁は動かぬものとなる。いまや思考で武装した人間が鉄甲で武装した騎士にとって代ったのだ。悪はその力を弱めながら世に広くいきわたり、

(17) 一八三〇年の七月革命により、フランスは立憲君主国となった。

知性が文明の枢軸となった。われらが祖先の血で購われた進歩とはつまりこういうことなのである。

貴族階級は雅びと好尚と優れた政治の伝統をそなえ、ブルジョア階級は学問芸術に驚異的な発展をもたらした。今後はこの二階級がそれぞれの財産を共有しながら、ともに民衆の先頭に立って文明開花を導いてゆくであろう。けれども、こうして一まわり大きくなったカーストを形成する思考と権力と産業の王侯たちも、往時の貴族と同じように、おのれの権勢のほどを世に知らしめたいという止みがたい欲求を覚えないわけではなかろう。社会に生きているかぎり人々は今日もまた、なんとか身分差を表すしるしはないものかと必死に頭を悩ましているにちがいない。こうした感情はおそらく魂の欲求であり、一種の渇望なのだろう。野蛮人さえも羽飾りだの入墨だの飾り弓だの宝貝だので身を飾り、ガラス玉を奪いあって闘うではないか。ところで十九世紀の指導的思想は、人間による人間の搾取を知性による人間の搾取に代えることであるから、(18)* われわれが自分の優越性を見せつける方法もよろしくこの高等哲学の影響をこうむらぬわけはなく、今後は物質より精神が大いにものを言うことになるだろう。

つい昨日までは、見る影もなく力衰えたフランク族が、今ははや甲冑もないくせに、なおかつ死せる宗教の典礼を守り、消え失せた権力の旗を後生大事にかざしていた。いまや身を立てようとする者はわが身ひとつの力に頼むだろう。有閑人はもはや偶像ならぬ真の神々となるにちがいない。とすれば財産の大きさを表すものはその使い方ということになり、暮らしぶりを見れば栄達の程もわかることになる。どんなに仰々しい表徴をもって来

(18)「人間による人間の搾取」の廃絶は、アンファンタン等を盟主とするサン=シモン主義の標語の一つであった。彼らは人類史をすべて搾取の歴史としてとらえ、ことに眼前の七月王政下の労働者階級の惨状を訴えて、これを搾取する一部有閑階級を糾弾した。こうした不当な搾取を廃絶し、有機的な産業社会の形成によって「人間と人間の協同による自然の開発」をめざすことが彼らの理想であり、人類史の完成であった。

*原注　これは人類の最終的な進歩を形而上学的に言い表した言葉だが、この言葉を使えば社会の成立ちを説明できるし、生活のさまざまな個人差が何に由来するかも説明がつく。たとえば「暇なし生活」とは人間による物質の搾取または人間による人間の搾取以外の何ものでもない。これに対し「芸術家の生活」や「優雅な生活」は思考による人間の搾取あってこそのものである。この考え方を応用して、人が労働する際に働かせる知性の多寡を考えてみれば、財産の違いも簡単に説明がつく。実際、政治にしても財力にしても、機械の場合と同じく、得られる結果は用いる手段の大きさに正比例する。もっともこれには証明を要すが（一二ページ参照のこと）〔これは『優雅な生活論』が掲載された『ラ・モード』誌のページ。この訳書では一七ページ七行目から一八ページ一二行目にあたる〕。知性

てもはや表徴では権力は表せぬ。王侯も民衆もそう考えるようになってきたのである。こうした事態の移りゆきを絵で示してみれば、たとえばあのナポレオンだ。ナポレオンの肖像ひとつ取ってみても、皇帝服に身を固めた姿などもう二つと見あたらないではないか。よくお眼にかかるのは、質素な緑色の軍服に三角帽をかぶって、腕組みをしたあのナポレオンである。皇帝服などというこけおどしを脱ぎ捨ててこそナポレオンは一個の詩となり、真にその人となる。皇帝服のナポレオンを記念柱から引きずりおろした敵の連中は、かえって彼を偉大にしたのだ。[20]王座の金ピカ衣裳を脱ぎすてたナポレオンは巨大な存在となる。このナポレオンこそ現代の象徴、未来の思想なのだ。強者はつねに質素であり、静かである。

麗々しい貴族の称号がもはや万能でなくなり、大金持の風呂屋の三助の私生児だろうと才能すぐれた青年だろうと伯爵の令息と同等の権利をもつとなっては、ただ内面的な価値だけが人々の差をつくる。ところが現代の社会にはおよそ差異というものがなくなってしまった。残るはただニュアンスのみ。そうなればもう礼儀作法だの優雅な立居振舞だの、立派な教育が授けるあの曰く言い難いものだけが、有閑人と暇なし人間をへだてる境界線をかたちづくる。特権というものがあるとすれば、精神的な卓越性から生まれるのだ。だからこそ大勢の人々が競って教育を身につけようとし、美しい言葉づかいや気品ある物腰を心がけ、お洒落をして多少とも余裕のあるところを見せ、住居に凝り、要するに人品骨柄を表す一切を完璧なものにしようと願ってやまないのである。われわれ誰しも身の周りのもの、持ちもののすべてに、自分の生活習慣や思想を刻みつけているのではないだろうか。

による搾取というこの新しいシステムは、いつの日かわれわれを一人残らず大金持にしてくれるのだろうか……。いやそういうわけにはゆくまい。ジャコト氏の教育法は成功を収めたものの、万人が同等の知性をそなえていると考えるのは間違っている。同じ知性をそなえるには同じように頭が良く、その頭脳が同じように訓練され発達していなければならないはずだが、人間の頭脳がそれほど似通っているわけがない。特に文明人には二つと同じ素質はありえないだろう。この大いなる事実を考えてみれば、あのスターン[19]が産婆術をあらゆる学問・哲学の筆頭に掲げたのも、けだし当然だったのかもしれない。こうしてみると人類は相変らず貧乏人と金持に分かれるわけだ。ただし優れた知性というのは人類にとって進歩であるから、大衆の幸福は増大してゆくことだろう。十六世紀以来の文明史をふりかえればそのことは明らかである。十六世紀こそ、ベーコン、デカルト、ベールの力によってヨーロッパに思想が勝ち誇った時代であった。

「話したり、歩いたり、食べたり、服を着たりしてみたまえ、そうすれば君がどんな人間だか言ってみせよう。」この諺が、宮廷に言い習わされて特権階級の格言になっていた昔の諺にとって代ったのだ[21]。無頼をもって聞こえたあのリシュリュー元帥のような人物はもう今の世に存在すべくもない。たとえ貴族院議員であろうと、いや王侯でさえ、ひとたび悪評が立ってしまえば成金代議士にも劣る奴と見下げられないとも限らない。もはや何ぴとにも放蕩無頼は許されていないのだ。事物が思想の影響をおびてくるにつれ、こうして暮らしぶりの一つひとつが重きをなし、洗練され、磨きをかけられてきたのである。

　以上にみてきたような傾向を辿ってわれらが革命のキリスト教精神は知らずしらずのうちに封建制の多神教を打ち倒してきたのであった。その間、権力の物的表徴はさまざまに移り変ってきたけれども、そこにはまた変ることのない人間の心が脈々と生き続けていたのでもあった。というわけでわれわれは出発点に舞い戻ってきたわけである――黄金の仔牛崇拝の地点に。ただしこの偶像は口をきき、歩き、考える偶像であり、一言でいえば巨人である。だから哀れな百姓権兵衛はこれからもまだまだ荷鞍を背負い続けていくに違いない。どだい今の世に民衆革命など無理な話。それでもどこかの王様が倒されるというのなら、フランスの場合のように、知識階級に見放されるときであろう。

　こうしたご時世であるから、優雅な暮らしぶりで人に差をつけるには貴族に生まれただけでは足りないし、富くじの一つでも引き当てるような果報者になったところで駄目である。そのうえさらにあの何とも定義しがたい能力（おそらく感覚の精髄であろう！）がそなわっていなければならぬ。これあればこそどんな時にも、真に美しいもの、良いもの、

(19)　スターン（1713〜1768）　イギリスの作家。代表作『トリストラム・シャンディ』では、いかにして立派な子を産すか、産婆術とは、等々の議論が延々と展開され、また主人公トリストラム・シャンディの受胎と出産の経緯が主題そのものともなっている。天下の奇書ともいうべき作品だが、バルザックはこのスターンに深く傾倒し、『風俗のパトロジー』にはスターンの名がしばしば登場する。

(20)　一八一二年、ヴァンドーム広場の円柱に皇帝姿のナポレオン像が掲げられたが、一八一四年ナポレオンの敗退とともに取除かれた。

(21)　おそらく、「誰とつき合っているか言ってみたまえ、君がどんな人間だか言ってみせよう」という諺であろう。ちなみにブリア＝サヴァランの『味覚の生理学』にもこれをもじって、「どんなものを食べているか言ってみたまえ、君がどんな人間だか言ってみせよう」というアフォリスムがある。

全体が一つになって自分の姿かたちや暮らし向きとしっくり調和するような事物を選別できようというもの。つまりそれは見事な機才であって、常日頃これを働かせていてこそ、とっさに人と人との仲を見抜いたり、物ごとの先を見越したり、事物、言葉、考え、人物、何につけその納まるべき場所、及ぼす力を見通すこともできるのだ。要するに優雅な生活の原理とは、秩序と調和を重んじて事物に詩情をもたせようという高尚な思想に他ならない。以上から出来上るのが次の格言。

9

金持には成ってなれるが、優雅は生まれつきである。

優雅な生活がこれほど堅固な土台を踏まえ、これほど高度な観点に立つものとあっては、もはや冗談あつかいにしてはおけない。読み捨て新聞同然に思想家たちに嫌われるような空辞ではないのである。それどころか優雅な生活は厳密に社会制度の所産なのだ。まさにそれは卓越した人士の生活習慣の現われではないだろうか。この人達は財産を享受するすべを知り、その知識によって世の人を啓発するのであり、おかげをもって大衆も彼らの高い地位を認めざるをえないのだ。またそれは国中のありとあらゆる奢侈を代表するものであるから、国の為しとげた進歩を表すのではなかろうか。要するに優雅な生活とは完璧な人間のしるしなのだから、誰もがそれを学びその秘訣を知りたいと願って当然ではないだろうか。

とすれば、次から次へと移り変る「流行」も、無視するか取りいれるかでは大いに事が違ってくる。精神ハ物質ヲ動カス。ステッキの握り方ひとつにその人の精神が現れるのだ。一般に差異《ディスタンクション》のしるしというのは誰にも共通なものになってしまえば値打ちが下るし、すたれてしまう。ところがここに、新しい差異のしるしを世に認めさせる力がある。世論というやつである。まさしく流行とは衣裳に関する世論ではなかったか。あらゆる象徴のなかでも衣裳ほど効果絶大な象徴はなく、大革命もまた一つの流行の問題であった。つまり絹か木綿かの闘争であった。しかも現代の「流行」はもはや個人の贅沢にとどまらない。あらゆる生活品が社会全般の進歩のおかげで巨大な発展を遂げている。われわれの欲求のどれ一つを取りあげてみても一冊の百科全書が生まれないようなものはないし、生活のなかのごく動物的な側面一つにも広く一般的な知識が結びついている。さればこそ優雅の掟を定める流行はありとあらゆる芸術を包括する。流行は世にさまざまな作品を生み事業を生む原理である。いわばそれは万人の認印のようなもので、何かの発見に判を押したり、人類の安寧幸福に役立つ発明品に印をつけたりするのではないだろうか。つまり流行とは天才に対して賛辞を送り、必ず実のある褒賞を授けることではないか。流行は進歩を歓迎し進歩を喧伝しつつ、万事の先端をきる。流行は音楽を、文芸を、絵画、建築を刷新するのである。さても優雅な生活論とは、われわれ人間の思考がいかにして生活の外面に現れるか、その現れかたを統御するに違いない不動の諸原理を集大成するもの、いわば事物の形而上学なのだ。

ステッキを持ったダンディたち

第三章　本著の構想

「ピエールフォンから今戻って来たところなんだ。叔父貴に会いに行って来たのさ。この叔父ってのが金持でね、馬もそろえているのはいいんだが、いかんせん、少年馬丁とか別当だとか幌付四輪馬車とかってのはからきし御存知なくて、いまだにポンプ式の二輪馬車でお出ましという始末さ！……」

「なんだって！」われらが畏友は急に声をあげると、吸っていたパイプを暖炉に飾った亀の背に座すヴィーナスの両腕にもたせた。「いやはや、なんてことだ！　国民には人権を定めた法典があるし、国には行政法がある。利害問題なら民法典だし、争いごとなら訴訟法だ。人身の自由のためには刑事訴訟法、身を誤った者には刑法、実業には商法、農村には農事法、兵士には軍規、黒んぼには黒人奴隷法、森林には森林管理法、船舶には海事法……。いや全く、上は王室の葬儀に始まって、王様やら叔父さんやら従兄やらが死んだ時に流す涙の量、はては騎馬の生かし方や歩かせ方にいたるまで、何ごとにも法律が出来あがっている……」

「それがどうしたって言うんだ」　われらが畏友が一息入れて先を続けるつもりとは知らず、A-Zが口をはさんだ。

「だからさ、こうした法典が出来てからというもの、まともに字も書けぬ下手な物書き連中のあいだに何とも知れぬ悪癖（と、われらが畏友、「悪疫」と言うべきところ、自分もよろしく言い間違って）が流行って、とかく何々法典って本の氾濫じゃないか……。礼儀作法の法典に、美食の法典、観劇の法典、紳士、淑女、賠償、植民地、行政と、何から何まで法典の出来上ってないものはない。おまけにこの本の大海の上にサン＝シモンの御高説が鎮座ましまして、法典化 codification（機関紙『組織者《オルガニザトゥール》』を御覧あれ）もまた一個の学問であるなどと曰う始末……。いやこれはもしかして植字工が字を間違えたのかな。ラテン語の尻尾 cauda から来た、尻尾をつける caudification って字を読みそこなったんじゃないだろうか……まあ、それはどっちだっていいさ！」

「ねえ、君」、われらが友は口をはさもうとした相手を押しとどめて、そいつの胸のボタンに手をかけながら続けた。「考えても見ろよ、並いる作家、思想家のなかで、優雅な生活の法典を書いた者がまだ一人もいないなんて、全く不思議な話じゃないか。『流行』の手引書に比べれば、田園監視人要覧だの、市長要覧だの、納税者要覧だの、そんな手引の類なんか愚にもつかぬ代物だと思わないかね。生活を詩的にする原理ってやつを本にすれば、どんなに役に立つだろう。近ごろ田舎に行ってみると、農園、小農地、小屋、田畑、小作地、いずれ劣らずとにかく農家の殆んどが全くの犬小屋同然だ。それにフランスでは家畜の扱い方がひどくて、とてもキリスト教の国とは思えないね。とくに馬なんか哀れなものさ。パリから六十里と離れていないところにだって、まだまだ快適学を御存知ない連中が多くて、かの不滅のフュマード式ライターも、ルマールのコーヒー沸かしも、廉価な絨緞も知らないときている。近代科学が発明したこんなありふれた品物に全く縁が無いなんて、これはもう無知なせいにちがいない。おかげであたら立派な財産も持ちぐされってわけさ！　優雅というのは諸事万端にわたるもの。国民に贅沢心を吹きこんで、より豊かな国民にしようっていうのだ。なぜって君、偉大な公理というなら、さしずめこれなんかまさに偉大ではなかろうか。

感じる欲求が大きければ大きいほど、獲得する富もまた大きい。

10

優雅というのは(とわれらが畏友、まだまだ続けて)、地方の景観を一段と詩趣ゆたかにすることだ! そして農業を改良する。動物だって、食や住に気を配ってやってこそ種の美しさ、子孫の美しさが保てるんじゃないか。ところがブルターニュなんか、牛、馬、羊、それに子供たちまで、いったいどんな穴倉に押しこめられているか、見に行ってみたまえ。そうすれば君たちだって納得がいくはずさ、何か本を書くとしたら、優雅の本ほど博愛的かつ国民的なものはないってことがね! まったく、非礼にもルイ十八世のテーブルの上に自分のハンカチや嗅ぎ煙草入れを置いてしまった大臣がいたり、田舎の年寄りのところに泊った若い伊達者がさて鬚を剃ろうと鏡を取り出すと、鏡を見た御老人がびっくり仰天、あやうく腰を抜かしそうになったり、要するにだね、君の叔父さんがいまだにポンプ式の二輪馬車に乗ったりするのは、これすなわち『流行』論の古典がないせいなんだ!……」

われらが畏友は長々と、しかも滔々とまくしたてた。弁の立たぬ連中はさぞかしこのさわやかな弁舌を妬んで、駄弁をふるうと称するのだろうけれど、その弁舌は次の言葉で締めくくられたのであった。「優雅は生活をドラマにする……」

これには一同やんやの喝采。いつも冴えているA–Zが、早速口をはさむ。優雅といっても、その国の習慣になってしまったような画一的なものではまずドラマなんか生まれない、と言うのである。A–Zはイギリスとスペインを例にとり、二国の風俗を地方色豊かに語りながらひとしきり自説を述べたてて、こう結んだ。

「諸君、世に学問が多々あるなかでなぜ優雅学だけがないのか、理由は簡単ですよ。いったい、若かろうが年寄りだろうが、自分の頭ひとつでこれほどの重責を引受けてやろうというような向こう見ずな男がいるだろうか。想像を絶した途方もない自惚れでもない限り、優雅な生活論なんてとても書けたものじゃない。なにしろこれは並いるパリの伊達者の上に立とうってことなんだから。連中だって優雅をものにしようとあれこれ必死なのにどうも上手くいかない、といったところじゃないだろうか」

ちょうどこの時、当節流行の茶の女神を奉ってたっぷり御神酒《おみき》も入った後とあって、一同の頭は冴えわたり霊感の域に達していた。やおら、『ラ・モード』の編集者の中でも優雅*をもって鳴る一人が立ち上がり、勝ち誇ったような眼差しで寄稿家の面々を睨みつけた。

「おりますぞ、その向こう見ずな男が！……」

どっとばかりに笑い声。ところが、続きを聞くや、一同感嘆のあまり水を打ったようにしんと静まり返ってしまった。

「その男とは、誰あろう、ブランメルだ！(22)……彼はいまブーローニュにいる。このファッション界の大御所が祖国に果した貢献を忘れた恩知らずな債鬼どもが、寄ってたかってブランメルをイギリスから追い出したのだ！……」

●ジラルダン邸での茶会。バルザックは左端、右端はユゴー。

*原注　ここで優雅とは服装のこと。

(22)　ブランメル（1778～1840）　一介の平民でありながら優雅な身仕舞によってジョージ四世の寵を受け、ロンドン社交界を風靡した希代のダンディ。ダンディズムの創始者と仰がれ、その生涯はさまざまな評伝を生んだ。後にジョージ四世との仲は決裂し、負債を逃れてフランスに亡命したが、亡命の地はバルザックが記しているようにブーローニュでなくカレーである。

ブランメルの名を聞くに及んで、優雅な生活論を本にするのはいとも簡単なことに思われてきた。これぞ人類に大いなる恩恵を施すことであり、進歩に向かって巨大な一歩を踏み出すことではないか。もう誰ひとり異を唱える者はなかった。

改めて言うまでもないが、先の二章で哲学的帰納法を展開し、優雅な生活が人間社会そのものの完成にどれほど深く結びついているかを論証できたのもむろんブランメルのおかげである。及ばずながらそうして彼の思想を伝えたつもりだが、このイギリス的賛美の不滅の創造者と親交のあった方々にも、なるほどこれは彼の高等哲学に相違ないとお認めいただけたかと思う。

この流行の王者に会見したとき一同を襲った感動を何と言い表したものだろう。畏怖とも歓喜ともつかぬ気持であった。家具やチョッキの哲学を創始し、今またわれわれに長ズボンや馬具や優雅の公理を伝授しようかという人物、そんな人物を前にすれば誰しも、まずは半信半疑、皮肉な口つきをしてみたくもなるというもの。

とはいえまさしくこの人物が、ジョージ四世の盟友にして、そのウェールズ公にお洒落と快適主義を教えた人物、イギリス中に流行の掟を課した洒落者その人だと思うと、やはり深い感嘆の念に打たれずにはいられない。ウェールズ公の快適主義のおかげでお洒落上手の将校たちは大いに出世したものだった。* まさにブランメルこそ流行の威力を見せつけた生き証人ではなかったか。しかし今やそのブランメルが苦渋の日々を送っているのだ。さぞかし彼にとってブーローニュの地はナポレオンのセント＝ヘレナにも等しかろう。そう思い至ると一同の気持はただただ熱狂的な崇拝に変ってしまった。

＊原注　ジョージ四世は身だしなみの良い軍人を眼に留めると必ずといってよいほどこれを引き立て昇進させた。いきおいお洒落を知らぬ軍人はひどく冷遇されたものである。

ブランメルはちょうど起床したところだった。部屋着にはさすがに不幸の跡がうかがわれたが、それもかえって似つかわしく、室内の装飾品と見事な調和を醸し出している。老いて貧窮の身にあろうともブランメルはやはりブランメルであった。ただ、ジョージ四世にも劣らぬ肥満が理想の身体と謳われた見事な均整をくずしていた。しかも、あろうことか、かつてダンディズムの神と仰がれたその人が、鬘をつけていたのである！……何をかいわんや！　ブランメルが鬘とは！……これではまるでかの貴紳シェリダンが、へべれけで議事堂から出て来たり、そこで執達吏の手下どもに捕まってしまったりという、そのシェリダンも顔負けではないか。(23)

鬘をつけたブランメル、庭師姿のナポレオン、子供に戻ったカント、赤い帽子を被ったルイ十六世、シェルブールのシャルル十世！……これぞ当代五つの大見世物だ。(24)

偉人ブランメルはこの上なく慇懃にわれわれを迎えてくれた。その謙虚な物腰に一同はすっかり魅了されてしまった。是非とも貴公の布教を乞いたいというわれわれの願い出に、ブランメルは満更でもない様子を見せたものの、御申し出はかたじけないがとても自分にはさように難しい使命を果たすほどの才はないと言う。

「ですが幸いなことに、このブーローニュの地に何人か友人がおります。いずれ劣らぬ選り抜きの紳士たちですが、かの地ロンドンで志した優雅な生活のスケールが大きすぎたがため、フランスに追われる身となったのです……。――敗れし勇者に栄光あれ！……」

最後の言葉はブランメル自らの胸中であった。そう言う彼の眼差しは陽気とも皮肉ともつかぬ色をたたえていた。

(23)　**シェリダン**（1751～1816）　イギリスの劇作家、政治家。ウィッグ党議員として活躍。つとに錚々たるダンディとして聞こえたが、酒豪の誉れも高かった。バルザックが触れているのは実際にあったエピソード。

(24)　セント＝ヘレナに流され、かつての栄光をよそに土をいじる庭師姿のナポレオンは当時の石版画が好んで描いたものであった。齢八十を越えた晩年のカントはすっかり耄碌してしまったといわれる。赤い帽子は大革命の際に急進派の革命家たちが被って革命の象徴ともなったが、ルイ十六世も一七九一年にチュイルリー宮でこれを被らされたことがある。シャルル十世は七月革命とともに退位し、シェルブールの港からイギリスに亡命した。

「ですから、ひとつ私どもがここで一同に会して会議を開いてみることに致しましょう。名もあり経験にも事欠かぬメンバーですから、一見軽薄そのものにも見える優雅な生活のほんとうの難しさが奈辺にあるのか、答を出せるのではありますまいか。私どもの教理を御朋友のパリの貴紳の方々が果たしてお認め下さるかどうかですが、とまれ貴公達のお出しになる本が不朽の名著となるよう祈念してやみません！……」

それだけ言うと、ブランメルはお茶を一緒に、と勧めてくれた。われわれはもてなしに与ることにした。と、隣室から一人の女性が姿を現して、一同に茶をふるまった。太り肉《じし》ながらなおも美しいひとである。してみればブランメルにもまたそのカニンガム侯爵夫人がいるのだ。するとブランメルとその友たる国王ジョージ四世との差は唯一つ、金があるかないかの違いである。だがやんぬるかな、今ははや御両人ともドングリノ背クラベ、いずれも死んだ人と言うか、死にかけた人とあっては。(25)

第一回目の会議は早速その日の昼食時に開かれた。その会議の成果を思うだに、まことブランメルが破産してくれたおかげでパリの財産が増えると言っても過言ではない。

討議にのぼったのは、われわれの本の死活にかかわる問題であった。

というのも、もし優雅な生活の感性が生来の素質の如何に由るというのであれば、人間には二種類しかないことになる。詩人と散文家、優雅な人々と十把一からげの俗衆と。前者は一切を知り、後者は何も学べないというのでは、優雅な生活論もなにもあったものではない。

さいわい、歴史に残る名議論を重ねた結果、ようやく次の公理が出てきたので、一同胸

(25)　ジョージ四世は一八三〇年六月に死去。なおカニンガム侯爵夫人はその国王の愛人であったが、バルザックがフランスでのブランメルにも愛人がいたように書いているのは事実ではない。

を撫でおろした次第。(26)

11

優雅はたしかに技巧より感性《センス》の問題だが、本能や習慣にも由来する。

「そうですとも」と、ブランメルの親友、ウイリアム・クラド……某卿が声を大にした。「郷士（小地主）や商人、銀行家といった方々、こうした自信なげな層にも意を強くしていただかねばなりません！……。貴族の子弟なら誰もが優雅な感性をそなえて生まれて来るわけではありませんし、生活に詩を添えるような趣味をもって生まれてくるわけでもありません。それでいてどこの国の貴族も、立居振舞や見事な暮らしぶりにかけては衆を圧している！――いったいこの特権は何でありましょう……。教育であり、習慣であります。大貴族の子弟は揺り籠にいる時から周りを圧する格調高い美に眼を開かれ、言葉づかいから習慣からすべて良き伝統を継ぐ優雅な母親に育てられ、知らず知らず優雅の学の基礎になじみながら大きくなる。こうして四六時中真に美しいものを見せつけられて育っては、よほどひねくれた性質でもない限り影響を受けないわけには参りません。ですから国民に見せるのも、貴族が落ちぶれてブルジョア風情の風下に立つような光景はおよそ最も忌むべき光景であります！

知性は万人に平等とはいきませんが、感性の方はまず誰にも等しく授けられております。というのも知性の場合は内面の発達にかかっておりますからね。何ごとも形が大きくなっ

(26) バルザックは格言 aphorisme という語とならんで公理 axiome という語を用いているが、二つを厳密に使いわけているわけではない。ほかに金言 maxime という語も用いている。

てくれば差が無くなってくるものです。たとえば人の脚と顔では、脚の方がずっと似たものが多い。脚は長く伸びますから。ところで優雅というのは感覚に触れる事物を洗練させることですから、習慣によって誰でも会得できるものに相違ありません……。学びさえすればただの金持だって長靴やズボンをわれわれと同じくらい上手くはきこなせるようになるでしょうし、財産を優雅に使うこつも会得してゆくでしょう……。その他についても同様ではありますまいか」

ブランメルがかすかに眉をひそめた。われわれは察知した。かつて金持連があげて従った、あの予言者の声が発せられんとするのだ。

「先ほどの公理はおっしゃるとおりですし、いま拝聴した御意見も一部は賛成いたします。しかしながら、優雅な生活と並の生活をへだてる境界線をそういう具合に取り払って、聖殿の扉を全国民に開放するとおっしゃるのには断固賛成するわけには参りません」

「断じて!……」とブランメルは拳でテーブルを叩きながら声を荒げた。「すべての脚が同じように長靴やズボンをはけるように出来ているわけがない……。諸君《ミロード》、そんなはずはありません。びっこもいれば片輪もいる、いつまでたっても品性卑しい輩だっているではありませんか。人間生きているうちに幾度となく口にする金言がありますが、それが立派な公理になるのではありますまいか。

12

一口に人間と言っても全く千差万別。

「ですから」、とブランメルは続けて、「優美な物腰は習慣によって会得できるという原理はひとまず尊重しておいて、優雅な生活の洗礼志願者に希望を残しておいてやりましょう。その上で例外を認めようではありませんか。ひとつ真剣にそれを定理にしてみましょう!……」

というわけで検討に検討を重ね、さまざまな学問的論争を闘わせた結果、出来上ったのが以下の公理。

13

優雅な生活を送るにはせめて高等中学の修辞学級を終えていなければならない。

14

小売商人、実業家、古典学級の教師、以上は優雅な生活から除外される。

15

ケチは優雅に反する。

16

四十にもなって一度も破産したことのない銀行家、または胴まわりが三十六寸以上ある銀行家は優雅界の地獄に落ちる。天国が見えているのに決して天国には入れないだろう。

17

たまにしかパリに来ない連中は優雅といってもたかがしれている。

18

無作法者は社交界の癩患者である。*

「いや、もう結構！」とブランメルが声をかけた。「これ以上一つでも格言を加えれば、一般的原理を教授することになってしまいます。それは第二部で扱わねばなりますまい」という次第で、かたじけなくもブランメル御大がじきじきにわれわれの本の篇別構成を指示し、そもそも優雅学の分類区分について教えを垂れてくれることにあいなった。

「優雅な生活というのは、人間の思考のさまざまな物的表現から成り立っているわけですが、そうした物的表現の一つひとつをじっくり検討してごらんなさい。その中でもある種のものは私たちの人品と大なり小なり密接な関係があることに諸君もお気づきになるでしょう。たとえば言葉づかいや歩きかた、立居振舞といったものは直接に人間に由来し、全面的に優雅の法則に支配されるものです。これに対して食事や召使、馬、馬車、家具、家のたたずまいなどは、いわば間接的に個性を表す。むろん私たちは自分につながる一切のものに優雅のしるしを刻むのですから、こうした暮らしの附属品とて例外ではありません

*原注　ごくあたりまえの礼節の心得は優雅学の基礎の一つである。この機会を借りて、つとに教育論者として聞こえるゴーチェ神父に敬意を表しておきたい。神父の著書は礼節に関する著作のなかでも最良の書であり、瞠目すべき道徳論といわねばならない。この小冊子はJ・ルヌワール書店にて扱われている。

が、いわばこれらは思考の中心から離れているように思われる。宏大な優雅の理論のなかで第二義的な位置しか占めていないはずです。流行に関しては文盲にも等しい人々の生活に感化を及ぼそうかという本を書くのですから、今世紀を動かす偉大な思想を反映するのはけだし当然ではないでしょうか。ですからこの貴族の百科全書の構成にあたっても、知性に直結する諸原理を優先させてみようではありませんか」

「ではありますが」、とブランメルはいったん切ってから続けた。「ここに一つ、万事に優先するものがあります。動いたり話したり歩いたり食べたりする前に、人はまず服を着る。流行に左右される色々な行為、物腰だの会話だのは、身だしなみあってこその結果に他なりません。かの卓抜なる観察家スターンは誠に才気溢れる言葉で言ってのけました。同じ男でも鬚を剃ったのと剃らないのでは、考えることが違ってくる、と。人間誰しも衣裳の影響を受けているのです。お洒落をした芸術家はもう仕事ができません。化粧着を着るか舞踏会用の正装をするかで、女性は全く別人になってしまう……。いや、二人の女性がいるも同じです！」

　ここでブランメルは大きく息をついた。

「われわれ人間の朝の振舞はもはや夕べのそれと同じではありません。私が親交の栄誉に浴したジョージ四世も、さぞかし戴冠式の日にはその翌日より御自分をいっそう偉大にお感じになったに違いない！　身だしなみこそ社会に生きる人間が味わう最大の変身であり、広く生活全体に力を及ぼすものであります！　ひとつ御高著を次のように組み立ててごらんになったら妥当なところに落ちつくのではありますまいか」

●一八三〇年頃のダンディたち

「まず第二部で優雅な生活の一般的法則を述べるのです。そうして第三部は直接に個性を表す事物にあて、なかでも身だしなみを冒頭にもってくるべきでしょう。最後の第四部は直接に人間に由来する事物、つまり私が『附属品』と呼んでいるものを取りあげてごらんになったら！……」

われわれはブランメルが身だしなみを偏重するのを大目に見ることにした。なにしろブランメルはそのおかげで名を成したのだ。偉人にありがちな誤ちだろうと思ってはいたものの、あえて正そうとはしなかった。こんな大胆な構成を選んでは万国の優雅学者《エレガントロジスト》の顰蹙を買う恐れもあるけれど、そこは肚をくくってブランメルに騙されることに決めたのである。

かくて流行愛好家《モディフィル》あい集うこの名会議の席上で、第二部は優雅な生活の「一般的原理」と題すること、またそこで扱うべき主題についても満場一致の決定をみた。

第三部は「直接に人を表す事物」を扱い、幾つかの章に分けることになった。

第一章は「身だしなみ百般」とする。そこではまず「男性の身だしなみ」を取りあげ、次に「女性の身だしなみ」、それから「香水、入浴、髪の手入れに関する試論」を掲げる。

次の章は、「歩きかたと物腰に関する全科」。

また、われわれの盟友の一人、E・シュー氏(27)は、美しい文体、独創的な物の見方に劣らず、並優れた趣味や目を見張らせる暮らしぶりでも傑出した人物だが、その彼が「道徳、宗教、政治、芸術、文学からみた傲岸不遜について」と題して意見を寄せてくれるというので、これに一章をあてることにした。

(27) **ウジェーヌ・シュー**(1804〜1857) バルザックと同時代の流行作家。新聞小説『パリの秘密』で一躍大衆的人気を獲得、華麗なダンディでもあった。

後の二章については議論が沸騰した。「立居振舞」の章と、「会話」の章と、どちらを先にすべきかで意見が分かれたのである。

しかしその論争もブランメルの演説でけりがついた。その全容をお伝えできないのが残念だが、ともかく彼は次のように締めくくったのである。

「諸君、もしわれわれがイギリスにいるのであれば、必ずや行動が言葉に先行するでありましょう。われわれイギリス人は一般に寡黙な国民です。ところがフランスに来て気がついたことですが、貴殿方は行動を起こす前に必ず言論を闘わせるではありませんか」

第四部は「附属品」にあて、住まい、家具、食事、馬、召使、馬車などをとりしきる諸原理を論じる。最後に「都会での客のもてなし方、田舎でのもてなし方」、および「客の心得」を論じて締めくくる。(28)

以上をもって、よろずの学問の中でも最も宏大な学問を余すところなく包括することができるであろう。優雅の学は生活の一刻一刻に及び、目覚めている間の行動のみならず、人の眠りをも統御する。さてもこれは夜のしじまのさなかにもなおわれわれを支配してやまぬ学問なのである。

(28) 『優雅な生活論』は未完の作品で、ここに掲げられた構成の第三部「直接に人を表す事物について」第一章「身だしなみ百般」の途中で中断している。

第二部　一般的原理

奥様、美点と申しましても、人を辟易させるような美点もあります。このこともお忘れなく。

——『美徳研究』　バルザック未刊の書

お洒落に対する執着を諷刺した漫画

第四章　教　義

教会は七つの大罪を認めているが、徳は神学上三つしか認めていない。ゆえにわれわれ人間は悔恨の種を七つも持ちながら、慰めの源は三つしか持ちあわせてないわけである！三対七＝人間対 x とはまた悲しい話ではないか！……。さればこそ聖女テレサも、聖フランチェスコ＝ダッシージも例にもれず、この宿命的な命題の帰結するところを思い知らずにすんだ人間は一人としていないのだ！

さても厳格なこの教義は、にもかかわらずカトリック界を統治し、のみならず優雅界をも支配する。ここにおいてもまた悪は妥協につきやすく、善の道は険しい。この永遠の掟から次の公理が導き出される。世にある「善悪判断辞典《カ・ド・コンシアンス》」もすべてこれを掲げていないものはない。

19

悪の道《モード》は多く、善の道は一つなり。

かくて優雅な生活にも七つの大罪と三大美徳が存在する。しかり、優雅は一にして不可分、あたかも「三位一体」のごとし、「自由」のごとし、「徳」のごとし。以上から、一般的格言のなかでも殊に重要な格言が幾つか生まれてくる。

20 そもそも優雅のよってたつ原理は統一である。

21 清潔であること、調和がとれていること、ほどよくシンプルであること、この三つが揃わなければおよそ統一もありえない。

しかもこの三つのうちのいずれか一つが他に勝っているようでは決して優雅は望めない。この三つの基本的美徳が神秘的に合一するところにこそ優雅が生まれる。時ところを選ばずとっさにこの合一を創り出せること、それが、生まれながら品性ゆかしい人々の身にそなわる秘術なのだ。

他人の服装や住まい、話し方、物腰などを観察していて、いかにも悪趣味だなと感じられる場合には、必ずこの統一の三原則にどこか違反しているものがあるのがおわかりだろう。

生活の外観というのは一種の有機体のようなもので、カタツムリの殻が中のカタツムリの色を映し出すのと同じくらい正確に人間を表す。優雅な生活にあっては、一切が絡み合い、一切が通じ合う。かのキュヴィエ氏(29)は、何かある動物の前頭骨なり顎骨なり股骨なりを目にするや、たとえそれが大洪水以前の動物であろうと、たちまちその骨からそっくり

(29) **キュヴィエ**（1769~1832） 比較解剖学の祖として知られるフランスの古生物学者。器官の相互連関の理論を唱え数々の古生物の復元にあたった。バルザックが傾倒した科学者の一人で、キュヴィエの名は『歩きかたの理論』にも登場する。

キュヴィエ

一匹の生物を組立て、トカゲ類、有袋類、肉食類、草食類、いずれかにこの個体を分類してしまうではないか……。このキュヴィエが誤ったことは一度もない。彼の天才の眼には動物の生命を一つに統一する法則がみえるのだ。

同様に優雅な生活においても、拍車を見れば馬がわかるように、椅子一つ見ただけで家具全体がどれ程のものか推測がつくはずである。服装も、一つひとつがそれ相応の身分と雅趣の程度を表す。一口に財産といっても各々の財産がまたピンからキリまでである。優雅界のジョルジュ・キュヴィエ族は決してこの判断を間違えない。家具を一つ見せさえすれば、その家の収入が何桁ぐらいか当ててみせるだろう。絵画のコレクションなり、純血種の馬なり、あるいはサヴォヌリー工場出来の絨緞、紗のカーテン、モザイク装飾の暖炉、エトルリアの壺、ダヴィット級の彫刻家の手になる彫像を戴く掛時計、何か一つを見せればいいのだ！　いや、なんならカーテンの房掛け一つだっていい！……たちまち彼らはそっくり一個の閨房なり部屋なりを、はたまた宮殿をひきだしてみせるであろう。

全体の統一というのはこれほど厳密なものであるから、暮らしを飾る装飾品はすべて一つにまとまっていなければならない。趣味良き人は芸術家と同じように、取るに足らぬ物一つで全体を判断する。全体が完璧であればあるほど、場違いな物があれば目につきやすい。贅沢なローソクを古臭い手付燭台につけたりできるのは馬鹿か天才だけである。令名高いかの（T……）夫人は、上流人士の心得るべきこの大法則をさすがによくわきまえておられた。次の格言は夫人から拝借したもの。

22

敷居を一歩またげばその家の奥方の精神がわかる。

玄関というのは毎日人の眼に触れる大きな看板であって、住む人の財産を表す。* この看板に嘘偽りがあってはならない。これを偽るような場合には、出し惜しみか虚勢か、いずれかの暗礁に乗りあげてしまう。豪華すぎても貧弱すぎても先の統一の法則に違反しているのである。統一というからには少くとも財力と外観がほどよい均衡を保っていなければ。この釣り合いがとれないようでは文字通り顔がつぶれてしまう。

今あげた二つの暗礁のうち、ケチの方はすでに批判した通りだが、これほど恥ずべき汚名こそ着せられなくても、倹約しつつしかも優雅な生活を送ろうなどとひそかに二兎を追う者の数は結構多い。こうした輩の落ち着く先はつまり滑稽ということ。これではまるでゼンマイやバネや裏仕掛を覗かせながら舞台装置を動かしている下手な裏方も同じではないか。この連中は優雅学の次の二大公理にもとっているのである。

23

優雅のそもそもの狙いは手のうちを隠すことである。

24

*原注　風采が良い bien représenter、体裁 représentation という言葉は、まさしく財産を表す représenter ことからきている。

何によらず倹約を感じさせるのは優雅でない。

実際、倹約というのは一つの手である。上手な舞台装置にはこれも無くてはならぬもの。ただしこれは機械の歯車に柔軟性を与える潤滑油のようなもので、外から覗いて見えたり感づかれたりするのは禁物である。

しみったれが受ける罰はこればかりではない。暮らし向きを切りつめたりすれば、わざわざ自分より一段下の階層に身を落としてしまうことになる。資力があるのに身を卑しめて、虚栄心のあまり逆の暗礁に乗り上げてしまう連中と結局同じ階層に、みすみす落ち着いてしまう。いやはや、こんなところでの仲良しだけはまっぴら御免こうむりたいもの。

そういえば街でも田舎でも、良くお目にかかるではないか、中途半端に貴族ぶったブルジョア連中に。満艦飾に着飾ったのはいいけれど、馬車が無いばっかりに、人を訪問するにも遊びにも仕事にも、いちいちマチュ・ランズベルグ様の天気占いに御相談というあの連中[30]。女房は帽子ばかりが気になって雨を恐がるし、亭主は亭主で、陽ざしは強くないか、埃りがたちはせぬかと気が気でない。晴雨計さながら敏感に天気を読み、雲一つでも見ると、もうどんな用事も放り出して、はい、さようなら。雨に濡れ、泥はねだらけで帰宅すると、今更のように身にしみる貧乏を互いに相手のせいだとなじり合う。どこに出かけてもこの始末では何一つ楽しめるわけがない。

以上の教義を要約したのが次の格言。この格言はありとあらゆる生活に、たとえば馬車に座るのに自分でスカートをまくらなければならない御婦人の暮らしに始まって、道化師

●着飾って散歩する男女

(30) 年中の行事、故実、諺から月や太陽の運行、気象占いまでを盛りこんだ一種の暦が十九世紀半ばまで大衆の人気をよんだが、占星術者マチュ・ランズベルグの作成した暦もその一つ。

でも召しかかえようかというちょっとしたドイツの王侯の暮らしに至るまで、およそすべての生活に当てはまる。

25

表向きの暮らしぶりと財産が釣り合っていてこそ、余裕のある生活が送れる。

この原理を敬虔に守ってはじめて、為すことすることの端々に至るまで自在に振舞えるのであって、そうでなければおよそ優雅もありえないだろう。高望みをせず分相応をわきまえていれば、びくびくせずに安んじて自分の階層に留まっていられる。こうした落ち着きを満足感というのではなかろうか。これさえあれば無謀な虚栄心の惹き起こす嵐に巻きこまれたりしなくてすむ。

だから優雅な生活のエキスパートは、来客にそなえて絨緞の上に緑の毛氈を敷いたりすることもないし、年老いた喘息病みの叔父さんの訪問を嫌がったりすることもない。馬車で出かけるのにいちいち寒暖計に相談するまでもない。財産があれば利益もある代わりにそれ相応の維持費も要ると心得ているので、何かが壊れてもついぞ困った様子を見せたりしない。何ごとも金をかければ修理できるし、召使が少し余計に働けば済むことだ。花瓶や掛時計はケースに納め、長椅子にはカヴァーを掛け、シャンデリアには覆いを被せるというのでは、あくせく小銭を貯めてやっと手に入れた燭台に早速薄もののカヴァーを掛けて安心するお人好し連中と変るところがないではないか。趣味良き人なら自分の持ち物をすべて使って楽しむはず。この人達は、フォントネルと同じく、大事だいじと拝まれる宝物を好まない。「造化」に従い、何も毎日わが身の栄華を見せつけようと苦労したりしないのである。平生の姿がそのまま栄華なのだから。だから家具でも、リュクサンブール公園をうろつく老兵連中の山形袖章よろしく、あちこちに山形の修理跡がつくまで長の御奉公をさせたりしないで、さっさとお払箱にする。物を買っておきながら値が張ったとこぼすようなことも決してない。初めからわかっていたことだ。暇なし人間なら、来客を迎えるのは一大儀式である。いわばそれは年に何度かの晴れ舞台であって、それとばかりに箱から物を取り出し、衣裳ダンスをひっくり返し、ブロンズ像のカヴァーをはずさなければならない。ところが優雅の士は慌てず騒がず、何時なんどき客が来ようと一向に構わない。彼の銘は、新大陸の発見にも与って栄誉あるかのラス・カーズ家のそれに同じく、覚悟ハ常ニ。常時準備にとどこおりなく、どんな時にも平生と変るところがない。家、召使、馬車、贅沢品、どれ一つとっても日曜だから特別にということがなく、毎日が祭日なのである。大事ヲ小事ニ喩エテ許サルルナラバ、優雅の士はかの名高いデッサン・ホテル(31)の主のごとき人物である。このデッサン氏、ヨーク公御到着の知らせにいささかも慌てず、「四号室にお通ししなさい」と答えたものだった。

　優雅な士はまたダブランテス公爵夫人(32)にも喩えられる。ランシーの城に翌日ウェストファリアの王妃をお迎えするよう、ナポレオンの命を受けた夫人は、事もなげに給仕長に言ったものだ。「明日、女王様がお見えになります」そして翌日、盛大な狩りと豪盛な祝宴で貴賓を楽しませ、目にも眩い舞踏会を開いたのであった。

(31)　カレーにあり、亡命したブランメルが投宿したホテルとして名高い。

(32)　**ダブランテス公爵夫人**（1784～1838）ナポレオンに重用されたジュノ将軍の妻。夫と同様に華々しい経歴の持主で『回想録』を著している。バルザックとも親交があった。ここに語られているエピソードは、兄ナポレオンの意志によりウェストファリアの王となるジェローム・ボナパルトと結婚するためヴュルテンベルグの王女が来仏した折のこと。

すべからく上流人士は銘々それなりに、この人たちの見せた並優れた才覚に倣わねばならない。常日ごろ注意を怠らず隅々まで小ざっぱりとしておけば、いざという時あっと言わせるのもそれほど難しくはないはずだ。日頃の手入れがあってこそ全体の美しさが保たれる。このことから、次のイギリス的格言が出来上がる。

26

優雅にとって維持費は必要欠くべからざるもの。

維持というのは、品物を清潔に保っていつも光沢を失わぬようにしておくといった、いわゆる事物の保全ばかりを言うのではない。この言葉には一個の体制そのものがかかっている。

ヨーロッパの服飾史のなかで、重々しい錦や中世の手のこんだ紋入り陣羽織りがすたれてゆき、代って布地の品質や美しさが尊重されるようになってきてからというもの、生活資材は大規模な変革を蒙った。やがては消耗してゆく動産〔家具〕などにそっくり元金を注ぎ込むかわりに、人々はその利子分の金でより手軽で廉価な、買い替えの利く品を購入するようになってきている。だから今ではどの家も元金を相続できるようになってきた。*

　こうした文化文明の知恵が最も進んでいるのがイギリスである。この快適さの生みの国では、生活品というのはいわば大きな衣服であって本質的に流行りすたりのあるもの、気まぐれな流行に左右されるものと考えられている。金持は毎年のように馬や馬車や家具調

●陣羽織り

*原注　手近な例として十七世紀の粋人バッソンピエールをあげれば、その上着は今の金に換算して十万エキュ〔五十万フラン〕もする代物であった。現代ではどんなにお洒落な男でも服装に一万五千フランもかけないし、季節毎に服を新調する。使われる元金の大小により贅沢の質も異なってくると言えるのかもしれない。女性の服装についても、また優雅学のどの部門についても同じことが言える。

度をあつらえるし、ダイヤモンドでさえ買い替える。何によらず新型が出廻るからである。ちょっとした家具に至るまですべてこの考え方で製造されている。つまり原材料を上手に節約するのである。わが国はまだこれほどの水準に達してはいないけれども、それでも進歩したほうだ。帝政時代様式の重厚な指物細工やごつい馬車、彫刻などはもうすっかり嫌われてしまった。所詮これらは芸術家にも趣味人にも満足のゆかぬ中途半端な芸術品でしかなかったのだ。要するにわれわれは優雅なもの、シンプルなものを目指して進んでいるのである。わが国はまだそれほど裕福でないからそうそう生活品を買い替えるわけにはゆかないが、次の格言ぐらいはもう誰にだってわかっている。これこそ現代生活の格言だ。

27

贅沢より優雅の方がかえって高くつく。

動産の購入を元本の投下と考えた時代はもう昔のことになろうとしている。かの陶器絵師コンスタンタン描く美女フォルナリーナの肖像入りの杯などを好事家に見せて悦に入ったりするより、陶器の食器セットを使って食事をする方がはるかに優雅であり快適でもあると誰もが本能的に感じるようになってきた。芸術の生む傑作は個人の所蔵ならぬ王に捧げられるべきもの、大造営物も専ら国が所有すればよろしい。暮らしのなかにせめて一点だけでもと、分不相応な高級品をそなえたがるのは愚かなことで、実際以上に自分を偉く見せたがる輩のする仕業。この手の輩は例の虚勢に陥るのであって、その滑稽さの程は先ほど指摘してみせた通りである。この種の豪華趣味の蒙を啓いてやるために記したのが次の格言。

28

優雅な生活とは巧まざる自尊心の発現なのだから、露骨に虚栄心を覗かせるのは無駄なこと。

いや、われながら良くしたものだ！……　優雅学の一般的原理はどれを取っても先に掲げた大原理から派生するものばかり。維持にしろその法則にしろ言ってみれば例の統一の原理からただちに導き出されるものではないか。

と思いきや、読者から苦情が殺到したのである……。そんな独断的な格言をいちいち守っていたのでは費用が嵩んでたまらない、と。

たとえばある御婦人、「あなた方の理論のおっしゃる通りにするには、いったいどれほど財産があればよろしいのでしょう……。家中の家具を買い替え、絨緞を取りかえ、馬車を修理し、閨房の絹地を張りかえてやれやれと思ったその翌日に、お洒落男がやって来て、ポマードのついた髪を平気で壁布にもたせたりしないでしょうか。虫の居所の悪い方ならわざと絨緞を汚しにやって来るかもしれません。不器用な客は馬車をぶつけたりもするでしょう。無礼者が何時なんどき聖なる閨房の敷居をまたがないとも限りませんし……」

えてして御婦人はこと自己弁護になると格別に言葉巧みなものである。しかしその巧みな抗弁も、次の格言にあってはひとたまりもなかった。

29

上流人士は、どんな品物だろうと自分の持物だなどと思ってはならぬ。すべてを他人に供すべし。

なにも優雅の士は王のように、朕《ちん》が馬車、朕が宮殿、朕が城、朕が馬などと言うわけではない。けれども為すことすること一切に、王侯然とした鷹揚さを漂わせるすべを心得ている。とすればこの喩えはぴったりで、これあればこそ周囲の人も安んじて彼の財産にあやかることができるのではなかろうか。この貴顕の教義にはもう一つ、劣らず重要な公理が含まれている。

30

誰かを自分の家に招くということは、その人を自分の階層にふさわしい人物とみなすことである。

というわけだから、われわれの不動の教義をとやかく言いたがるような御婦人が災難と称するものは、実はおのが不明の招いた災難に他ならない。いったい自分が招いておきながら、客の無作法や不注意を咎めてよいものだろうか。悪いのは自分の方ではないか。いやしくも上流人士なら互いに仲間を見分けるひそかなしるしがあろうというもの。そうして対等な客だけを招いていれば、もはや優雅の士に恐がる事故などないではないか。それでも何かが起こるなら、それはもう誰も免れぬ偶然のいたずらである。それにつけ控えの間というのは良く出来た制度である。貴族階級が栄えたイギリスでは、たいていの屋敷が応接室をそなえつけているが、これは目下の者を引見するのに使う。有閑人と暇なし人間の大きな開きはとにもかくにも礼儀作法に現れる。哲学者や不平家や冷笑家の連中はとかく儀式ばった事を軽蔑したがるが、彼らにしたところでまさか雑貨屋風情を、たとえそれが大選挙区の有権者であろうと、侯爵を迎えるように慇懃にもてなしたりはしないだろう。だからといって上流人士が労働者連中を軽蔑してよいというのではない。いや、上流人士は彼らに対してもそつのない敬語を心得ている。

「あの人達はなかなか立派な人々だ……」と。

優雅の士が勤労に励む人々を馬鹿にしたり、働き蜂をいじめてみたり、仕事中の芸術家の邪魔をしたりするのも感心できたことではない。それは悪趣味というもの。

かくてサロンには優雅に歩ける人々だけしか入れない。揺れる甲板を楽々と歩ける者だけが快走帆船を制するのと同様に。われわれの序論を受入れて下さった読者なら、結論も残らず受入れていただかなければ。

以上の教義から次のような基本的格言が出来上る。

優雅な生活にあってはもはや上下の別はない。ここでは誰もが対等である。

上流人士は誰に向っても「光栄にも……云々」などと口にしないし、誰の忠実なる僕でもない。

現代では礼節も新しい形式が要求されているのであり、趣味良き人は時と所を心得て巧みにこれを使いわける。こうした創意に乏しい方々には、『モンテスキュー書簡集』をお読みになるようお勧めしたい。この大文豪は、「謹んで……」という通りいっぺんの書式をとみに嫌って、ちょっとした手紙類にも稀にみる創意を発揮し、さまざまな結尾文を工夫したものであった。

優雅な人士は生まれながらに一国の貴族階級を代表するのであるから、互いに完璧な対等性を守らなければならない。才能も金銭も権力も同等の権利をもっているのだ。一見力も金も無さそうな相手にお義理で会釈をしていたところ、やがてその人物が出世して国の頭になることだってあるだろう。いま諸君がぺこぺこしている相手が明日は尾羽打枯らして無一文の身になるかもしれないのだから。

これまでに述べた教義は全般に事物の形態というよりむしろ事物の精神にかかわるものであった。言うなればわれわれは優雅な生活の「美学」を述べてきたわけである。いよいよこれから一つひとつの細部にかかわる一般的法則に移ろうと思うのだが、それを考えていてふと驚いたというか意外に思ったことは、これから述べようとするその原理が他でもない一種建築学の原理に通じているのである。もしや優雅な生活に役立つ品々は大半が建築学におさめられるものではないだろうか。衣服、ベッド、馬車といった品々が人間を包み隠す覆いなら、家屋もまた人間とその身のまわり品を包みこむ大きな衣服のようなものだ。まったく人間というのはタレーラン氏が言ったように、自分の生活や考えを隠すためとあらば言葉だろうと何だろうと一切合財を援用してきたらしい。あいにくどんなヴェールを持ってきても中はお見通しだけれど。

この規則はことさら重視する程のものでもないので、以下にその幾つかを記すにとどめよう。

32

優雅というなら必ず手段と目的が合致していること。

33

この原理からさっそく二つの格言が導き出される。

34

優雅の士は何につけ無駄なものを望まない。

すべてはあるがままの姿で。

35 装飾過剰は逆効果である。

36 装飾品は目の届かぬ上の方に。

37 何ごとも色が多すぎると悪趣味になる。

以上の公理はここでいちいち例証するまでもないだろう。続く第三部、第四部で各事項ごとにこれらの公理の狙いを指摘しながら進めていった方が合理的かと思う。したがって各論ごとの一般的原理もここでは省略することにした。それぞれの題材を扱う章の冒頭に概論の形で掲げた方が適当であろう。

むろんこれまでに述べた諸規則も随時参照することになるだろうが、それにつけ何と月並な規則ばかりとおっしゃる読者も多いかもしれない。

いや、このお叱りは讃辞とお受けしておこうか。なるほどわれわれの掲げた法則は簡単なものばかりだし、もっと上手に縮めたり伸ばしたりできる優雅学者も少なくないだろう。さはさりながら、われわれとて流行の初心者にはまだまだ言っておかねばならぬことがある。というのもこうした規則を学んで身につけるだけではまだ趣味良き人とは言えないのだ。まるで母国語を喋るように自在にこの優雅学を操らねばならぬ。社交界では訥弁は禁物である。まったく、世に似非《えせ》流行児の何と多いことか。お洒落を追いかけるのに汲々として、少しでもシャツに皺がよろうものならもう青くなる。何とかして取繕おうと四苦八苦するそのざまは、一言ごとにポケット辞典を取り出して見る哀れなイギリス人そっくりだ。あわれな優雅界のアホ諸君、格言33から生まれる次の格言をしかと覚えておきたまえ。これぞ諸君に対する永遠の有罪宣告である。

38

わざとらしいお洒落と真のお洒落の関係は、鬘と地毛の関係に同じ。

この金言から必然的に生まれてくるのが次の格言。

39

「ダンディズム」は優雅な生活の邪道である。

実際、「ダンディズム」とはうわっつらだけの流行である。「ダンディ」になるというのは、つまり閨房におさまる家具の一つになってしまうこと、お洒落に凝り固まったマネキン人形になることだ。馬の背中や長椅子の上で恰好をつけるのは得意だし、ステッキの頭

●お洒落に対する執着を諷刺した漫画

を嚙ったりしゃぶったりもお手のもの。だがこの連中に、ものを考えろなどと言っても……頭は空っぽ。こういう風に流行の中に流行しか見ないのを馬鹿と言うのである。優雅な生活は思想や学問を排斥するどころか、これを確固不動のものにするのだ。時間を享受するすべばかりでなく、きわめて高度な思想に立って時間を使うことを学ばねばならない。

この第二部を始めるにあたって、優雅な生活の教義はキリスト教の教義に通じるところがあると述べておいた。だからこれを終えるにあたっても、われわれの原理をとにかく上手く身につければどんな人物になれるのか、その成果の程をスコラ哲学の用語を借りて言い表してみよう。

まず御登場願うのは、見るからにモダンな紳士。馬車は趣味が良く、客のもてなし方も非の打ちどころがない。召使もみな礼儀をわきまえていて、晩餐は極上そのもの。この紳士、流行にも政治にも明るく、新しい言葉や流行りの言いまわしにも通じている。いや通じているどころか、そもそも彼が流行らせるのだ。要するに為すことすることすべてにほどよい快適主義が漂っているのである。こういう人物はいわば優雅のメソジスト教徒(33)であって、まさに現代をいく人物である。人に媚びるでなく嫌われるでなく、何を言っても礼を失せず、何をしても下品なところがない……。いや、もういいだろう。こういう人物は十分な恩寵(34)を授けられているのである。

かと思うと愛すべきエゴイストとでも呼びたいような、自分のことを喋っても不思議に嫌味を感じさせない人物がいる。誰しも身近にこんな人物がいるではないか。何をやらせても魅力にあふれ、斬新で気が利いていて、詩的ですらある。見ていて羨しくなる程だ。

(33)　**メソジスト教徒**　イギリスの宗教家ジョン・ウェスリーに始まるプロテスタントの一派。聖潔な規範をつくりこれによって厳格に生活態度を律した。

(34)　救霊をめぐる神の恩寵の問題はことに宗教改革以来もちあがった神学上の一大論争点である。たとえばジャンセニスムが真の救済のための「有効な恩寵」は専ら神の意志によると説けば、イエズス会は「十分な恩寵」は人間の意志によって「有効な恩寵」となると反論し、以来神学上に諸説が生まれた。

自分の愉しみや贅沢を人に分かち与えながら、自分だけいい目を見てはいけないと気づかっているかのよう。その親切も、たとえ口先だけのものにしろ見事礼儀に適っている。友情の豊かさを識りつくしている彼は、友情なら任せておけと言わんばかり、相手の音域に合わせて周波数を変える。

こういう人物の生活は何をとっても彼らしく、それでいて、やり方を心得ているから憎めない。相手が芸術家なら自分も芸術家、老人なら老人、子供なら子供という案配で人の心をつかんでしまう。といって媚びているわけでもない。そもそも自分の為にわれわれを騙し、計算ずくでわれわれを楽しませているのだから。つまり自分が退屈していればこそわれわれのお守りをし、あやしてくれるのである。それでもわれわれは、してやられたなと気がついても、もう翌日にはまた騙されたくなって彼のところへ足を運んでしまう……。こういう人物は本質的な恩寵を授けられているのである。

が、それにもまして、話をすれば妙なる声で人を魅了し、立居振舞もそれに劣らず魅力的という人物がいるものだ。話すことも黙ることも心得ていて、穏やかに相手に対し、話題も相手にふさわしいものばかり。巧みに言葉を選び、言葉づかいは美しく、皮肉を言っても人の心を和ませるし、批判はしても傷つけない。馬鹿によくある恐いもの知らずで喰ってかかるようなことは決してなく、ひたすら相手と共に良識と真実を探し求めているかのよう。滔々とまくしたてたり言い争ったりなどせずに、話を楽しみながら適当なところで口を噤む。いつどんな時にもにこやかで笑顔を絶やさない。その礼儀正しさは少しもわざとらしさを感じさせず、慇懃でこそあれ卑屈なところはいささかもない。相手に気を使っていても、ほのかな影のようにさりげない。こういう人物が相手だと決して飽きることを知らず、相手にも自分にも満足がゆく。ついつい行きたくなって彼のところに足を運び、その生活に触れてみると、身の廻りの品の一つひとつにやはりその温かい人柄がにじんでいる。何もかもが目に快く、まるでふるさとの空気を吸っているような気分。差し向いになると改めて彼の率直さに魅了される。いかにも態度が自然なのだ。わざとらしさ、派手なところ、ひけらかすところがまるでない。ただただ真実の気持を素直に表しているのである。率直に物を言いながら誰の心を傷つけるでもない。こうした人物は他人を神が創りたもうたままに、その欠点も滑稽さも温かく受け入れるのだ。だからどんな年齢の人とも上手くゆくし、何があっても腹を立てない。万事先を見通す明がそなわっているのである。人を慰める前に親切を施し、やさしく、そして明るい。こういう人だから誰もが愛さずにはいられない。理想の人と仰がれて、人々の崇拝を一身に集めることになる。

こういう人物は聖なる相伴的恩寵をそなえているのだ。

シャルル・ノディエがあのウーデ大佐(35)でこの理想のタイプをうまく描き出している。ノディエの筆の妙技も手伝っていかにも魅力あふれる人物だ。いやこんな解説を聞くより、是非ノディエその人の筆に聞いていただきたい。その語り口は、この人物が生活の中で見せるいかにも彼らしい仕草や表情を生き生きと伝えてくれる。こういうものはそうそう描けるものではない。ノディエを読めば諸君もよくおわかりになるだろう、こうした特権的人物の身にそなわる威力がどれほどのものか……。

人を惹きつけてやまぬこの魅力こそ優雅な生活のめざす大目標。誰もがこれをわが物に

(35) **シャルル・ノディエ**(1780〜1844) ロマン派の作家。ことに幻想小説で名高い。『軍隊内の秘密結社の歴史』(一八一五)のなかでウーデ大佐の魅力的な人物像を生き生きと描いている。バルザックはノディエを高く評価していた。

しようと努力しなければ。とはいってもなかなか難しいことも確かで、およそ美しい魂の持主でなければ出来るものではない。幸いなるかな、この魅力を発揮する者、自然も人もすべてが自分に微笑みかけるとは何と素晴らしいことではないか……。

いまやすべての峰は踏破された。いよいよ細目にとりかかることにしよう。

第三部　直接に人を表す事物について

「いかがでしょう、奥様、こうした他愛ないものが揃ってなくても才人になれるものでしょうか」

「そうですね、なれるにはなれるでしょう。でも、魅力もほどほど、育ちもまずまずといった程度の才人でしょうか」――サロンの会話より

一八二〇年頃のダンディたち

哲学的才能ゆたかなある新進作家によれば、「流行」というきわめて他愛ない問題にも実は重大な側面があるという。ここに氏の思想を拝借して公理に掲げたい。

40

服装は社会の表現である。

われわれの教義はすべてこの金言に言いつくされている。こうも見事に言われては、もう何を述べてもこの卓抜な格言の焼き直しにしかなりそうにない。

学者でも、上流社会の粋人でもよい、国民がそれぞれの時代にどんな服装をしていたか調べてみる気を起こしたら、きわめて絵画的な真のフランス史が出来上ることだろう。フランク族の長髪、僧侶の剃髪、農奴の坊主頭、ポポカンプーの髪(36)、貴族の髪粉、一七九〇年のティトゥス風の髪型(37)、等々を一つひとつ説明してゆけば、わが国の主要な革命を語ることになりはすまいか。とんがり靴、布施袋、垂れ頭巾、帽章、輪骨入りペチコート、腰あて、手袋、婦人の覆面、ビロード、等々の起源を探ねてゆけば、優雅学者は否応なく奢侈取締法の恐るべき迷路に足を踏み入れることになり、また中世の蛮族がヨーロッパに持込んだ粗野な風習を文明が征覇していった戦場の数々に踏みこむことにもなるだろう。教会

(36) ポポカンプーの髪は歴史上実在したものでなく、ノディエの『ボヘミアの王とその七つの城の物語』に登場する王様の髪。

(37) ローマ皇帝ティトゥス風の短い髪型で、大革命の折に流行した。

●ローマ皇帝ティトゥス

が半ズボンを着用した司祭を破門したかと思えば次には長ズボンを着用した司祭を破門してみたり、その昔、最高法院がボーヴェー教会僧の髪一つの裁定に半世紀も費やしたりしたのは、(38) つまりそれらの一見なにげない服装が一定の思想や利益を表していたからである。足、胸、頭、どこに現れるかはさまざまだが、社会の進歩や後退、激しい闘争には必ずどこか衣服の一部が与っている。履物が特権を表すこともあれば、頭布やボンネットや帽子が革命の合図になることもある。刺繍飾りだの飾帯だの、あるいはまた勲章だの藁飾りだのが、党派を表してしまう。こうして人は十字軍に属したり、新教派に属したり、はたまたギーズ公派、旧教同盟、アンリ四世派、フロンド派、等々に属することになる。

おや、君は緑のボンネットを被っているのか……。なんて恥さらしなやつだ。(39)

おい、お前、陣羽織につけてるそれは何だ。勲章かと思ったら、黄色い輪(40)をつけおって。消え失せろ、ユダヤ、キリスト教の賤民め！……日が暮れたらとっとと塒《ねぐら》に帰るんだ。さもなきゃ罰金だぞ。

おや、そこの娘さん、これはまた金の指輪ときましたね。素晴らしい首飾りに耳飾り、お前さんの燃える瞳みたいにキラキラ光ってるじゃないか……。御用心、御用心！　お巡りさんに見つかると捕って監獄送りだよ。そんなに息をはずませて街に出て来たんじゃね。身体をうずうずさせながら街中を流すなんて、さ。おかげで老いぼれ爺さんの瞳に火がついて、財布が空になっちまう！……

君は白い手をしているね……。きっと血祭りにあげられるぞ。聞こえるだろう、あの叫びが。「百姓ばんざい、くたばれ貴族！……」

●十六世紀、婦人が外出時につけた覆面

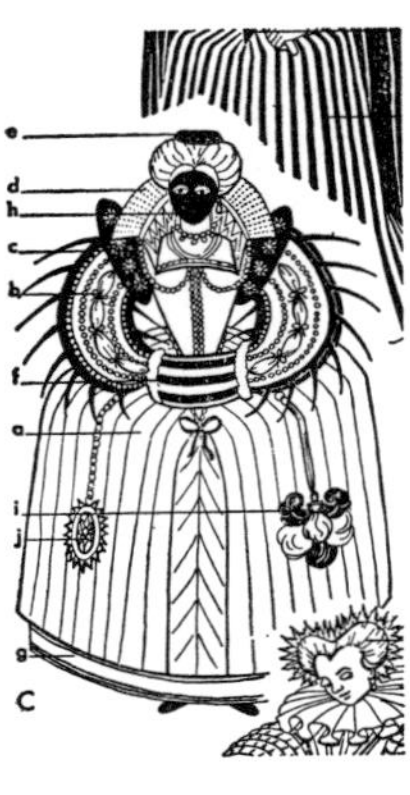

(38) かつてボーヴェの教会僧が髪をつけてミサを唱えようとしたことがあった。一八六五年、教会参事会が（バルザックが述べているように最高法院ではなく）これに懲戒処分を下した。

(39) かつて破産者や無期懲役囚は緑のボンネットを被らされた。

(40) 中世にユダヤ人がつけさせられた車輪型の黄色いマーク。

君がつけているのはX十字だね。安心してパリに入るがいい。いまパリは、無畏公ジャンが治め給う[41]。

君、三色帽章をつけてるじゃないか……。逃げるんだ!……マルセイユじゃ殺されてしまうぞ。ワーテルローの最後の大砲が吐き出したのは死人ばかりじゃない、旧ブルボン勢も息吹きかえして一緒に出てきたんだ[42]。

服装はまさに人間そのものであって、政治的信条を表し、生き方を表し、いわば人間の象形文字である。そうでなければ、人を表す形式が多々ある中でつねに服装が最も雄弁に人を語るわけはなかろう。現代でも服相学はガル[43]とラヴァター[44]の創始した学問の一部門を成していると言ってよい。近頃は誰もみな似たり寄ったりの服装をしてはいるけれど、それでも見る人が見ればわかるのである。雑踏の中でも集会の場でも、劇場でも散歩道でも、どれがマレー地区の人間で、どれがサン=ジェルマン街の人間か、ラテン区の人間はどれで、ショッセ=ダンタンのはどれか、見分けるのは簡単だ[45]。労働者か、地主か、消費者か生産者か、弁護士か軍人か、弁舌の人か行動の人か、見ればすぐにわかる。

まったく、贅沢や労働や貧困が人間に刻みつける特徴をたちまち見てとる生理学者の目の速さときたら、軍隊長が自分の中隊の制服を見わける速さなどの比ではない。

さあ、そこに洋服掛けを置いて洋服を掛けてみたまえ!……。よし、と。諸君とて外を歩いて物を見たことがおありなら、どこに眼がついてるのかわからない馬鹿でもない限り、おわかりになるだろう。色あせた袖といい、背中の大きな横皺といい、それが役人の服だってことが。タバコを一服といっては椅子にもたれ、手持ち無沙汰といってはまたもたれ

(41) 十五世紀の百年戦争の折、ブルゴーニュ公領は強大な勢力を誇ったが、一四一一年、同盟のしるしの一つにX型十字を採用した。ブルゴーニュ公ジャン(無畏公)がパリに入城した時、街中こぞってこれらのしるしを掲げたという。

(42) 赤・白・青の三色帽章は大革命以来共和派のしるし。ワーテルローの敗戦によりナポレオンの百日天下は崩壊し、一八一四年フランスは王政復古を迎えるが、これを機にブルボン派旧貴族による「白色テロル」の嵐が吹き荒れ、共和派、ナポレオン派は厳しい弾圧をこうむった。ことにマルセイユでの白色テロルは残虐を極めた。

(43) ガル(1758~1828) ドイツの医学者。骨相学の創始者として知られる。バルザックが傾倒した医学者の一人。

(44) ラヴァター(1741~1801) スイスの哲学者、詩人。『人相学断片』を著し、観相学を創始する。当時の文学者にも少なからぬ影響を与え、バルザックもまた「内に在るものは外に現れる」というラヴァターの学説に深く共鳴した。

(45) マレー地区は古くからの貴族の屋敷町、サン=ジェルマン街は当時の貴族街、ラテン区は下層のブルジョアが多く住み、ショッセ=ダンタンは銀行家など新興の上層ブルジョアジーが住んだ。

ているものだから、そんな横皺が入ってしまったのだ。手帳を入れるポケットが馬鹿にふくらんでいるのは、いかにも実業家の服である。ズボンのポケットがはずれそうなのは、よく散歩する人。いつもそこに手を突っこんでいるせいだ。やけに大きく口が開いたポケットは、店屋の主。まったく彼らのポケットときたらいつでも大あくびで、まるで入れるものがなくて困っているみたいだ。さてポケットのおつぎは衿である。どれほど汚れているだろうか、髪粉やポマードのつき具合はどうか、擦り切れかたはどうか。それからボタン穴の擦り減り具合は。裾の垂れかたはどうか、芯は新しいか、丈夫か。こうした特徴を見ていけば、その人の職業、生活、習慣が間違いなくわかる。隆とした上着なら「ダンディ」だし、エルヴァフ産のシャツなら金利生活者だ。短いフロックコートはもぐりの仲買人、金ボタンの錆びた燕尾服は時代遅れのリヨン人、汚ならしい短外套《スペンサー》は守銭奴！……。

　こうして見ると、ブランメルが「身だしなみ」こそ「優雅な生活」の要と考えたのも無理はない。まさに服装は世論を支配し、決定し、世に君臨する！……嘆かわしい話だが、世の中はそういうもの。馬鹿の多いところ、馬鹿げたことは後を断たない。だからこそ次のような考え方も公理の一つにしないわけにはいかないのである。

服装に対する無関心は精神的な自殺にひとしい。

まこと服装は人間そのものだが、それ以上にまた女性そのものである。首飾り一つつけ

●大革命当時の三身分の服装。左から「僧侶」、「貴族」、「第三身分」。

そこなったために惨めな地位に転落する公爵夫人だっているのだから。

服装学に含まれる重大問題を以上のように考察してきて一つ気がついたことだが、男女いずれの服装についても、いわば国籍を問わず全世界的に通用する原理が幾つかある。また衣裳の法則を打ち建てるには、われわれが服を着る順序そのものを尊重せねばならぬことも考えさせられた。すると、何はさておき真先に取りあげるべき事がある。われわれが話したり行動したりする前に服を着るのは事実だが、さらにその前に入浴をするというのも事実ではないか。服装に関しこうして定められた順序をきちんと守ってゆけば、本章の構成は自ずと次のようになろう。

第一節　身だしなみの全世界的原理
第二節　身だしなみにおける清潔さについて
第三節　男性の服装について
第四節　女性の服装について
第五節　衣裳のいろいろ、および本章のまとめ(46)

第一節　身だしなみの全世界的原理

日雇人夫よろしくいつも垢にまみれて汗臭い一張羅を毎日芸もなく背負っている人々の数は結構多い。社交界に出入りしても何一つ見る眼を持たず、御馳走の味も女の魅力もし

(46)　本書四四ページ、訳注(28)を参照。

らず、気の利いた言葉一つ、馬鹿なこと一つ言うでなく、生きるともなく死んでゆく人々が大勢いるのと同じことである。神よ、彼らを許し給え、彼ら自らの為せることを知らざればなり！……。(47)

こんな連中では、優雅教に改宗させるといっても、優雅学の中で最も基本的な次の公理さえ果たして理解できるかどうか。

42

野蛮人は身をくるみ、金持や馬鹿は飾りたて、優雅の士にして服を着こなす。

43

お洒落とは学問であり、芸術であり、習慣であり、感性である。

まったく、四十にもなってお洒落とは深い学問だということがわからぬような女性なんていったい何であろう。着こなす術を知らなければ服の美しさもあったものではないではないか。宮廷服を着たお針娘ほど滑稽なものがまたとあろうか。それにまたお洒落の感性ときたら！……いやはや世の中には、男といわず女といわず、やれ金だ織物だ絹だと贅沢の限りをつくして飾りたて、挙句に日本の人形か何かみたいに御大層な恰好をしてしまうお洒落教信者の数が何と多いことか。それを思えば次の格言の真実もまた劣らず重要で、その道に通じた色女、老練の色事師といえども必ずこれに学ばねばならない。

(47) ルカ伝、第二十三章。

お洒落は服そのものよりむしろその着こなし方にある。

だから肝心なのは着るものよりむしろその着物の精神をとらえることである。片田舎に行くと、いやパリでさえ、新しい流行のことになると、次に語るスペインの公爵夫人と似たような間違いをしでかしかねない人々が結構いるものだ。この公爵夫人、高価なタライを贈り物にもらったのはいいのだが、それがまた見たこともない形をしたタライであった。さんざん思案した挙句、形からしてたぶん食卓で使うものであろうと考え、松露と肉の煮こみをそれに盛りつけて客の目の前に差し出したのである。金箔の陶器で出来たこの生活必需品がまさか入浴用品とは思いもよらなかったのだ。

現代は生活習慣がすっかり衣裳を変えてしまって、衣裳と呼べるような衣裳はもう存在していない。今ではヨーロッパのどの家庭もラシャを使うようになっている。大貴族といわず民衆といわずみな本能的に偉大な真理を悟ったからである。つまり中世や絶対王政時代の宝石なんぞを服に散りばめたりするよりも、上等なラシャを着て馬を所有したほうがはるかによいと考えたのだ。そうなると残るはもう着こなししかなく、お洒落は服の細かい部分にどう凝るかにかかってくる。贅沢を質素にするというより、むしろシンプルな贅沢である。むろんこれとは違ったお洒落もないとは言わないが……。それはもう虚栄心から出たお洒落というもの。なかにはこの虚栄心に駆りたてられて、人目を惹こうと一風変った織物を着てみたり、結び目にダイヤモンドの留飾りをつけてみたり、かと思うとリボンの花結びの真中に光るリングをつけたりする女性もないではない。同様に男の中にもこの手の流行の殉教者がいる。年金百ルイの身で屋根裏部屋に住みながら、それでいて最新流行を気取ろうという連中。朝にはシャツに宝石をあしらい、ズボンを留めるのは金ボタン、豪華な鼻眼鏡を鎖にたらし、そうして夕食はというと、何とあの安食堂タバールだ！……こうしたパリのタンタロスどもは次の公理がまるでわかってないのである。わかろうという頭もないのであろう。

45

お洒落は決して華美であってはならない。

そういえば歩く時のお洒落と馬車で出かける時のお洒落の区別がなかなかわからない人が何と多いことか！……考えも秀でて、教養も優れ、心ばえも卑しからぬ人達の中にさえ結構そういう人が少なくない。

かと思うと、パリの街角やブルヴァールで、そのお洒落の感覚《センス》からしていかにもその名、地位、財産をしのばせる才たけた女性に出会うことがある。こんな女性に出会うのは、観察家や識者にとって何と忘れ難い喜びであろう。こういう女性は普通の人から見れば何一つ目立ったところがなく、それでいて芸術家や遊歩を楽しむ紳士の眼にはまさに一篇の詩そのものなのだ。服の色とデザインの見事な調和、さぞかし器用な小間使が腕によりをかけたのだろうと思わせる隙のない着つけ。こうした身分の高い女性は、足で歩くというつつましい役柄を心憎いほどわきまえている。それというのも馬車での外出に似つかわしい派手な装いはもう何度も経験ずみだからこそ。実際、幌付四輪馬車に乗る贅沢が身についた人だけが、歩いて行く時の装いも心得ているのである。

次の二つの格言は、こうした輝かしいパリの女神達の一人から頂いたもの。

46

何であれ女性が大胆に出ようとするには馬車というパスポートが要る。

47

歩兵は、どうせ歩兵だという他人の先入観とつねに闘わねばならない。

とすれば次の公理などは何より並の歩行者の心得となるはず。

48

すべて効果を衒うものは悪趣味であり、けばけばしいのも同断である。

この点に関してはさらにブランメルが最高の金言を残している。全イギリスが仰いで不動のものとなった金言。

●一八三四年頃の婦人の外出姿

49

もし皆からじろじろ眺められるようなことがあれば、君の着こなしはまずいのだ。お洒落のしすぎか、わざとらしいか、凝りすぎているかのいずれかである。

この不滅の金言に従えば、すべからく歩兵は人目に立ってはならない。歩兵の勝利は、ありふれているようでいて実は際立ったお洒落、一般の人にはわからないが同階層の人だけにはわかるといったお洒落にこそある。あのミュラほどの人物でさえ、派手な服がたたって「サーカス王フランコニ」の仇名を頂戴したのであるから(48)、ましてただの洒落男なら世間が何と言うことか。滑稽だけでは済まないだろう。お洒落のしすぎというのはたぶんお洒落に無関心なのよりいっそう始末に負えぬ悪徳なのである。次の公理などはさぞかし気取り屋の女性の心胆を寒からしめることだろう。

50

流行も度を越すと漫画になる。

さて最後に残ったのが、お洒落に関する思い違いの中でもいちばん大きな間違いを正す仕事。とかく物ごとを深く考えたり観察したりする習慣のない人々はこうした間違いに気づきもせずうのみにしているものだ。注釈は抜きにして頭からわれわれの最終判決を申し

●お洒落男を諷刺した漫画（フィリポン作）

(48) フランコニは帝政時代にサーカス団をひらき名曲馬師として大成功をおさめた人物。ミュラはナポレオンに仕え歴戦を率いた軍人だが、乗馬の達人だったからというだけでなく、金ピカ衣裳を好んだせいであろう、ナポレオンから「フランコニ王」の仇名を頂戴した。

渡すことに致したい。あとの議論は趣味良き御婦人やサロンの哲学者にせいぜいお任せすることにしよう。

51

衣服というのはいわば上薬であって、すべてを浮彫りにしてみせるもの。お洒落は身体の欠点を隠すためというより、むしろ長所を際立たせるためにこそある。

このことから自ずと次の命題が生まれる。

52

あるがままの姿以上に、あるいは流行に倣ってそうした以上に、隠したり、ごまかしたり、大きく見せたり、誇張したりしようとするお洒落は必ず間違ったお洒落ときまっている。

だから人目を欺こうというような流行はそもそも長続きしないし、悪趣味なのだ。

いま掲げた原理はいずれも確たる実例に学んだうえ、観察にも基き、しかも人間の虚栄心、女性の虚栄心をよくよく考えに入れたうえで打ち建てられたものだが、この原理に照らせば明らかなように、身体の不自由な女性、背中が曲がっていたり、せむしやびっこの女性は、礼儀のうえからも自分の欠陥を目立たせぬよう努めるべきだとはいえ、少しでも人目を偽ろうなどと考えたらそれこそおしまいである。ルイ十四世の愛人ラ・ヴァリエール嬢はびっこであったが、それなりの魅力があった。せむしであっても精神的な魅力や情熱的な心の輝くような豊かさによって欠陥を補って余りある女性は決して少なくはない。欠点こそ測り知れぬ長所にもなるのだ。いつになったら女性がこのことを悟ってくれる日が来るのだろう！……男でも女でも、完璧な人間こそいちばんつまらぬ人種ではないか。

以上、前置きまでに万国に通用する考察を並べてきたが、最後に一つ注釈の要らぬ公理を掲げて締めくくりとしたい。

ほころびは一つの不祥事であり、しみは一つの悪徳である。

歩きかたの理論

ステッキを持ったバルザック（ドーミエ作）

意志は、まなざしに宿って威光を発し、精神の命じるままに障害物を粉砕する。隠そうと努めても、表皮をつらぬいて表に滲み出る。この意志の魔術がある電気体の仕業でないとすれば、いったい何の仕業だというのだろうか。――『ルイ・ランベールの知性史』(1)

(1) 一八三三年二月、バルザックは『ルイ・ランベールの知性史』を上梓。一青年の精神史をとおして自らの哲学思想を展開しているが、そこにある意志・知・エネルギー論は、執筆時期の近いこの『歩きかたの理論』と深くきり結んでいる。

ここにとりあげる歩きかたの理論は、私の見るかぎり、これまでに知られる知識の中でも最も新しい科学であり、これほど興味をそそられるものもない。ほとんど誰もまだこれに手をつけた者がないのである。もったいなくも歩行の科学が手つかずとはまたどうしたわけか、そのよって来たる所以を明かしてみるのは人類の精神史を考察するうえでも有益なことであろう。振り返ってみればラブレーが生きていたような時代には、歩行の科学にしろ何にしろ、およそこうした学問的好奇心そのものが滅多に存在しなかったのだ。しかしそれではなぜ現代になってこの好奇心が目覚めてきたのか、むしろこちらの方が難しい問題かもしれないが、きっとこれはこの好奇心以外の一切が、悪徳といわず美徳といわず、すべて鳴りをひそめて眠ってしまったからではないだろうか。こう考えてみれば、当代の思想家バランシュ氏を待つまでもなく、『眠れる森の美女』を書いたあのペローは期せずして現代の神話を先取りしていたのかもしれない。天真爛漫な天才ならではの輝かしい特権というべきか！ 彼らの作品は切り子のダイヤモンドにも似て、あらゆる時代の思想を映し出し、輝かせるのである。作品の思想をつかむことにかけては天下一品の才人、あのロトゥール・メズレーも、ペローの『長靴を履いた猫』に「広告《コマーシャル》」の神話を見てとったではないか。(2) 昨今とみに幅を利かせている「広告」の神話を。まことこの広告というしろものは、フランス銀行に持っていっても値打ちのないものを当てにしようというもので、つまりは才気に程遠い国民の才気を当てにし、不信をきわめる時代の信用を、利己心に凝り固まった社会の共感を当てにしようというもの。

さてこの現代は、朝から思想に飢えた連中がごまんとひしめきあう時代。思想一つが幾

(2) **ロトゥール・メズレー** (1801〜1861) ジャーナリスト。ダンディとしても聞こえた。E・ド・ジラルダン、バルザックと親しく、『ラ・モード』の編集者の一人。一八三二年に『子供新聞』を創刊し、盛んに宣伝・広告を用いて大成功をおさめた。『長靴を履いた猫』はペロー(1628〜1703)の童話の一つ。機略に富んだ猫が、一文無しの主人をまるで大領主であるかのように吹聴し、その宣伝のかいあって主人はめでたく王子様におさまる、という筋立て。

●『長靴を履いた猫』(ギュスターヴ・ドレ挿画)

らで売れるか、みなさん良く御存知なのだ。そこで毎朝先を争って思想探しに出かけてゆく。なにしろ月下に何か新しい事件が持ち上がるたびに新しい思想が出来るというのだから。こんな御時世に、それもさんざん掘りつくされたこのパリの地で、いまだに砂金の採れそうな母岩を発見するなんて、これはちょっとしたお手柄ではなかろうか。もったいをつけるようだが、ここはひとつ筆者の自慢をお許し頂きたいもの。いや、まっぴら御免こうむって、こんなに鼻を高くするのも当然だとお認め願おうか。まったく、人類が歩いてからこのかた、なぜ人間は歩くのか、どのように歩くのか、いや本当に歩いているのか、もっと上手に歩けるのか、歩きながら何をしているのか、いったい人間を歩かせたり、またその歩きかたを変えたり分析したりする方法はないものか、そうしたことを誰も考えたことがないとは全くもって驚くべきことではないか。世にある哲学、心理学、政治の全体系にかかわる問題であるというのに。

いやはや何たることか！　科学アカデミーに籍をおいた故マリエット氏は、ロワイヤル橋の下を通過する水の量を各橋弧ごとに計測したものだった。それも、できる限り短い時間を単位に、水速や橋弧角度や四季の気象条件の変化に応じてどれほど水量が変化するか、いちいち計測したのだから！　ところが、人間が歩くとき、その速度に応じていったいどれほどの量の力や生命や活動力が消費されたり節約されたりするのか、研究してみようと考えた学者はいまだかつて一人もいない。われわれが憎しみだの愛だの、会話だのお喋りだのに費すあの曰く言い難い生命の流体が歩行によってどれほど費されるのか、計量し分析し、二項式によってまとめようとした学者が一人として見あたらぬとは！……

悲しいかな！　今日まで幾多の力学者や幾何学者たち、いずれも頭蓋骨の大きさ脳の重さ皺の多さにかけて名高い人々が、事物の運動について何千という定理、命題、補題、系論を導き出し、天体の運行法則を明らかにし、また千変万化する潮流の性質を究め定式化して航海の安全を万全のものとしてきた。にもかかわらず人間の運動の法則を考えてみようとした者が誰ひとり存在しないとは！　生理学者、患者のいない医者、仕事のない学者、ビセートル精神病院の狂人、はたまた小麦の粒を数え飽きた統計学者、とにかく人間と名のつく誰ひとり考えようとはしなかったのだ！……

いやはや、『歩行ニツイテ』と題した書物を探そうと思っても、小冊子ひとつ見あたらぬ始末。いっそあのノディエの言う『昔ノスリッパニツイテ』なる本を見つける方がまだしもやさしいことだろう！……全巻これパンタグリュエル流の冗談からなる『ボヘミアの王とその七つの城の物語』で、よろしくノディエが持ち出しているあの本の方が(3)……。

しかし今から二百年も前にスウェーデンの政治家ウクセンシェルナ伯が言ったではないか。

「廷臣も兵士も、階段の昇り降りで消耗する！」と。

もう忘れられかけた名前だが、シャンポリオンは象形文字の解読に一生をかけた。歴史に轟く名が三万を数えて海をなすとき、その海面に浮かぶ名はかろうじて百あるかないかだが、シャンポリオンもその海の底に早くも沈んでしまった一人である。象形文字というのはカルディア語の楔形文字を使って人間の考えを素朴に表したもので、このカルディア文字は初め牧童達によって使われ、しだいに商人達に用いられて完成されたもの。つまり

(3)『パンタグリュエル』はラブレーの作品。バルザックは大いにラブレーを敬愛した。ノディエの『ボヘミアの王とその七つの城の物語』も道化と諧謔に満ちた奇書で、なかにスリッパの語義について長々と衒学的に述べたてるくだりがあり、そこにボードォワン作『昔ノスリッパニツイテ』なる本がでてくる。

これも人間の音声の文字化であって、結局これが言語形成に大きく貢献したのであった。ところが、歩行こそ太古の昔から変らぬ人間の象形文字であるのに、これを解読しようと思った者は一人もいないのだ！……

こう思いいたった私は、少々アルキメデス気取りのスターンの、そのまた真似をして、パチンと指を鳴らすや、かぶっていた帽子を勢いよく宙に放り投げて、叫んだ言葉は「ユーレカ（われ発見せり）！」

だがそれにしてもなぜこの歩行の科学が忘却の栄誉に浴してきたのであろう。これとて他の学問に負けず劣らず賢明にして深遠、他愛なくも馬鹿げた学問に変りないではないか。してみるとこれは、歩行の理論を掘り下げていったその先に、ひょっこりと不条理《ナンセンス》が顔を出し、無力という名の悪魔がしかめ面をして待ちかまえているということなのか。人間はそこらじゅうで結構な道化役者を演じているけれど、きっとここでもまた相変らずの道化役者に違いない。散文を知らずして散文を喋っているあのジュールダン氏と同じこと(4)、まさか自分の歩きかたに大問題がかかっているなどとは露知らず無邪気に歩いているのではなかろうか。まったく、どうして人は自分の歩みのことをなおざりにしておきながら、わざわざ惑星の歩みなどにかまけてきたりしたのだろう。つまり人間は結局ここでも同じことで、こうした新しい科学など知ろうが知るまいが幸不幸に何の違いもないということなのか（まことに不適切にも想像力と呼ばれているあの生命流体の量には個人差があるとしても）。

哀れな十九世紀の人間どもよ！　キュヴィエによれば汝は種のなかで最も新しい種、ノ

（4）　**ジュールダン氏**　モリエール作『町人貴族』の主人公。無知な町人でありながら貴族の教養を身につけようと憧れる滑稽な人物。哲学の先生に、今自分が喋っている普通の言葉が散文だと教えられてびっくりする一幕がある。

ディエによれば進歩的存在とかいうことだけれど、(5)そんなことを信じられる時代になったからといって結局汝はどんな喜びを得たというのだ。どれほど高い山もかつては海であったなどと教えられて、いったいどんな喜びを？　ハーシェルの装置を手に天体を観測し不動の知識を得たという汝だが、太陽の熱と光を否定するような、そんな知識がどんな喜びを与えたのか？　あらゆるアジア的宗教の原理を打ち壊し、生きとし生けるものの享受してきた幸福を破壊し去った、そんな知識が？　四十年もの間、汝は革命につぐ革命で血を流し続けてきた。だがその血の海の中からどんな平安をつかんだというのだろう。哀れな奴よ！　汝は公爵夫人を失い、夜食の楽しみを失い、アカデミー・フランセーズまで失ったではないか。(6)もう昔のように召使を殴るわけにもゆかず、代わりに汝が得たものはコレラ。(7)こうなってはせめてロッシーニやタリョーニ、パガニーニがいてくれなければ、(8)もはや楽しみとてなかろうに。それでも汝は手にした新体制の無味乾燥な精神を改める気はないというのだから、つまりはロッシーニから腕を、タリョーニから脚を、パガニーニから弓を取りあげるつもりなのだ。四十年来の革命が終ってみて、結局残った政治的格言は唯一つ、いつかベルトラン・バレール(9)がこう言ってのけたものだ。

「踊っている女に意見なんかして踊りの邪魔をするのはもう止そう！……」

いや、まてよ、これは私から盗んだ言葉。そもそもこれは歩きかたの理論の公理ではないか。

こんなつまらぬ科学のことでなぜこうも大言壮語するのかと、読者諸兄は怪しんでおられるだろう。たかが足の挙げ方一つになぜそれほどラッパを吹き鳴らすのかと。だがこれ

(5)　バルザックは「進歩的存在」と記しているが、ノディエが『人間転生論』のなかで述べているのは、高度の認識力に達するという意味での「悟得に達する存在 être compréhensif」である。一方、「進歩的」という言葉はサン＝シモン主義により当時の流行語となっていた。ノディエにも、主人公が「進歩号」という船で出帆するという筋立ての作品がある。

(6)　一七九三年、革命政府によってアカデミー・フランセーズが一時解散させられた事実を指すものであろう。

(7)　一八三二年、フランスにコレラが猛威をふるった。

(8)　**ロッシーニ**（1792〜1868）イタリアの大作曲家。パリでも活躍し、バルザックと親交があった。

タリョーニ（1804〜1884）イタリアのバレリーナ。パリのオペラ座で大人気を博した。

パガニーニ（1782〜1840）イタリアのヴァイオリニスト、作曲家。

(9)　**ベルトラン・バレール**（1755〜1841）政治家。大革命時代、国民公会議員を務める。王政復古時代は亡命生活を送り、七月革命とともに故国に戻って回想録を著す。

を怪しむようでは諸兄も明がない。何ごとにあれ役に立たぬものほど威厳があるのであります！

事程左様にこの科学はわが輩のもの！　史上初めて私がここにわが旗竿を立てるのだ。アメリカの土を踏んだピサロが、「こはスペイン王のものなり！」と叫んだように。もっともそのピサロ先生、医者にも少し土地を与えよと、そっとつけ加えたに違いないが(10)。が、ほんとうのことを言えば私より先にいみじくもラヴァター(11)が述べている。人間にあってはすべてが同質であるから、歩きかたも顔の表情と同じくらいには雄弁であるに違いない、歩きかたは身体の表情であると。いやこんな言い方をしなくても、人間にあってはすべてが一個の内的原因につながっているという最初の前提があれば後の結論はひとりでにでてくる。彼ラヴァターは、人間の思考のさまざまな現れ方を一つひとつ観察し、その観察を確固たる学にまで高めようとしたのであった。さしも宏大な学問に身を任せ没頭したラヴァターには、独自に歩行論を展開するだけの余裕はなかった。彼の残した気宇壮大とも言うべき長大な作品の中で歩行論の占めるスペースは微々たるものでしかない。したがって歩行に関して究明すべき問題は全く白紙のままの現状であり、歩行という生命活動がわれわれの個人生活、社会生活、国民生活の全体にどう関わっているのかという点についても事情はかわらない。

……女神ハ歩ム姿ニ御身ヲ顕シ給ウ……

(10) **ピサロ**（1475〜1541）　スペインの探検家。インカ帝国を征服する。「医者……云々」とあるのは、探検家たちがヨーロッパに持帰った梅毒へのあてこすり。

(11) **ラヴァター**　観相学の創始者。『優雅な生活論』訳注（44）を参照。

これはヴェルギリウスの詩の一節。ホメロスにも似たような詩があるが、物識りぶってと言われるのも嫌なので引用はしないでおこう。とにかくこの二人の詩を見ても、古代人が歩きかたを重んじていたのがわかる。いや小学生の頃さんざんギリシア語に苦しめられたわれわれなら誰でも知っているではないか。デモステネスが、どたばたと歩くニコブロスを見咎めて、そんな不様な歩きかたは横柄な口を聞くのも同然、礼儀知らずの下品な振舞だとたしなめたことを。

十七世紀のモラリスト、ラ・ブリュイエールも歩きかたについて面白い一文を残している。もっともきわめて非学問的な文章で、ごくありふれた歩きかたの一例を示しているにすぎないが。いわく、「女性のなかには、目つきや頭のかしげ方、歩きかたなどに殊更もったいをつける人がある」云々。

ここまでお読みになって、昔の人の肩を持つ私を信用できぬとおっしゃる方は、いろんな文献目録をめくり、図書館にあるカタログでも写本でも片っ端からお調べになるがいい。歩行について書かれた文献を探そうにも、最近削って書き直した羊皮紙写本《パランプセスト》ならいざ知らず、その他では後にも先にも、いま私が引用した文章の他は見あたらぬはず。それとてむろん歩行の科学など念頭にない文章なのだ。舞踊やジェスチュアというなら論文には事欠かない。ボレリの『動物の運動について』も確かに健在だし、最近になって何点か医者の学術論文も書かれている。やっと医者たちも、人間にとってこれほど大事な運動を医学が黙って看過ごしてきたのに気がついて愕然としたというわけか。しかしそれらの論文もやはりボレリの轍を踏んでおり、結果を確認するばかりで原因の追求が手薄である。こと運動に関しては、神様ならいざ知らず、ボレリから抜け出すのがいかに難しいかということだろう。こうして見てくると、歩行の文献など皆無というわけではないか。生理学があるでなければ心理学もなし、超越的研究、アリストテレス哲学的研究、なにひとつ見あたらぬ！　されば私は、これまで述べてきたこと、書いてきたことを、どんなに磨り減った宝貝とでも交換することにしよう。生まれたばかりのこの理論、新しいものがすべて美しいように美しいこの理論を、法外な高値で売るようなことはすまい。新しい思想には一つの世界にも勝る価値がある。いや、何はなくてもとにかく一つの世界を与えてくれる。新思想！　画家にとって、音楽家にとって、詩人にとって、何という富であろうか！

以上にて序文は終了。これより本論に入る。

一つの思想には三つの時期がある。今まさに生れようとする思想をその繁殖期の熱気冷めやらぬ間にそのまま表現すれば、噴き出すような勢いでたちまち作品が出来上るだろう。その勢いにこそ差はあれ、そこには必ずあのギリシア詩人ピンダロス風の潑剌たる生気が漲っている。二十日の間こもりきりで素晴らしいセント＝ヘレナ島の絵を描き上げたあのダゲールがそれであった。まさにダンテ的な霊感の為せる業であろう。

知性に火がついて極度の興奮状態にあるこの時期には、頭脳はただ興奮に酔い痴れて、産みの苦しみも消えてしまう。だが精神的生産の初期のこの好機をとらえそこなって、作品ができないまま過ぎてしまうこともあるだろう。そうなったが最後、厄介な泥沼が君を待っている。何もかもが色あせ、沈滞してしまう。ほとほと嫌気がさして来て、テーマもかすんで見えてくるし、頭のなかの観念がかえって重荷になってくる。昨日までは君がルイ十四世の鞭を手に、テーマを追いたてていたのに、いまやその鞭は君の手を離れ、観念という気紛れな生き物の手に移ったのだ。今度はその観念が君の耳許に鞭を唸らせて、君を打ち、苦しめ、痛めつける。君はただその鞭を逃れようとあがくばかり。ほら、あそこを散歩する詩人、画家、音楽家がそうではないか。大通りをぶらついたり、ステッキを冷やかしたり、骨董の櫃を買ってみたり、行きずりの千々の情念に心をあずけながら自分の観念を忘れようとしているのだ。あまりに情が深すぎたり、嫉妬深すぎたりして、もてあましている恋人を振り捨てようとでもするかのように。

そしていよいよ思想の最後の時期がやって来る。すでに思想は君の魂に植えつけられて根を下ろし、すっかり成熟しきっている。そして、とある朝か晩のこと、詩人は首に巻いていたスカーフを取り、画家はまだあくびをしてる頃、音楽家は甘美な楽曲《ルーラード》だの、女の華奢な足だの、眠りに就く時や目覚めの時に心に浮かぶよしなしごとの一つを思い浮かべながら、さあ明かりを消そうという、その時である。ふと気がつくと、あの観念が、あでやかな姿を見せているではないか。青々と葉を茂らせ、豊かな花を咲かせながら。いたずらっぽく微笑むその姿は熟れきって輝くばかり。その美しさは、目の覚めるような美女の美しさ、疵一つない馬の美しさ!

たちまち画家は、羽根ぶとんでも掛けていたら、そいつを足で蹴とばして、

「できたぞ! さあ絵にかかるんだ!」

詩人も、昨日までは唯一つの観念に悩まされていたけれど、さあこれで詩が書ける。

「ざまあみろ、こんな時代に災あれ！……」罵りざま、履いていた長靴の片方をぽんと部屋の向こうに放り投げる。

以上はわれわれの観念の歩みに関する理論である。

こうした観念の病理学的考察がいかに野心的な企てであるか、こと改めて述べたてようという気はないし、そんなことはデュボワでもメグリエでもどなたか頭脳の産科医の方々にお任せするつもりだが、一つだけ声を大に言っておこう。わが『歩きかたの理論』は思想の懐胎期の甘美な悦びを、思想への恋を、存分に味わわせてくれたものだった。そしてそれが過ぎると今度は苦労の数々。金をかけて教育しても育つのは欠点ばかりという甘やかされた子供がいるものだが、そんな子供に舐めさせられるような苦労をさんざん味わったものだった。

さて、何か宝を発見した人間は、いったい何のはずみでこんな宝を発見できたのかと必ず振り返ってみるもの。だから私もこれからお話しすることにしよう。どこで私がこの『歩きかたの理論』を見つけたのか、今まで誰もこれに気づかなかったのはどういうわけなのか……。

戸を開けたり閉めたりする行為を深く考え過ぎたために気が狂ってしまった男がいた。戸を開けようが閉めようが、結果こそ大いに違え、つまりは全く同じ運動にすぎない。この男は、もしや人間の論争も、どちらの結論に落ち着こうと結局はこの運動に似たようなものではないかと考え始めたのだ。かと思うとこの男の隣の独房には、もう一人の狂人がいて、めん鶏が先か卵が先か一生けんめい解こうとしている。二人とも、一人は戸から、一人はめん鶏から出発して神に問いかけているのだが、答は返って来ないのだ。

狂人とは深淵を見つけてそこに落ちてしまう人間のことである。落ちた物音を聞きつけると、学者が物差しを取り出してきて穴の深さを測り、梯子をかけて底まで降りていくと、また地上にとって返す。やおら全世界に向かって、

「この穴は深さ千八百二フィートあります。底の温度は地表より二度高い」そう言って、したり顔に手をこする。そして学者は家庭に戻って暮らす。狂人は独房にこもったまま。両者ともどもやがては死んでゆく。狂人と学者と、どちらが真理に近いのか、そは神のみぞ知る。ギリシアの哲学者エンペドクレスは二者を兼ねそなえた最初の学者であった。

われわれの運動の一つ、行為の一つとして深淵でないものはない。この穴に落ちてしまうといかに分別ある人間でも理性を保ってはおれないのだ。またわれわれの運動や行為どれ一つとっても学者に物差しを取らせて無限を測らせる機会を与えかねない。草木一本にも無限がある。

学者のモノサシと狂人の目眩と、ここで私は常にこの二つの中間に立ちたいと思う。読者に向って堂々とそう宣言しておきたい。何しろこの二つの漸近線の中間に踏み止まるのはすこぶる勇気の要ることなのだから。恐れることなく狂気の側に立ち、臆することなく科学の側に立つ者がいなければ、この「理論」もなかったのだ。

もう一つあらかじめお断りしておきたいのだが、私がこの理論を書くことになったそもそものきっかけはごくありふれた出来事であった。そこから帰納を重ねた結果、難解とも冗談ともつかぬこの理論が出来上ったという次第。けれども、舗道の下にはいたるところ

深淵が隠されていて、狂人はそこに足を踏みはずし、学者はそれを測るということを御存知の読者なら、私が一見くだらなさそうな事を書きたててもお許し下さると思う。私が語りかける相手は、常日ごろ一枚の落葉に英知を見、立ち昇る煙に巨大な問題を見る人々、揺らめく光に理論を、大理石の中に思想を、不動の中に最も恐るべき運動を見る人々なのだ。いま私が立つのはまさに科学が狂気に隣合わせるところ、しかもその私にはもたれるべき手摺りとてない。いざ、ここに踏みとどまるべし。

一八三〇年のこと、私はトゥーレーヌから戻ってきたところだった。トゥーレーヌはよそに比べて女性がいつまでも若々しい、うまし国。私はノートル＝ダーム・デ・ヴィクトワール通りにある宿駅の広い構内で馬車を待っていた。まさか自分が、これから駄文を書き飛ばすのか、それとも不滅の大発見をするのか、その分かれ目にいようなどとは夢にも知らずに。まったく、娼婦の中でも、思想という娼婦ほど手に負えぬ気紛れを発揮する者はない。この娼婦ときたら、及びもつかぬ大胆さで小径のほとりであろうと褥《しとね》をしつらえるし、路傍にでも身を横たえる。ツバメのように軒下に巣を作る。愛の矢が放たれる間もあらばこそ、たちまち一人の巨人を身ごもって産み落とし、産着にくるんで大きく育てあげるのだ。かの物理学者パパンは、スープが沸騰しているかどうか見に行って、一枚の紙きれが蒸気にあおられて鍋の上でヒラヒラしているのに気がついた。その時パパンは工業界を刷新したのである。馬に乗ろうとしてふと地面に馬の蹄の跡を見つけたファウスト(12)は、印刷術を発見した。馬鹿なやつらはこうした突然の思想のひらめきを偶然と呼ぶけれど、馬鹿に偶然が訪れたためしはない。

●乗合馬車の宿駅

(12) バルザックがファウストと記しているのは誤りで、正しくはフスト（1400？〜1466）。グーテンベルクとともに印刷事業を起こした。

さて私はその時、次から次へと馬車が出入りする構内の中ほどにたたずんで、眼の前のいろんな光景を見るともなしに眺めていた。とその時、一人の男が、乗合馬車の後部の小《ロトン》室《ド》から地面に落ちてしまったのである。驚いて水に跳びこむカエルそっくりの恰好で。それでも男は、落ちる瞬間、倒れまいとしてとっさに両手を伸ばし、馬車が止っていたすぐ傍の詰所の壁にかろうじて手をついた。見ていた私は、いったいどうしたことかと驚いてしまった。学者ならきっと答えたに違いない。「その男は重心を失いかけたのだ」と。だが箱馬車でもあるまいし、いやしくも人間様がなぜ重心を失ったりするのだろう。どんな理由があるにしろ、およそ知性をそなえた生き物が地面にはいつくばるなんて滑稽千万ではないか。だからこそ人は馬が倒れると心配するくせに、人間が倒れると必ず笑いものにするのである。

男はそこらへんの労働者で、街の場末に住むあのにぎやかな連中の一人だった。さしずめマンドリンとヘアネットのないフィガロ(13)といったところ。乗合馬車から降りる時にはどの客もやれやれと不気嫌なものだが、そんな時にもあくまで陽気な奴だった。構内に陣どって馬車の到着を見張っている連中のなかに一人友達を見つけたとみえて、そいつの肩を叩いてやろうと、馬車からぐいと身を乗り出したのである。その様子ときたら、諸君が愛しい恋人のことを想っている時に馴れなれしく近寄ってきて、諸君の太腿のあたりを叩きながら、「狩りはおやりですかな」などと声をかけてくる、あの無躾けな田舎紳士がいかにもやりそうな恰好だった。

ところがまさにその時、神様と人間だけが知っているあの秘密の決定因の一つが働いて、

(13) **フィガロ**　ボーマルシェ作『セビーリャの理髪師』、『フィガロの結婚』の主人公。下僕ながら陽気で機知縦横、まんまと貴族の主人をとっちめる。利発な下僕像の典型。舞台上のフィガロの紛装はスペインの伊達男スタイルで、ヘアネットを被り、マンドリンをかかえている。

●十九世紀の乗合馬車（後部がロトンド）

その友達が二、三歩、動いたのだ。くだんの男は、手を差し伸べたまま馬車からもんどり落ち、やっとのことで壁に手をついた。さっき男が馬車の後部に立っていた時の頭の高さと、いま手をついた壁の位置との間には、角度にして九十度の空間があった、と科学的に申し上げておこう。自分の手の重さにひきずられるようにこの空間をもろに跳んだ男は、いわば身体を二つに折った恰好になってしまった。立ち上った彼の顔は真赤に膨んでいた。腹が立ったというより、むしろ不意に力が入ったせいである。

思わず私はつぶやいた。「思いもかけぬ出来事だ。二人の学者が束になっても手には負えまい」

と、そのとたん私の脳裏にもう一つの出来事が浮かんだ。誰も取りたてて原因を探ろうともしない、良くある出来事なのだが、実はその原因こそ一大神秘を教えているのである。この出来事を思い出したおかげで、今しがたはっと閃めいた考えがいっそう動かぬものとなったのだ。このときの考えをもとにして、取るに足らぬ瑣末事が一個の科学となり、今日の『歩きかたの理論』が生誕したのである。

それはわが青春の幸福な日々のことだった。愚かにも甘い夢に生きるこの時代には、女性がみなヴィルジニーに見えて、ポールさながらの純愛を捧げるものだ。やがて時とともに数知れぬ難破に遭遇し、まさしくベルナール・ド・サン＝ピエールの『ポールとヴィルジニー』そのまま、この幻想も藻屑と消えて、砂浜に引き上げるのはただ屍ばかりだけれど。

そのころ私は妹に一点の曇りもない清らかで純な愛情を抱いていた。私たち二人は起居を共にしながらいつも陽気に暮らしていた。若い娘の常として、妹も刺繍や縫いもの、糸ほぐしや縁かがりなどに精を出し、糸だの針だのその為に必要なこまごまとした道具をいっぱい裁縫箱に詰めこんでいた。ある時私がその裁縫箱に、百スー硬貨で三、四百フラン入れておいたことがあった。何も知らぬ妹は、いつもは軽いその道具箱をひょいと持ち上げようとした。ところが一度では持ち上がらない。もう一度よいしょと力を入れなければならなかった。何というすばしっこさで妹は蓋を開けてみたことか。そんなに箱が重たいわけを一刻も早く知りたかったのだ。若い娘のこととて無理はない。こんなことを打ち明けたからといって別に妹が疵がつくわけでもないだろう。私はその金をしまっておいてくれるように頼みこんだ。何の仔細あってそんなことをするのか、むろんその秘密も打ち明けざるをえなかった。ところが私はついうっかり無意識に、妹に何も言わぬまま、その金を箱から取り出してしまったのである。二時間ほどして、もう一度裁縫箱を取ろうとした妹は、今度は頭に届こうかというほど高々と持ち上げてしまった。重たいものと信じて疑わぬその動作に、二人とも腹をかかえて笑ったものだ。大笑いしたおかげでこの生理学的考察が私の脳裏に鮮やかに焼きついたのである。

全く別々のように見えて実は同じ原因に根ざしているこの二つの出来事を較べ合わせながら、私は深い想いに誘われた。戸の開閉についてすっかり考えこんでしまった、あの拘《カミ》束衣《ソール》の狂人哲学者さながらに。

私は例の馬車の男を、水の一杯入った水差しに喩えてみた。働き者の娘がその水差しを泉から運んで来る。ところが娘はついつい窓に見とれて、通行人にぶつかってしまう。そのはずみで水差しから水がこぼれ落ちるのである。ざっとこういうふうに喩えてみると、大まかながら生命流体の消失という現象が言い表せそうだった。あの男はこの生命流体を全く無駄に費やしてしまったのではなかったのか。こう考えた途端、次から次へと無数の疑問が湧き上ってきたのである。これらの疑問こそ、『歩きかたの理論』という摩訶不思議な生き物が知の闇の中で私に問いかけていた問題だったのだ。その闇の中で、『歩きかたの理論』はすでに呱々の声をあげていたのである。実際、この考えが閃めくや、それを軸にするように、われわれが日常不断に行っている無数のふとした行為が突然群れをなし、大挙して私の脳裏に浮かび上ってきたのであった。ちょうど小径のほとりで果実の蜜を吸っていた蜜蜂の群れが人の足音に驚いていっせいに飛び立つように。

こうして一種奇妙な知的ヴィジョンを授けられた私は、瞬時のうちに次から次へといろんなことを想起した。

たとえば、指を鳴らしたり、筋肉をぴくりと震わせたり、とんぼ返りをしてみたりする動作。哀れな小学生だった頃、私も友達も皆よくやりたがったものだ。アトリエにこもって仕事中の画家や瞑想に耽る詩人、肘掛椅子に身を沈めていた婦人など、長時間ひとつことに没頭していた人もよくやる動作である。

また、沈む太陽が落ちていくような勢いで、一瞬、わっと駆け出したりする人がある。激しい喜びにわれを忘れて自分の家から、あるいは恋人の家から飛び出して来る人にこういうのが多い。

また、誰でも激しい運動をすると体中に生気が漲るもの。カトリーヌ・ド・メディシスが催した舞踏会の最中のこと、いま踊り終ったマリー・ド・クレーヴが化粧室で肌着を取替えていたら、たまたまそこにアンリ三世がお入りになって来た。マリーの身体から発散する生気にいたく打たれたアンリ三世は、おかげで終生マリーを慈しんだほどである。[14] かと思うと、なにか身体を動かしたはずみに思わず鋭い声をあげる人もある。おそらくあり余る力を発散させるためだろう。

また、ことに嬉しい時など、いきなりそこらへんにある物を片っ端から叩いたり壊したりしたくなるものだ。あの『野のアインハルト』の舞台で、蹄鉄工に扮したオドリーがどっと笑いくずれ、「君、あっちへ行ってくれよ、でなきゃ君を殺してしまいそうだ」と言いながら友人役のヴェルネを叩く場面があるけれども、その演技があれほど自然で素晴らしいのもこのせいである。

こういう具合に、以前に観察して記憶の中に留っていた数々の事例が一挙に脳裏に甦り、私の頭は激しく締めつけられるようだった。私はもう荷物のことも馬車のことも忘れ果て、かのアンペール[15]氏もかくやとばかりの放心状態で家路を辿っていた。わが『歩きかたの理論』の目が覚めるように冴え冴えとした原理にただ酔い痴れながら。道すがら、つくづくと科学の素晴らしさに感じ入ったものだ。海につかっている人間が、海を目のあたりに見ながらその手には一滴の水しかすくえないのと同じように、その学問が何であるとは言えないのだが、とにかく私はその学問の中を泳ぎまわっていた。

私の思想は元気潑剌と、思想の第一期を愉しんでいたのである。

数学のサイン・コサインを束にして集めてみても、直観がわれわれに残してくれた成果にはかないっこない。だから私はその直観だけを頼りに、証明とか世間の評価とかは一切

(14) **マリー・ド・クレーヴ**(1553〜1574) 同時代の詩人たちにその美しさを謳われた佳人で、アンリ三世に愛された。彼女が世を去った時、王は深い悲しみに沈んだという。

(15) **アンペール**(1775〜1836) 物理学者、電気力学の基礎法則を発見する。電流の単位アンペアは彼の名にちなんだもの。アンペールはまた学問に没頭する余りの放心でも名高く、数々の逸話を残している。

気にせず、次のことを確信したのであった。すなわち人間は身体を動かして何か活動するたびに体外に一定量の力を放射するのであり、放射された力はその人間の活動範囲になんらかの作用を及ぼすに違いない、と。

この簡潔な定理ひとつに、なんときらめく光が溢れていることだろう！

人間は特に考えるでもなく日常不断にこうした現象を惹き起こしているわけだが、いったいそれを自分の意志で統御する能力を持っているのだろうか。イカが墨を出して身を隠すように、人間も知らず知らず放出しているこの目に見えぬ流体を、節約したり蓄えたりできるものなのか。わが国はかのメスメルを藪医者扱いにしてしまったが、そのメスメルは果たして正しいのか間違っているのか。(16)

以来私は、『運動』には「思考」が含まれていると確信するようになった。この思考こそ人間の最も純粋な営みに他ならない。「言葉」はこの思考を表現するのであり、さらにこの「言葉」を「歩行」や「身振り」が大なり小なり動的に実現するのである。運動というこの生命の放出の量の相違やその方法如何によって、芸術家のあの驚異のタッチも生まれてくる。パガニーニ、ラファエロ、ミケランジェロ、ギタリストのウェルタ、タリョーニ、リストといった芸術家はみなここから生誕したのであり、こうした芸術家は彼らのみぞ知る運動の秘術をつくして自らの魂を余すところなく伝えるのである。思考を声に転ずれば、その声は魂を思うがまま自在に働かすタッチとなり、ここから素晴らしい雄弁や、うっとりするような妙なる声楽の調べが生まれる。言葉を口にするということは、いわば心と頭脳が歩行するようなものではなかろうか。

(16) **メスメル**（1734〜1815） ドイツの医者。フランスでも活躍。あらゆる生物は「磁気流体」の作用を受けるという動物磁気説《メスメリスム》を提唱して信奉者を集めたが、この理論を応用した治療はいろんな問題をひきおこし、最後はフランスを追われた。バルザックはこのメスメリスムに少なからぬ関心を寄せている。

こうして「歩行」が身体的運動によって、声が知的運動によって思考を表すのであれば、その運動を偽ることなど不可能に違いないと思われた。この見方にたって「歩行」の知識を深めれば、それはもう立派な科学だった。

実際、一人の歌手が旋転句《ルーラード》を歌うのにどれほど魂を費やし、人が運動する時にどれほどエネルギーを使うか、そうした問題が解けるような数式があってもよかったのではなかろうか。学識豊かなヨーロッパ世界に、精神問題にかかわる算術を提起できたらどんなに光栄なことだろう。その算術を使って、例えば次のような重大な心理学的問題を解いてみせるのだ。

歌曲《カヴアチーナ》「胸のときめき」のパスタの生命に対する比は、1のxに対する比に等しい[17]。

ヴェストリスの足のその頭に対する比は、100の2に対する比に等しいか[18]。

ルイ十八世の消化運動のその在位期間に対した比は、1814の93に対する比に等しいか[19]。

私の数学的方法がもっと早く世に出ていて、1814対93よりもっと均衡のとれた比がみつかっていたら、おそらくルイ十八世の治世は今なお続いていたであろうに。

私はわが知の創世期の混沌にどれほど歓喜の涙を流したことか。そこからたいした創世記が出来上ったわけではないけれど、この混沌の中から人間の生理学が誕生するかもしれないのだ！　もしや私は、われわれ人間がさまざまな量の力を中心から末端へと伝達する法則を探りあてようとしていたのだろうか。神がこの力の中心をわれわれの内部のどこに置き給うたのか見きわめ、またこうした力能が各人の周囲にいかなる作用を及ぼすのか解

(17)「胸のときめき」はロッシーニのオペラの一節。**パスタ**（1798〜1865）パリで人気を集めたイタリアのソプラノ歌手。

(18)**ヴェストリス**（1760〜1842）イタリアの舞踊家。オペラ座の舞台で大成功をおさめる。

(19)一八一四年、ルイ十八世即位。

明しようとしていたのではないか。

　事実、かの類まれなる分析の天才、聖殿の入口に立たずんでひたすら神の声に耳傾けた幾何学者が言ったように、地中海のほとりで放たれた銃弾がシナ海の沿岸にまで伝わるような運動をひき起こすのであれば、われわれが体外に多量の力を放射するとき、周囲の環境を変化させたり、おのれの場所を要求するこの生きた力の作用を借りて周りの人間や事物に必ず影響を及ぼしたとしてもおかしくないではないか。

　それにまた、長時間身じろぎ一つせずに想を練っていた芸術家がわれに返ったように腕を振り動かしたりする時、果たして何を空中に発散しているのだろうか。あるいはまた神経質な女性がいやいや待たされて待ちくたびれた時など、華奢な首筋の関節を強く鳴らしてみたり、組んだ両手を動かしてみたりするけれども、そのとき使われた力はいったいどこに消えてゆくのだろう。

　例の市場人足にしてもいったい何が因《もと》で死んでしまったのか。荷揚場で、酔った勢いに酒樽をまるごと一つ担いでみせたというのだが。仏になってはただで解剖してもらい、市立病院の先生方が屍体を次々とメスで切り刻み、探ってみたのはいいけれど、あにはからんや、筋肉にも、内臓器官にも、繊維にも、脳髄にも、とんと損傷が見あたらなかったという。この男はまんまと医学の裏をかき、メスを欺き、医者の好奇心をはぐらかしたのだ。いまだかつて死因がわからなかったためしのない名医デュピュイトランも、この時ばかりはなぜこの身体に息がないのか、首をひねったに違いない。要するにこの人足の生命の水差しは空になってしまったのだ。

こう考えてくるうちにわかってきたことは、大理石を切るのが仕事の人間は何も生まれつき馬鹿なわけではなく、大理石を切ってばかりいるから馬鹿になったのだということ。詩人が頭脳の運動に生命を預けてしまうのと同様に、石工は腕の運動に生命を預けてしまうのだ。どんな運動にもそれぞれの法則がある。ケプラーもニュートンもラプラスもルジャンドルも、すべてこの公理に言いつくされている。だというのに、人体のどこか一点に思うがまま生命を送りこんだり、またその生命を体外に放射することもできる運動の法則をどうして科学が探求しようとしなかったのであろう。

もう一つ、筆跡研究家とか、字による性格鑑定を唱える人達はなるほど優れた人々なのだと、これも改めてわかってきた。

もうここまでで『歩きかたの理論』はずいぶん膨れあがっていた。わが十九世紀の錚々たる朋友たちがめいめい自分の飼料を取り出してくる立派な秣柵《まぐさ》で私に当てられたのはごく狭いスペースなのに、これでは大きすぎやしないだろうか。心配になった私は、淵をのぞいて怖じけづいた男よろしく、偉大なわが思想をここで放り出してしまった。私は思想の第二期に達していたのである。

そうはいうものの私はその淵にひどく心をそそられて、時おり恐いもの見たさに近寄っては縁からじっと覗き見るのだった。植付き良く葉を茂らせた思想が見えると、しっかり縁につかまって頭に叩きこんでおいた。その時から、骨の折れる重労働が始まったのである。わが優雅な友ウジェーヌ・シューに言わせれば、私のように自分の畑の畝溝を耕しつけている牛でなければ角を折りかねない重労働。夜となく昼となく、どんな天候にもめげず、吹きすさぶ北風も突風もものかわ、飼葉としてあてがわれるケチな稿料にも不平一つこぼさず、ひたすら働かねばならぬ。

天に選ばれた哀れな学者の例にもれず、むろん私にも清らかな楽しみがないわけではなかった。学究生活に咲くこうした花の中でも最初の花は、最初だからこそいちばん美しく、またいちばん美しいからこそ最も人を欺きやすい。私にとって最初の花は、天文台のサヴァリ氏に教えられて、すでにイタリア人ボレリ[20]に『動物ニツイテ』という大著があると知ったことだった。

セーヌ河岸の古本屋でボレリを見つけた時のうれしさ。腕にかかえた四折り版が何と軽かったことだろう。夢中で頁を開き、何という猛烈な勢いで訳読したことか！　読者諸兄にどうお伝えすればよいのやら。私の勉強ぶりはまるで恋だった。私にとってのボレリはラ・フォンテーヌにとってのバルク[21]にも等しかったのである。初めての恋に盲いた青年のように、パリの風に吹きさらされて頁の間に積もった埃も目に入らなければ、表紙の何とも言えぬ匂いも気にならず、前の所蔵者とおぼしき老医がこぼしたタバコの粉も気にならなかった。震えた筆蹟で書かれたアンガール蔵の文字を眼にした時には嫉妬さえ覚えたものだ。

ところが何と！　読み終えた途端、私はボレリを投げすて、ボレリを呪い、老いぼれボレリを軽蔑した。運動ニツイテなど何一つ教えてくれないではないか。ちょうど初恋の人に再会した青年が、昔の恋心などどこへやら、おのれを恥じて目を伏せるようなものである。いや、現金なこと！　しかしこの篤学なイタリア人ボレリは、あの解剖学者マルピー

(20) **ボレリ**（1608〜1679）　イタリアの生理学者、数学者、天文学者。死後刊行された『動物の運動について』は、人体の機能を物理法則によって解明しようとしたもの。これによって医理学の創始者となった。

(21) **ラ・フォンテーヌ**（1621〜1695）『寓話』の作者。晩年キリスト教に回帰したラ・フォンテーヌは予言者バルクに傾倒し、会う人ごとに「バルクを読みましたか」と訊ねたという。

ギにも劣らぬ忍耐をもって、われわれの筋肉組織にそなわるさまざまな器官が各々どれほどの力を貯えられるように出来ているのか、歳月をかけて確かめ解明していったのであった。その結果ボレリは、われわれの筋肉が、出そうと思う力の二倍の力を出せるような仕組になっているということを明らかにしてみせたのである。

人間という名の変幻自在なオペラを操らせてみたら、たしかにこのイタリア人の右に出る者はいないだろう。ボレリの本を読み進むにつれ人体内のテコやおもりの働きがわかってくるし、われわれ人間がいかなるポーズにも耐えうるように本能的なバランス装置を授け給うた造物主の周到さのほども手にとるように見えてくる。まったく人間というのは疲れを知らぬ綱渡り芸人だとほとほと感心せずにはいられない。けれども私にしてみれば方法など殆んどどうでもいいことだった。私が知りたかったのは原因なのである。原因こそ肝心要ではないか！　なるほどボレリは重心を失うとなぜ人間は倒れるのか説明してくれてはいる。しかしボレリは、人間が神秘的な力を発揮して自分の足許に信じられぬような収縮力を送れば、倒れなくてもすむ場合があるのはなぜなのか、そんなことは何も説明してくれてない。

当初の怒りがおさまると私はボレリを正当に評価した。人間のエリアを知識にもたらしたのはボレリの功績である。別の言葉で言えば、人間が重心を失わずに動きまわれる範囲の空間をボレリは明らかにしたのである。たしかに立派な歩きかたが出来るかどうかは、倒れる心配のないこの圏内でいかにバランスを保つかにかかっているに違いない。人体の力学の興味深い研究もまたこの高名なイタリア人の功績。彼は原動力としての流体が通る導管の数を調べた。流体という、このいかにもとらえ難い意志こそ、世の思想家、生理学者がお手あげのしろものなのだが、彼はこの意志の力を測り、その作用を確かめた。高邁にもボレリは、この光輝く闇のなかでボレリの肩に乗りなお遠くを見ようとする者に対して、人が意志を発現すれば通常どれほどの物理的効果が得られるかを教えてくれたのである。人が実際に発揮する力は筋肉組織にそなわる力と同じではないこと、人間にはある力が授けられていて、そのおかげで筋肉組織は本来の力とは比較にならぬ大きな力を出せることをボレリは示した。そのことによってボレリは思考の力を測ってみせたのである。

さればこの偉大な天才と対話して得た知識も無駄ではなかったのだ。以来私は安んじてボレリを離れた。次に心ひかれたのは最近になって生命力の研究を始めた学者たちだった。だが、やんぬるかな！　どいつもこいつも、物差しを取り出して深淵を測るあの学者の同類ばかり。この私は、深淵を覗いてそこに潜むあらゆる秘密をつかみたいのに。

その淵に私はどれほど思索を投げこんだことか！　井戸に小石を放りこんでその響きに耳を澄ます子供のように。柔らかく心地良い枕を背に横たわり、夕陽に照り映えて不思議な色に染まった雲を眺めつつ幾夕過ごしたことだろう！　夜のしじまに霊感を求めながら幾夜を無駄に過ごしたことか！　きっと、この世でいちばん美しく満たされ、幻滅の心配もいらぬ人生は、ありもせぬ幻の根を求めて一生けんめい方程式を解こうとしている崇高な狂人の人生なのであろう。

歩行についてあらゆることを学びつくしたというのに、結局私は何一つわからず、それでいて立派に歩いていた！……　私のような腹郭、首、頭蓋の持主でなかったなら、万策尽きて気が狂っていたところだろう。幸いなことにわが思想の第二期はここで終ってくれたのである。ロッシーニの『モーゼ』の第一幕の最中、タンブルニとルビニの二重唱に耳傾けていたとき、突然わが理論が立ち現れて、小粋な笑みを湛えながら、溌剌と美しい姿態もあらわに、赤々しく私の足許に横たわったのだ。さながら娼婦の風情、手管を弄しすぎたかと気が咎め、相手の恋情を冷ましてしまったかと心配げな、そんな娼婦の風情だった。

私はさしあたって人の運動を外から眺めたらどう見えるか、手あたり次第に調べてみようと決心した。その良し悪しを評価し、分類してみることにしたのである。その分析を踏まえて理想の運動を研究し、そこから法典を編んで、自分の人柄や生活や習慣を良く見せたいと願っている人々に提供しようではないか。私にいわせれば歩きかたこそ思想や生活を正確に表す症状なのだから。

翌日さっそく私はブルヴァール・ド・ガンに出むき、パリの住民の歩きかたを片っ端から研究してやれと椅子に陣どった。連中にはお気の毒だけれど、きっと皆さん私の眼の前を一日中通って行ってくれるでありましょう。

というわけでその日私は生涯で味わった中でも最も興味津々たる観察の数々をおさめ、両手に余るほどの収穫を抱えて家に帰った。植物を採集しすぎた挙句、向うからやって来た牛に仕方なく一部をくれてやる植物学者もこんなものだろう。ただ困ったことに、わが『歩きかたの理論』を本にするには、十巻から十二巻の本文に千七百枚の挿画をつけ、さらにそのうえ、かの東洋学者故バルテルミー神父、敬愛する碩学パリソ、御両人も顔色な

●十九世紀初頭から、グラン・ブルヴァールは裕福なブルジョアや流行児の遊歩の場としてにぎわった。なかでもダンディ達がたむろしたのがブルヴァール・デ・ジタリアンで、当時はブルヴァール・ド・ガンと呼ばれた。(絵はド・ブロー作、一八二七年のブルヴァール・モンマルトル)

からしむるような注を施さねばならぬように思われた。

悪い歩きかたはどこがいけないのか。

正確に観察してみて、美しい歩きかたの法則はどんなものか。

歩きかたを偽る方法はあるだろうか。廷臣、野心家、復讐を企らむ者、役者、娼婦に正妻、そしてスパイなどが表情や眼差しや声を偽るのと同じ具合に。

古代の人は上手に歩いたかどうか。世界中でどの国民がいちばん上手に歩くか。土地や気候は歩きかたに何らかの影響を及ぼすのかどうか。

いや出てくるわ、出てくるわ。まるでイナゴの群のような勢いで、数々の疑問が次々と。わが問題の何たる素晴らしさ！　美食家とてこれほどの喜びは味わえないことだろう。エクスの湖でとれたウグイだの、シェルブールのヒメジだの、アンドル川のスズキだのに魚切包丁をふるって皮を剝いだり、森で育って台所で磨きをかけられる運命の子鹿を手に入れて、その運命そのままにヒレ肉に包丁を入れたり、そんな美食家の喜びも、この問題を手にした私が味わう喜びには敵うまい。何がおいしいといって、頭で味わう甘味ほど官能に訴える楽しみはない。おまけにこれは飛びきり尊大に構えて何かと相手に文句をつける楽しみ。というのもそこには「批判」が含まれているからで、つまりこれは自分の味わったおいしさに嫉妬する自尊心の表れなのである。

文学的にも哲学的にも『歩きかたの理論』はまさに初味の佳肴だから良識ある方々には皆これをお奨め致したいと思うのだが、それにしてもなぜこの佳肴が知られてこなかったのか、世に言う「技能《アール》」のためにもここでその本当の理由を明かさなければならぬ。それに根が正直だからつい白状してしまうけれど、少しは有益なことも書いて駄弁の埋め合わせをつけておかねば。

十七世紀の生理学者マルコ・マルチがプラハの一僧侶の話を残しているが、リュシュランという名のこの僧は良く鍛えられた鋭い嗅覚をそなえていて、女性の匂いを嗅げば若い娘かそれとも成熟した女性か、子供を産んだ女性か不妊の女性か、識別できたという。彼の嗅覚の鋭さを示した出来事は他にも多いが、興味深いこの一例をあげれば他も推察いただけるだろう。

また、ディドロはあの『盲人書翰』を一夜にして書き上げたというが、ディドロにこの傑作を書かせた盲人は人間の声に関して深い認識を有していた。これが視覚の代わりを果たし、声の抑揚を聞きわけることで人の性格を判断したという。

この二人の例を見ると、感覚の鋭さがそのまま精神の鋭さに通じ、ひとつの特殊能力になっている。彼らに授けられた稀に見る観察力を考えてみても、心理学にはまだまだ究めつくされてない領域があること、またなぜその領域が放置されざるをえなかったのか、その理由も納得いただけるかと思う。

観察家というのは異論の余地なく第一級の天才である。人類の発明はすべて分析的観察から生まれる。精神が信じ難いような迅速さで一事を見てとる、それがこの観察力なのだ。ガル、ラヴァター、メスメル、キュヴィエ、ラグランジュ、最近物故したメーロー博士、ビュフォンの先駆者ベルナール・パリシー、ウースター伯爵、ニュートン、そして偉大な画家、音楽家、彼らはみな観察家である。(22) 他の人間なら原因も結果も見えないものを、こ

(22) **ラグランジュ** (1736~1813) 数学者、「解析力学」を著す。
メーロー バルザックの誤記で正しくはメイラン。一八三二年に亡くなった医者。
ベルナール・パリシー (1510~1590) 陶芸家、化学者。
ウースター 一六六三年『発明の世紀』を著し、蒸気力の応用を説く。

の人々はすべて結果から原因を洞察する。

かれら崇高な猛禽類は、上空高く飛翔しながら、その眼力で下界の出来事を明視する。物事の抽象化も特殊化も能くし、また正確に分析しかつ正しく総合する。けれどもこの人々はいわば純粋に形而上学的な使命を帯びている。その才能の本性と力にうながされて、彼らは作品の中でも否応なく自己の本領を発揮してしまう。自らの天才の高き飛翔に運ばれ、熱烈な真理探求心に導びかれて、きわめて単純明快な定理に向うのである。彼らは観察し、判断し、原理を打ちたてる。その原理を凡人どもが後から証明し説明し解釈するというわけだ。

一方、さまざまな人間的現象を観察し、人間の心の底に潜むいかなる感情の襞をも逃がさずとらえ、この特権的な生き物が我あらずふと覗かせる意識の片鱗まで究めるには、偉大な才能とともにそれと相反する細心さが要求される。また、昔ならムッシェンブロークやスパランツァーニ、現代ならノビリやマジャンディ、フルラーンス、デュトロッシェ、その他の諸氏に倣って忍耐強くもなければならない(23)。さらにそのうえ諸々の事象を見るやただちにその中心を見てとる眼力も必要になってくる。さらにはまたそれらの事象を体系づける論理力、一瞥して原因にさかのぼる素早い洞察力、円周上の一点に眼をとめるとき必ず他の点も見逃さず観察する悠長さ、一足跳びに足許から頭に向う迅速さ、以上のすべてが要求される。

自然科学史上なるべくして名を馳せた幾人かの英雄たちはこうした多面的な天才の持主であった。ところが精神界の観察家となるとこうした天才の数はずっと減ってくる。高き

(23) **ムッシェンブローク**(1692〜1761) オランダの物理学者。
スパランツァーニ(1729〜1799) イタリアの科学者。実験生物学の創始者とされる。
ノビリ(1784〜1835) イタリアの物理学者。
マジャンディ(1783〜1855) フランスの生理学者、実験生物学を手がける。
フルラーンス(1794〜1867) フランスの生理学者、解剖学者。
デュトロッシェ(1776〜1847) フランスの物理学者、生理学者。

に輝く英知を広く大衆にまで伝える使命を帯びた作家たちは作品に文学的な体裁をとらせなければならないし、どんなに厳めしい理論も面白く読ませ、学問を飾らねばならない。だから作品の形式とか詩情とか技法上の枝葉末節に始終気をとられてしまうことになる。偉大な作家にして同時に偉大な観察家であること、ジャン＝ジャック・ルソーにして「経度数理学会」であること(24)、これこそ問題であり、しかも大難問なのだ。それにまた精確な物理学的観察を司どる「天才」なら知的な観察力さえあればよいが、人間心理を観察する能力となれば、否応なく例の僧侶の嗅覚とあの盲人の聴覚が要求される。素晴らしく発達した五感と神技に近い記憶力が揃ってなければおよそ観察などできるものではない。

したがってメスも使わずに人間性を分析しその生きた姿を捕えようとするような観察家は滅多とない存在なのであり、そうでない者は往々にして、この種の探求に不可欠な精神の顕微鏡をそなえているかと思うと表現する能力に欠け、表現力があるかと思えば鋭い観察眼に欠けるということになりやすい。モリエールがそうであったように人間性を表現するすべを心得た人々は、ただの標本一つを見て真実を洞察したものだ。彼らはまたつねづね同時代の人々の生態を盗み、一際高く叫ぶ者があれば捕えてピンで留めたものであった。どの時代にも自分の時代の秘書を務めた天才がいる。ホメロス、アリストテレス、タキトゥス、シェークスピア、アレティーノ、マキャベリ、ラブレー、ベーコン、モリエール、ヴォルテール、いずれも時代の語るままを筆にした天才であった。

社交界にもきわめて優れた観察家がいる。しかしこの連中は、怠惰だからか、栄光などに関心がないのか、せっかくの観察力を自分のためだけに使い捨てて世をおさらばしてし

（24）　経度数理学会　一七九五年、天文学、自然科学の発展とその応用を目的に開設された研究機関。

まう。夜も更けて、真夜中、サロンにはもう三人ほどしか残っていないころ、観察を種に笑い話をすればすむのである。こうした観察にかけてはさしずめ画家のジェラールなど、偉大な画家でなければきっと才気あふれる作家になっていただろう。人間を描かせても語らせても、その鮮やかなタッチは甲乙つけがたい。

教養の低い人々や労働者風情の中にも、世間に出入りするうちに否応なく世間を観察する眼を育てた人達が結構少なくない。弱い妻が夫を騙そうとすれば夫を観察せざるをえないのと同じことである。こうした連中は驚くほど深い観察の持主で、彼らが世を去ると、その発見の分だけ知識界の損失ということになる。芸術的天分豊かな女性の中にも時々こうした観察家がいる。この手の女性は寛いだ語らいの折など、その観察眼の深さで舌を巻かせるのだが、作品を書くなどてんから軽蔑し、ただただ他人を笑いものにしては馬鹿にして、いいように利用するばかり。

こうして見てもおわかりのように、心理学的な問題の中でも飛びきり美味な味わいのある問題が、手つかずではなくてもとにかくまだ大っぴらに扱われたことがないのである。たぶんこれを料理するには多大なる学識と、多大なる軽薄さが要求されたからだろう。

かく言う筆者はと申せば、自分の才能を信じることこそ「信仰」が海の藻屑と砕け散った現代にも唯一残された信仰と思えば大いにこれを信じたいし、また新しい問題に寄せる初恋の気持も多分に手伝って、やはりこの美味は味わってみなければと決意した次第。事程左様に私はブルヴァールの椅子に陣どって、道行く人々を観察したのであった。そうして眼の前の大事な宝の数々をためつすがめつ眺めてから、ひとまず私はその場を後にした。

●当時のグラン・ブルヴァール

「開け、ゴマ！」の秘密を持ち帰って一人楽しむために！……。

それというのもただ眺めて笑えばすむ話ではないのだから。分析し、一般化し、分類する仕事が待っているではないか。

分類がすめば、あとは法典だ！

法典、歩行の法典を仕上げなければ。つまりは日ごろ頭を使わぬ人や聡明でない人もあまり頭を悩まさず楽しく読めるような公理を書き並べ、いくつか判りやすい原理を守れば自分の運動が正せるようにしてやること。進歩的な人々、人間の完成可能性を信じてやまぬ人々がこの法典に学べば、さぞかし愛嬌があって優雅で、上品で、育ちが良く、粋で、人に愛され、教養ある人物に見えようし、公爵にでも、侯爵、伯爵にでも見られることうけあいだ。間違っても低俗で、馬鹿で、退屈で、物識りぶって、下劣な輩、フィリップ王をもちあげる石工風情だの帝政時代のお偉方だのに見られる心配はないだろう。「何事も看板」をモットーとする国民にとってこれこそ一番の大事ではなかろうか。

近頃はルイ＝フィリップが人を馬鹿にしたように気前よくどっさり貴族院議員の数を増やしてしまった。廉直なジャーナリストに折衷学派の哲学者、有徳の雑貨商にすてきな教授先生、老練のモスリン業者、そしてごぞんじ製紙業者の面々。(25) 成りたてほやほやのこの議員諸君の心の底まで降りていくことができたなら、きっとこんな願望が金文字で刻みこまれているに違いない。

「どうか立派な人物に見られますように！」

いやそんなことはないと、連中、申し開きをするかもしれぬ。「そんなこと願ったりす

(25)　ここに挙がっているのはすべて一八三二年から三三年にかけて貴族院議員または高官に任命された実在の人物。「廉直なジャーナリスト」は保守系新聞『デバ』の創刊者で、「廉直」どころか政府から助成を受けていると噂されたベルタン・ド・ヴォー。「折衷学派の哲学者」はクーザン。「有徳の雑貨商」は薬物と雑貨の商人でセーヌ県代議士、国民軍歩兵隊大佐となったガネロン、「すてきな教授先生」はソルボンヌ大学教授ヴィルマン、「老練のモスリン業者」はキャラコで儲けた商人ルソー。「ごぞんじ製紙業者」は独自の製紙法で成功したカンソン。

るものか！　何に見られようと私は構わん！　ジャーナリスト、哲学者、雑貨商、教授、服地屋、紙屋、それで結構だ！」と。だがそんな言葉に騙されてはなりませぬ！　貴族院議員にさせられてしまったからには、奴さんたち、それらしくありたいと思っているに違いない。が、お生憎さま、ベッドや食卓や議会でなら、「法令集」のなか、チュイルリー宮殿のなか、一家の肖像画のなかでなら、連中も貴族院議員に見えるかもしれないが、ブルヴァールを歩いていて貴族院議員に見られようというのは無理な話。ここではこの先生方も、きれいさっぱり、もとのもくあみ。はてあれは何者かなどと観ている方だって考えもしない。ところがそこを散歩に通りかかったのがラヴァル公であり、ラマルチーヌ氏であり、ロアン公であれば、その風格は誰が見ても一目瞭然である。先生方は、よもやこんな方々の後を歩いたりなさらぬよう注意されたい。

　こんなことを申しあげたからといって、どうかどなたもお気を悪くなさらぬよう。たしかに私は最近なりたての貴族院議員諸君が特権階級に成り上るのには賛成致しかねるとはいえ、方々の学識、才能、人徳、廉直な商法には一目置いているし、ジャーナリストの方は新聞を、製紙業者の方は紙を、いずれも元手より高く売って当然と承知しているつもりだ。もし私がうっかりどなたかを傷つけてしまったとしても、こう申しあげればその方の傷の痛みも少しは鎮まるのではなかろうか。何しろこの理論の大切さを良識ある方々に説き聞かせるにはどうしてもお偉方に御登場願わねばならなかったのであります。

　いやまったく、ブルヴァール・ド・ガンであつめた観察の数々を前にしながら、私はしばし茫然自失の体であった。一口に運動といっても何と色とりどりなんだろうと呆れてし

●「成りあがり紳士」（アンリ・モニエ画）

まったのである。そこでさっそく第一の格言が出来上った。

1

歩きかたは身体の表情である。

鋭い眼を持った人なら、一人の人間の動きを見てその悪徳も悔恨も病も見抜いてしまうとは、考えるだに恐ろしい話ではないか。知らぬ間に生々しく現れるこの意志の作用には何と豊かな言葉がひそんでいることだろう！　両手両足どれ一つとっても、上げ下げが激しかったり静かだったり、ついつい癖がついてアルファベットのどれかの文字に似てしまったり、動かす時の角度や輪郭もさまざま、いずれもみなわれわれの意志が刻まれていて、恐るべき意味を表している。それは言葉以上のもの、動いている思想なのだ。何げない身振りやふとした唇の震えが、長い間二人の胸に秘められていたドラマの悲劇的な幕切れにならないとも限らない。というわけで次の格言が生まれる。

2

眼差し、声、息づかい、歩きかたはいずれも同じものを表す。けれども、いっせいに現れるこの思考の四通りの表現を一度に見張るのは無理であるから、どれか一つ真実を語っているものを見極めること。そうすればその人間がすっかりわかってしまうだろう。

S氏は化学者であり、また資本家でもある。そのうえ鋭い観察家で大哲学者。
O氏は投機家で、政治家でもある。氏は猛禽類にも、蛇にも似ている。だから宝を攫《さら》うこともやるし、看守を魔法にかけることも知っている。(26)

この二人が対決したら、さぞや見ごたえのある闘いを見せてくれるのではあるまいか。策略には策略を、言葉には言葉を返し、とことんまで騙し合い、手の内を読み、心中を測り合うに違いない。

果たしてとある晩のこと、御両人が、暖炉のちかく、蠟燭の明りのもとで相対したことがあった。唇といわず歯といわず、額、眼、手にいたるまで、全身嘘だらけ。足の先から頭のてっぺんまで二人とも嘘で塗り固めていた。金がからんでの対決で、時は帝政時代のこと。

O氏は翌日に五十万フラン入用だった。真夜中ちかく、氏はSのそばに近寄った。

このS氏がどんな人物か御存知だろうか。血も涙もない、正真正銘のシャイロックだ。いやシャイロックよりさらに抜け目がなくて、金を貸すまえから肉五百グラムを取りたてかねない男。そのS氏のかたわらにO氏が並ぶ。こちらは銀行界のアルキビアデス。(27)三つの国から次々と金を巻き上げておきながら知らん顔をして、世間にはその三国に金を都合してやったのだと思わせることのできる男。さて、御両人がどうしたか。O氏は何気ない口調でS氏に申し出た。二十四時間の期限で五十万フランお借りしたい、しかじかの額に

(26) S氏、O氏ともに実在のモデルがある。Sは鞣皮工場を起こして財を為し銀行家としても活躍したセガン(1768〜1835)。Oは軍の補給総官として巨富を築き、社交界にも盛名を馳せた銀行家ウーヴラール(1770〜1846)。一時期二人がライバル関係にあり、社交の場で同席したことがあるのも事実らしい。

●銀行家ウーヴラール

(27) **アルキビアデス**(B.C. 450〜404) アテナイの雄弁家、軍人。軍功とともに傍若無人な言動でも名高い。

してお返しするから、と。

「ところが、あなた」と、くだんのS氏がさる人物に語って言った。実はその人物から私はこの貴重なエピソードを入手したのである。「Oがそのしかじかの条件を申し出た時に、やつの鼻先が白っぽくなったんですよ。鼻の左側に、ちょうど円を描くように平ぺったく凹んでいる部分がありましてね、そこのところが白くなったのです。これまでにも、やつが嘘をつく度にそこが白くなるのを見てきました。だから私はピンときましたよ、この五十万フラン、貸せば当分やばいことになるな、と……」

「ほう、それで」と相手。

「それでですな」と、受けたS氏は溜め息をもらした。

「蛇のやつ、半時間ほど私につきまといました。結局五十万フラン貸してやることにして、やつはそれを受取りましたよ」

「で、返したんですか……」

Sが0を中傷しても不思議はなかった。氏が0を嫌っているのは世間周知のことだし、何しろ舌先ひとつで敵を殺す時世なのだから。だが奇人で知られるこのS氏の名誉のために言っておかねばならない。

彼は答えたのだ。「ええ、返しましたよ」と。が、いかにも不承不承という様子ではあった。さぞかし、やつはまた一つ嘘を重ねたのだと答えたかったに違いない。

一説によれば、O氏は人を欺くことにかけてベネヴェントの大公ことかのタレーランをも凌ぐ凄腕であるとか。さぞやそうだろう。外交官が嘘をつくのは人のためだが、銀行家は自分のために嘘をつく。ところが、どっこい！　常日ごろ見事なまでに表情を変えず、決して目の色を読ませず、いかなる時にも声音を変えず、歩きかたも堂に入ったこのO氏こと当世版ブルヴァレー(28)が、鼻先の凹みだけはままにならなかったのだ。人間誰しもどこかにこの凹みの類をもっていて、胸中を覗かせてしまうものである。耳朶のあたりが赤くなったり、神経が昂ってぴくっとしたり、曰くありげな瞬きをしてみたり、思わず皺を寄せたり、震え声でつい心中を洩らしたり、苦しい息づかいをしたりするではないか。いかんせん、「悪徳」にもどこかに隙があるのだ。

　だからこそ、先の公理が生きてくる。これこそこの理論の要であり、またこの理論がいかに大切かという証拠でもある。思考は蒸気のようなもの。人が何をしていようと、身体のどこかにこの蒸気が宿る場所がある。どれほどかすかな蒸気であろうと、場所を求めて必ずそれを見つけ出す。死人の顔にさえ蒸気が宿っているのだから。私が初めて見た骸骨は、二十二歳で亡くなった娘の骸骨だった。

「ほっそりした体つきの、きっと魅力的な娘さんだったのでしょうね」と、私は医者に言ったものだ。

　医者は驚いたようだったが、肋骨の並び具合といい、骸骨全体の何ともいえぬ上品さといい、いかにも生前の歩きかたが偲ばれたのである。身体の比較解剖学があるように、精神の比較解剖学が存在する。精神の場合も身体と同じく細部は必然的に全体に通じる。世の中に二つと似た骸骨はないだろう。また自然を見ても一定の季節には必ず毒草が見つかるように、腐敗堕落した人間の骸骨をとってみても、頭蓋の洞《どう》なり骨の関節なりに必ず生

(28)　**ブルヴァレー**（?〜1718）十七世紀の金融家、収税請負人。戦時に武器を売って財を為した経歴が、スペイン戦争で富を築いたウーヴラールのそれと似ているわけであろう。

前の悪習が現れるもので、精神の化学者の眼にはそれが見えるのだ。

それにしても人間は自分が思い込んでいるよりずっと正直なもの。自分の私生活を世間にごまかしているなどと自惚れている奴がいたら、そいつはお目出度いのだ。自分の考えを人に知られたくないと思うなら、子供か野蛮人を見習いたまえ。彼らこそ良いお手本である。

実際の話、自分の考えを隠したければ、一つのことしか考えてはいけない。あれこれといろいろな考えが頭にある人間はやすやすと人に見すかされてしまう。だから偉人がみな自分より一段下の連中に謀られたりするのである。

精神は遠心力で得るものを求心力で失う。

ところが野蛮人や子供は自分の生活半径が描く円周上のあらゆる点を、すべて唯一つの考え、唯一つの欲望に向けて集中させる。彼らの生活は一点集中主義であって、こうした見事なまでの行動の統一性に彼らの強みがある。

社会に生きる人間は、四六時中、円の中心から円周上のありとあらゆる点へ向わざるをえない。あれもこれもと頭の中はさまざまな情念や考えで一杯だ。基地と作戦行動がこれほどアンバランスときていては、何時なんどき尻尾をつかまえられるかわからない。

だからイギリスの政治家ピットはかの名言を吐いたのである。「私がかくも多くを為しとげたのは、いかなる時も一度に一つのことしか望まなかったからだ」

この政治家の教えを守ろうとしないから、歩きかたがつい正直な言葉を語ってしまう。だいたい、歩きながら歩いていることを考える人間がいるだろうか。誰一人いやしない。

それどころか考えごとをしながら歩くのは良いことだと誰もが思っている始末。

だが旅行記を読んでみたまえ。不適切にも野蛮人と呼ばれている種族をつぶさに観察して書いた旅行記があるから。ラ・オンタン男爵などはクーパーの先を越して『モヒカン族』[29]を書いているが、それを読めば、未開人がいかに歩きかたを重んじているかがわかるだろう。まったく文明人など形なしだ。野蛮人は、同胞の前ではゆったりとして重々しい動作しかしようとしない。身体の動きが休息に近ければ近いほど、考えを見破られにくいということを、経験を通して知っているのである。ここから生まれてくる公理。

3

休息は身体の沈黙である。

4

ゆったりした動作には必ず威厳がつきまとう。

ヴェルギリウスの詩に、かの君が姿を現すやたちまち猛り狂う民衆も鳴りをひそめたと詩われるような人物が、暴動の知らせに跳んで駆けつけるなどということがありえようか。したがって運動の節約は歩きかたを高貴にもし優雅にもするという原則が出来上る。急いで歩く人はそれだけで自分の秘密を洩らしているも同然ではないか。つまり慌てているのである。ガル博士の観察によれば、あらゆる生物について脳味噌の重さと皺の数は生命

(29) クーパー（1789〜1851）アメリカの小説家。インディアンの生活を描いた『最後のモヒカン族』はフランスでも人気をよび、バルザックもクーパーを愛好した。

活動の緩かさに比例するそうである。鳥というのは滅多に物を考えない。いつも早く歩く人間は一般に頭も小さく、額も秀でてはいないはず。だいたい論理的に考えてみても、よく歩く者は必然的にオペラの踊り子なみの知性に落ち着く。

であるとすれば、

いかにも悠々とした歩きかたが、時間のある人、暇な人、つまり金持、貴族、思想家、賢人を表すのなら、その他の細かい動作にも必ず同じ原理が当てはまるはずである。身振りも少なく、ゆったりしているだろう。ここからもう一つの格言が生まれる。

5

ぎくしゃくとせわしない動作は悪癖や育ちの悪さをうかがわせる。

諸君は跳ねまわる人を見てよく笑った経験がおありではなかろうか。跳ねまわる virvoucher とは昔のフランス語にあった素晴らしい言葉で、ロトウール・メズレーによって再び知られるようになった。跳ねまわるとは、行ったり来たり、人の周りをうろうろしたり、何かまわず触ってみたり、立ったり座ったり、ガサガサ、コソコソする挙動を表す。跳ねまわるとは用もないのに一定の運動をすること、つまり蠅の真似をすることだ。跳ねまわる輩には自由にさせておくのが一番である。さもなければ諸君の頭に怪我をさせたり、何か貴重な家具を壊したりするだろう。

諸君はまた、腕、頭、足、身体、どれをどう動かしてもぎくしゃくと角ばった女性を笑った覚えはないだろうか。

また、握手をする時、肘にバネ仕掛でもあるみたいに、にゅっと手を突き出す女性を笑ったことは？

しゃちこばって座る女性、ビックリ箱のオモチャの兵隊みたいに直立不動で立ち上る女性は？

この手の女性はえてして貞節なものである。女性の貞節と直角の間には密接な関係がある。世間で言ういわゆる誤ちを犯した女性に目立つのは動作がえも言われぬ丸みを帯びていることだ。仮に私が一家の母であったなら、「肘を丸く」という、かの舞踊の師の秘伝を聞くだに、娘の身を思ってぞっとするだろう。ここから生まれる公理、

優雅はまろやかな形にあり。

6

さればライバルを指して、「何と角ばったひと！」と言える女性の喜びはいかばかりか。

こうしてさまざまな歩きかたを観察しているうちに、ふと私の胸にある恐ろしい疑念がこみあげてきた。まったく学問には、どんなにふざけた学問であっても、必ず解くことのできぬ難問が待ち構えているものだ。人間はエジプト豆が出来た原因も目的も御存知ないのと同様に、自分の運動の原因も目的も知ることができないではないか。

そこでまず私は運動がいったいどこからやって来るのか考えてみた。ところが、人間の

なかでどこに運動が始まりどこに終るのか決めるのは、交感神経がどこに始まりどこに終るのかを言うのと同じくらい難しい。この交感神経という体内組織は、これまでにも幾多の観察家が匙を投げてきたしろもの。かのボレリ御大さえこの大問題を究めつくしてはいないのである。八十万のパリ市民が毎日行っているこんなありふれた運動に解決不能の問題がこれほど控えているなんて空恐ろしいではないか。

この難問を考えに考えた末、出来上ったのが次の格言。どうか読者諸兄もじっくりとこれを考えていただきたい。

7

われわれの身体はどこもかしこも運動に与っている。どこか一部に運動が偏ってはならない。

実際、自然がわれわれに与えた運動器官は実に巧妙に出来ていて、しかも一つにまとまっている。だからこそ自然の創造物がすべてそうであるように、見事な調和が生まれてくるのだ。もし何かある癖が身についてこの調和を乱すようなことがあれば、醜悪で滑稽になってしまうだろう。人間の責任で生じる醜さは必ず物笑いの種になる。われわれは無知や愚かさを決まって笑いものにするように、不自然な運動に対しても容赦ない。

こうしてみれば、いろんな人が私の目の前を通りすぎて今まで顧みられなかった歩きかたの基礎原理を教えてくれたけれど、何といってもその筆頭は太った紳士である。ここで一つ御注意申しあげておきたい。ブリア＝サヴァランはすこぶる才気に富んだ作家だが、二、三、間違った意見に肩入れをして間違いを助長しているようである。先生いわく、太った人もその腹を堂々たる恰幅という程度におさめることができる、と。そんな馬鹿な。なるほど堂々たる恰幅にはある程度の肉付きが必要だろうけれど、突き出た腹が身体の他の部分との均衡を破ってしまえばもう歩くどころの騒ぎではない。太ったが最後、もう歩行とはおさらばである。肥満した人はどっかと座った腹のおかげで運動の節約を強いられ、どうしても不自然な動きかたしかできない。

例

アンリ・モニエはきっとこの太った紳士を見て漫画にしたのに違いない(30)。太鼓の上に頭をのっけて、下にはX型の棒二本。どこの誰だか知らないけれど、そろりそろりと、おっかなびっくりの歩きかた。まったくこの紳士ときたら、およそ歩行らしいところなど影も形もありはしない。年取った砲手の耳が遠くなるのと同じ伝で、この紳士ももう歩けないのだ。昔なら運動神経もあっただろうし、飛び跳ねることだってできただろう。だが今となっては、かわいそうに、もう歩くことさえ夢の話。この男を見ていると、その一生が偲ばれて、いろんな想いに誘われる。いったい誰のせいで脚を駄目にしてしまったのだろう。何がもとで痛風を患い、これほど太ってしまったのか。こんな身体にしてしまったのは放蕩だろうか労働だろうか。それにしても悲しい話だ！　ものを築きあげる労働と、ものを破壊する放蕩が、同じ結果を人間にもたらすとは。そぞろ哀れをもよおすこの金持は、自

(30)　**アンリ・モニエ**（1805～1877）文学者、漫画家、俳優。一八三〇年『巷間風景集』と題する風俗漫画集を出して大ヒットした。なかでも俗物ブルジョワの典型ジョセフ・プリュドムの肖像は大人気を博し、モニエはこの人物を主人公に次々と文筆、画筆をふるい、また舞台で演じた。太鼓腹を突き出してふんぞり返ったプリュドムのシルエットはあまりにも有名である。

⑮アンリ・モニエ描くジョセフ・プリュドム

分の腹に引っ張られてそっくり返った恰好だ。かろうじて一歩、また一歩と、引き摺るようにのろのろと足を運んでゆく。まだまだ死にたくないのに無理やり死神にひかれて墓穴に連れて行かれる瀕死の病人さながら。

面白いことに、その後からやって来たのがこれとは対照的な男。両手を背中の後に組んで肩を反らせ、ぐいと胸を張って歩いてくる。山うずらの雛の丸焼きにそっくりだ。奴さん、首で歩いているらしく、首突き出すたびにはずみが胸を伝って全身へ。

その後からは、従僕を従えたお嬢さんが、イギリス女性がよくやるように飛び上がりながら歩いてくる。羽を切り取られてしまったのにそれでも諦めず飛びたがっているめん鶏のよう。どうやらその歩きかたのポイントは腰のあたりにあるらしい。従僕が傘を手にしているところを見ると、せっかくの飛び歩きを支えているその腰を突っつかれるのが恐いのか。良家の娘には違いないけれど、見るも不様で、御本人は世にも無邪気だが何とも淫らでしようがない。

おつぎに現れたのが、これはまた身体が二つに分かれた恰好の男。右脚と右半身全体をしっかり停止させてからでないと、左脚とそれに随伴する部分が動かせない。この男、二股党に属しているのだ。どう見てもその身体は何かの革命でもとから二つに割れてしまったのに相違ない。奇跡的に二つを繋ぎ合わせたのはいいのだが、すっかりとはいかなくて、頭は一つっきりなのに、身体の軸が二本あるのだ。

しばらくして、今度は外交官がやって来た。骸骨のように痩せこけて、操り人形よろしくぎくしゃくした歩きかた。人形師ジョリもこの人形は糸を引き忘れたのか。さながら包帯でぐるぐる巻かれたミイラそっくり。氷の張った小川のなかのリンゴみたいに、コチコチになって衿飾のなかに埋まっている。振り向く時には、さぞかし誰か通行人がこの男にぶつかって、くるりと回転させてやるのだろう。

この男を見た私はぜひ次の公理を記さねばと考えた。

8

人間の運動はきちんとした「サイクル」から成り立っている。このサイクルを乱すようなことがあれば機械仕掛のようなぎこちない動きになってしまう。


と、美しい御婦人が、「尻美わしきヴィーナス」に姿を変えてやって来た。胸のコルセットの効用を信用しておられないのか、それとも他に何か困ったわけでもあるのか、背中の膨んだあのほろほろ鳥そっくりに、首を突っ立てて胸を引っ込め、ちょうどコルセットの反対側を膨ませて歩いてくる……。

まったく、いまの公理の話だが、われわれが身体を動かす時には、次々と滑らかに伝わってゆく目に見えぬ微細な動きの一つひとつに知性が輝いているはずだ。するすると動く蛇の鱗の菱形模様が目にも綾なもようを描いていく、その菱形模様の一つひとつに光と色が戯れるように。美しい歩きかたの秘訣は、こうして分割される一つひとつの動きにかかっている。

次にやって来た御婦人が、これまた先刻の女性にならって胸をへこませていた。もし三

●一八三七年頃の婦人のドレスのいろいろ

人目がやって来て、三人並んだところを眺めたとしたら、でかい瘤をしょったその半月形のシルエットに、いやもう諸君だって吹き出さずにはおれなかっただろう。

何とも名状しがたいこの種の馬鹿でかい隆起物が、ことにパリの御婦人の歩きかたに由々しき影響を及ぼしている。このことが念頭から離れやらず、私は才気ある女性、趣味良き女性、信仰厚き女性にお伺いをたててみることにした。何度も会議を重ねて、太った女性、痩せた女性について議論を闘わせ、生まれつき丸々と太った体格を美しいと見るか不恰好と見るか、賛否両論ともに尊重しつつ討議した結果、出来上ったのがこの素晴らしい格言。

9

歩きながら女性はすべてを見せることができる。それでいて何一つ覗かせるわけではない。

「そうですとも！」　討議に加わった御婦人の一人が声をあげた。「そのためにこそドレスが出来たのですわ」

この女性は大いなる真実を語ったのだ。われわれの社会のすべてがスカートの中にある。女性からスカートを取りあげてみたまえ。魅力もおしまい、色恋もさようなら。スカートの中にこそ女性の力の一切がある。土人の腰巻のあるところ、恋はなし。だからこそユダヤの聖書学者をはじめ大勢の聖書注釈家が、われらの母イヴの着けたイチヂクの葉は実は

カシミアのドレスだったと主張するのだ。私もこれに賛成である。

話が脇にそれてしまったが、もう一言、御婦人方との会議の中で前代未聞の論題が持ち上ったので、これについて少し触れておきたいと思う。

女性は歩くときにスカートをまくりあげるべきか否か。

はしたなくドレスを後手でぐいとつかみ、大きく裾をはだけて歩く女性がいかに多いか、それを思うだにこれは大問題だ。両手でドレスの前を持ち上げて、裾に三角形の穴をあけながら無邪気に歩いてゆく哀れな娘たちの数だってどれほど多いことか。三角形の頂点は右足のところ、底辺は左足のふくらはぎのあたりで、その三角の穴の中から皺一つない真白な靴下だの靴ひもの結び目だの、その他いろいろが覗いて見える。こういう具合にまくれた女性のスカートを見ていると、劇場で幕をちょいとめくって、踊り子の足を盗み見しているような気にさせられる。

この件につき御婦人方が下した判決は、趣味良き女性は雨の日や道が汚れているような時には決して徒歩で外出しないということであった。ひき続き厳かに下された決定は、女性たるもの人前でゆめスカートに触れてはならじ、いかなる口実にせよまくりあげるなどもってのほかということであった。

「そうはおっしゃいましても、溝を飛び越えるような場合には」と、私が口をはさむと、

「まあ、何をおっしゃいますの。淑女でしたら左手でドレスをそっとつまんで持ち上げ、静かに伸び上がると、すぐにその手を離しますわ。ほら、御覧アソバセ」

と、私の眼に、襞目も麗わしいドレスの数々が浮かんできた。いかにも優雅にドレスを

波打たせて歩く女性の姿が想い浮かぶ。そのスカートの襞飾りが描く曲線の美しさ。波のようにうねる動きの美しさ。私はその想いを言葉にせずにはいられなかった。

10

モンティヨン賞にも値するスカートの揺らせ方がある。[31]

女性がスカートを持ち上げる際には極力人眼をはばかるべしというのは動かぬ事実。フランスでは一も二もない原則だろう。

人物の判断にあたって歩きかたがいかに大切か、締めくくりに一つ外国の話を紹介させていただきたい。

十八世紀のオーストリア大使メルシー・ダルジャントー氏の伝える話に、ヘッセン＝ダルムシュタット大公国の公妃が三人の娘を連れてエカテリーナ二世の御前に参上したとのこと。三人の中から皇太子妃をお選びになるというのである。娘たちに言葉をかけもせず、女帝は次女にお決めになった。驚いた公妃が御速断のわけを伺うと、

「三人が馬車から降りてくるのを窓から眺めておりました。一番上の娘は不自然な歩きかたをしていた。二番目はごく自然な動作で降りてきました。三番目の娘はステップを飛び越えてしまった。さぞや上の娘はぎこちなく、下の娘はふつつか者にちがいありません」

果たしてその通りであった。

身体の動きが性格や生活習慣をのぞかせ、ひそかな習性をも暴露するのなら、たとえば

(31) **モンティヨン賞** 経済学者モンティヨン男爵（1733〜1820）の遺言により、その遺産を基金として創設された賞。文芸作品や徳行のあった人に、アカデミー・フランセーズを経て授与された。

この手の女性の歩きかたなどいかがなものだろう。コルセットにしっかり身を固めて、腰つきややたくましく、その腰を蒸気機関のバネよろしき正確な拍子で上下させながら歩く。しかもその規則正しい腰の動かし方に何だかもったいをつけているような。こんな女性はさだめし愛の行為の時にもうんざりするほど精確に拍子を取るのではあるまいか。

「投機」の盛んなこのブルヴァールのこと、案の定、株式仲買人が通りかかる。でっぷり太ったこの御仁、自分に満足しきっていて、人眼にも裕福で上品に見られたいという気持がありありだ。回転運動が身についていて、外套の裾が腿のあたりであっちにくるり、こっちにくるり。タリョーニが爪先回転を決めた後、右に左に振り向いて平土間の喝采に答える時のあの肉感的な服の動きを見ているようだ。これはこの男の日頃の習性からきた循環運動。奴さん、自分の金と同じように回転するのである。

後からやって来る背の高いお嬢さん。足はすり足、口元はきっと結んで、つんと澄ましているのはいいけれど、真直ぐに進めない。ぎっくり、しゃっくり、何だか出来損ないの機械みたいに、身体のバネは故障気味、関節も癒着してしまったかのよう。その歩きかたがいかにもぎこちないのは公理8に違反しているせいである。

二、三人、嬉しそうに通ってゆく。芝居で見るあの感激の再会の場面そのままだ。どうやら御一同、向うから呑気な顔でやって来るのが昔の同級生だと気がついたらしい。

つい道の真ん中で芝居をやっているこの「道化師」の方々に文句をつける気はないけれど、どうか御一同、大切な次の公理もお考えのほどを。

11

身体が動いている時には、表情は動くべからず。

だから気忙しくせかせか歩く手合なんぞはどれほど軽蔑してよいものか。大勢の人がのんびり歩いているなかを、泥のなかのウナギよろしく掻きわけてゆくあの連中。行軍中の兵士みたいに歩くことに余念がないのだ。こういう手合は大抵お喋りと相場が決まっている。大声を張りあげて自分の話に熱中し、勝手に腹を立てたかと思うと、いもしない敵に向って悪態をついたり、一方的に喰ってかかったり。身振り手振り忙しく、ひとりで悲しんだり喜んだりする。いやはや、結構なパントマイム、御立派な演説家ではないか！

はて今やって来た男、あれはどういう手合だろう。右脚を動かすと左肩が動き、左脚を動かすと逆に右肩が動く。満ちたり干いたり、何と規則的なこと。まるで交叉した二本の長い棒が服を着て歩いているようではないか。きっとこれは労働者から成り上った男に違いない。

職業上いつも同一運動の反復を強いられる人々はみな歩きかたにひどく偏った動きが見受けられるものだ。胸部に偏りがでることもあれば、腰、肩に現れることもある。身体全体がそっくり一方に傾いている場合も多い。ふつう学究の人は頭をどちらかに傾けている。ブリア＝サヴァランの『味覚の生理学』(32)をお読みになった方なら、ヴィルマン氏のように顔を左にむけて、という言葉をきっと覚えておいでだろう。実際この有名なソルボンヌ大

(32)　邦訳名『美味礼讃』。本書一四八ページ、訳注（1）を参照。

学教授はいつも左に小首をかしげていて、その才気走ったポーズはちょっと他人には真似ができない。

頭の姿勢に関してはいろいろ面白い解釈がある。ミラボーのように顎を突き出すのは自信の表れで、私見によればこんなポーズはそうそう誰にもは似合わない。このポーズが似つかわしいのは時代と四つに組んで闘った人間だけだ。あまり知られてないことだが、ミラボーはこの大胆不敵な構えを、偉大にして不滅の敵ボーマルシェから盗んだのである。二人はそろって世の糾弾を浴びた人間だった。肉体的にも精神的にも迫害は天才をいっそう偉大にする。頭を垂れているからといって不幸な人間と思う必要は決してないし、頭をそらした人間が金持というわけでもない。一方はいつまでも奴隷の身かもしれないが、もう一方だって昔は奴隷だったのだ。今はこちらの方が人を騙す側にいるけれども、もう一方も早晩そうならないとは限らない。

錚々たる偉人たちがみな左に小首をかしげているのは確かである。アレクサンダー大王然り、シーザー然り、ルイ十四世、ニュートン、カルロス十二世、ヴォルテール、フリードリッヒ二世、バイロン、いずれもこのポーズをとっていた。ナポレオンは頭を真直ぐに起こし、何事に対しても面と向いあった。人間、戦場、精神界、すべてを正面から見すえるのが彼の常であった。ロベスピエールは今もって世の審判が定まらぬ人物だが、彼もまた議会を正面から見た。ダントンはミラボーのポーズを踏襲し、シャトーブリアン氏は頭を左に傾けている。

いろいろ調べた結果、筆者もやはりこのポーズの肩を持ちたい。優雅な女性を見渡して

●ミラボー（1749〜1791）

みてもみなこの姿勢が普通のようである。とかく優雅は直線を嫌う（そして天才は優雅を内包する）。先の公理6はやはり正しいのだ。

歩きかたが回復不可能なまでに歪んでしまった人種といえば、船乗りと軍人である。船乗りの脚は左右ばらばらになっていて、どちらを曲げようが踏んばろうが自由に出来ている。甲板の上では海面の揺れに合わせて右に左に動かざるをえないので、いざ陸に上がると真直ぐに歩けない。必ずジグザグに歩く。歩行が左右ならさぞかし言も左右にするだろうと、近頃は船乗りを外交官にしはじめた(33)。

軍人も一目でそれとわかる歩きかたをする。殆んど皆がみな、台座の上の胸像よろしく腰の座った姿勢。腹の下で動く二本の脚は、下半身の統治を一任された第二の魂によって動かされているみたいだ。上半身は下半身の動きなど関知せざるがごとし。その歩きかたを見ていると、あのファルネーゼのヘラクレスのトルソーが歩いているのかとつい眼を疑ってしまう。台車の上に乗せてアトリエの真ん中まで運んでくるあのトルソーである。なぜこうなってしまうかと言えば、軍人は全身の力をたえず胸部に注がざるをえないからだ。何しろ常に胸を張って直立不動の姿勢である。ところが十六世紀の人文学者アミヨの見事な言葉の一つを借りれば、すっくと立ち上った人間は身体を支えるために強く大地を踏みしめる。人類共通の母の懐から力を汲めば、いきおい反動で上半身にも力が入らざるをえない。こうして軍人の運動器官は否応なく二分されてしまう。勇気が宿るのは胸であり、両脚はもはや身体の附録にすぎない。

こうしてみれば船乗りも軍人もそれぞれ運動法則を応用しながら結局同一の目的をめざ

(33) 事実、海軍少将をしていたルッサン男爵がこの一八三三年、コンスタンチノープル大使に任命されたばかり。

●ファルネーゼのヘラクレス像。

しているわけである。つまり太陽神経叢と両手による力の伝達ということだ。この二つの器官を私はぜひ人間の第二の頭脳と名づけたい。それほどまでに両器官は知的な感受性に富み、自在な働きをする。ところが船乗りと軍人はこの二つの伝達器官にいつも決まった方向の流れしかとらせないので、どうしても動きが妙に偏ってしまうのであろう。ここから彼ら独得のあの身体つきが生まれてくるのである。

陸の兵士と海の兵士は、そもそも私がこの理論を書こうと思いたった生理学的問題の生きた証拠だ。意志の放出、その内的器官、意志の実体と観念の実体との同質性、動かしがたい意志の流動性、どれも右の考察から明らかである。が、残念ながらこの作品は、軽く読めるのが看板。いささかなりとも体系を打ち建てるわけにはまいらない。『歩きかたの理論』のめざすところは、人間の思考がどのように肉体に現れるかを追求すること、一人の人間を判断するには衣桁に掛かった洋服一つをみれば足りること、家具、馬車、召使をみればすむということを証明してみせることである。そして金持の方々には分別ある教訓をお授けしたいのだ。とかく金持は派手なうわべの生活でわが身を滅ぼしかねないからお教えしたいのである。恋だのお喋りだの外での食事だの、はたまた舞踏会、お洒落、社交生活、遊びだのは、実は人が考えている以上に大変なことなのだ。そこで、次の格言。

12

すべて過激な運動はこのうえない浪費である。

フォントネル[34]は常日頃よけいな生命運動を慎むよう厳しい節制を守ったおかげで百歳に届く長寿を全うした。フォントネルは自分が喋るより人の話を聞く方が好きだった。だからきわめて好ましい人物で通っていた。誰でもこのアカデミー会員が相手だと、自分までその才知のお零れにあやかっているような気がしたものだ。一言で会話を要約するような科白を吐きこそすれフォントネルは決して会話などしなかった。声を出せば必ず大量の生命流体が消失することを良く心得ていたのである。生涯いついかなる時にもついぞ大声を出したためしがなかった。声を張りあげるのが嫌さに、馬車の中では口をきかない。彼には何かに夢中になるということがなかった。誰一人愛さず、といって人が嫌いだったわけでもない。ある時ヴォルテールが訪ねて来て、世評が辛いと愚痴をこぼすと、やおらフォントネル翁、大きなトランクを開けてみせた。中は封も切らぬ誹謗文書の山。アルエこと若きヴォルテールに向って、

「これみな、わしに文句をつけようというやつばかりじゃ。最初のは大ラシーヌから来たもの」

言い終ると、蓋を閉めた。

フォントネルは滅多に歩かず、終生馬車を使った。アカデミーの頌辞は、必ず議長のローズが代って朗読を引き受けた。この手を使ってやっとローズもこの名だたる吝嗇家からとにかく何かを借りることができたというわけだ。フォントネルの甥のドーブ氏の癇癪と論争癖はつとにリュイエールの詩で名高いが、この甥が話を始めると、フォントネルは目を閉じて肘掛椅子に身を沈め、黙んまりを決めこんだ。何か障害物にでも出くわせば、必

(34) **フォントネル**（1657〜1757）哲学者、啓蒙思想の先駆者。一六九七年に科学アカデミー会員となり、やがてその終身書記となる。著作に『科学アカデミー史』、『アカデミー頌辞集』など。才機に富んだフォントネルは当時の閨秀サロンにも迎えられた。デュ・デファン夫人のサロンもその一つ。

●フォントネル

ず立止ったものだった。痛風を患ってからは、足置きに足を乗せたっきり身動き一つしなかった。フォントネルには悪徳も美徳もなく、ただし才気があった。哲学の学派をつくったが、自分はそれに属さなかった。生涯一度も泣かず、走らず、笑わなかった。デュ・デファン夫人がある日訪ねたものである。

「お笑いになるのをついぞお見かけしたことがないのはどういうわけでございましょう」

「私は皆さんのように、はっ、はっ、はっ、と声を出したりしたことは一度もありません。ごく静かに、腹の中で笑うのです」

生まれつき虚弱で長生きできぬと言われたこの男は、こうして齢百歳を越えた。

ヴォルテールが長寿を全うしたのもフォントネルの忠告のおかげであった。

翁いわく、「子供じみた真似はほどほどに。あれぞ愚行というものじゃ！」

ヴォルテールはフォントネルの言葉、人となり、主義、そしてその残した生涯、一つとして忘れはしなかった。八十歳を迎えた時、彼は胸を張って言ったものだ。この年になるまで馬鹿な真似は八十とやった覚えはない、と。さればこそデュ・シャトレ夫人はこのフェルネーの殿様の肖像をサン＝ランベールの肖像にすげ替えてしまったのだ。(35)

以下は、自分が何をしているのかも知らずに、跳ねまわったり、喋ったり、走ったり、愛する時にもとかくピンダロス風に激しい人々への忠告。

われわれをいちばん消耗させるのは信念である。ただの意見なら別にどういうことはない。意見を持っていたまえ。だが信念となると！　いやはや、何と恐るべき放蕩であろうか！　政治的信念とか文学的信念とかいったものは、いずれ諸君を剣か言葉で殺してしま

(35)　**デュ・シャトレ夫人**（1706〜1749）ヴォルテールの愛人。晩年フェルネーの殿様と呼ばれたヴォルテールと生活を共にしながら青年士官サン＝ランベールにも心を移した。夫人の死後、形見の指輪に自分の肖像がはめこまれていることを知っているヴォルテールが指輪の爪をはがしてみると、何とそこにはサン＝ランベールの肖像が入っていたという。

う恋人のようなもの。強い信念を吹きこまれた人間の顔を見るがいい。さぞかし光輝いているはずだ。熱い思いに燃える人間が何かを発散するという事実は、肉眼でこそ確認されてなくても、詩や絵画の領域でとっくに承知ずみの事実ではないか。生理学的にはまだ証明されてないかもしれないが、あっても決しておかしくない事実だ。私は一歩進んで、人間の運動はある霊気を発散させると信じている。あたりに漂うその霊気は、なにか未知の炎から立ち昇る煙なのだ。だからこそ歩行があれほど雄弁なのである。けだし歩行とは人間の運動の総体なのだから。

ごらんあれ。

馬車引き馬みたいに頭を垂れて歩く者。金持は決してこんな歩きかたをしないものだ。ただし塞ぎこんだ時なら話は別で、そんな時には金はあっても心の宝を失くしたのだ。

かと思えば頭をかしげて、学者様だと言わんばかりのポーズで歩いている者もいる。前外務大臣M……氏よろしく常に斜めの構え。首筋を真直ぐ伸ばして、上体は不動の姿勢。あれを行くのはキケロかクジャス、はたまたデモステネスの石膏像かと眼をこすりたくなる。ところでかの有名な舞踏教師マルセルの言葉に、いみじくも不恰好とは動くときに余計な力を入れること、とか。すると始終こんな無理をしている先生方、どういうことになるのだろう。

またこちらには腕力だけを頼りに前進してるらしい連中。両手をオールにして船を進めている。これはもう歩行というガレー船の囚人だ。

大股を広げて歩くアホも何人か。主人の後を追う犬が股下をくぐり抜けて行くので、びっくり仰天。名調教師プリュヴィネルによれば、この手の体つきは乗馬の達人になれるとか。

またある者は首が座っていないのか、ピエロよろしく首を振り振り歩いてゆく。また、竜巻のように瞬時に姿を晦《くら》ます者。彼らは風を起こす。なるほど聖書にあった通りだ。こんな連中に出喰した時には、主の霊が眼の前を通り過ぎたのかもしれぬ。ギロチンが落下してくるような勢いで、あっという間に消えてゆく。またある者は片方の脚を急いであげ、もう一方の脚をゆっくりとあげる。これほど独創的な歩きかたもないものだ。遊歩としゃれる伊達者連は、時おり足を休めては腰に手をやり、所かまわず肘をつく。しかしまあ、どいつもこいつも、背中が曲っていなければ、背筋が歪んだ者ばかり。歪んだ方の連中は、ぶらぶらと凧みたいに頭が左右に揺れているし、後の連中は前後どちらかに身体が屈んでいる。振り向く時の恰好は殆んどみなが皆みっともない。

もうこのへんでいいだろう。

人の数ほど歩きかたあり！　一つ残らず描くとなれば、悪徳のありとあらゆる形態を一つひとつ探り出し、世の愚かしさをことごとく見きわめ、世の中の全階層を上、中、下、隈なく見てゆかねばならないだろう。そんなことをしてはきりがない。

こうして歩きかたを観察した二五四・五人のなかで（というのも一人、脚のない人がいたのを、小数に数えているので）、美しく自然な歩きかたをしていた人は一人もなかった。私は絶望して家に戻った。

「文明は一切を堕落させる！　一切を歪める、運動さえも！　いっそ世界一周の旅に出て、野蛮人の歩きかたでも調べてみるか」

そんな苦く悲しい言葉を吐きながら、私は窓辺に佇んでエトワール広場の凱旋門を眺めていた。父モンタリヴェから息子のモンタリヴェに至るまで、歴代の内閣はいずれ劣らず大物のくせして考えの小さな連中ぞろいで、この凱旋門の装飾を何にするか、いまだに決めかねている始末。あのナポレオンの鷲を飾ればどんなにか簡素にすむだろうに。翼を拡げ嘴を主人に向けた巨大な鷲、あの帝政の輝かしい象徴を据えればすむことだ。しかしそんな気のきいた節約を政府に期待しても無理だろう。私は、ささやかなわが庭の方に目を落とした。あたかも希望をなくした男のように。目を伏せるというこの悲しい仕草は、仕方なく夢を捨てた人間のやる仕草で、このことに初めて気がついたのはスターンである。私は目を落としたまま、翼を拡げる鷲の勇姿に想いを馳せていた。とその時、ふと芝生の上に、山羊が一匹、小猫と遊んでいるではないか。庭の外には犬が一匹、仲間に入れないのを口惜しがって、行ったり来たり、飛んだり跳ねたり。時おり山羊と猫はふざけるのを止めて、いかにも憐れみのこもった眼差しで犬の方を見やるのだった。思わず私は考えたものだ。まったく動物のなかにはキリスト教徒の動物がいて、畜生にも劣るキリスト教徒の埋め合わせをしているのではないか、と。

読者諸兄は、私が『歩きかたの理論』から脱線してしまったとお思いであろう。いや、いや、まあお読みいただきたい。

三匹の動物の何ともはや愛らしかったこと。シャルル・ノディエの才筆をそっくり頂きでもしなければとてもお伝えできそうにない。ノディエの腕の確かさは、あの可愛いトカゲのカルドゥインを描いてみせたので証明ずみだ。ノディエの筆にのせられて、カルドウインはお日様の下をうろちょろしてみたり、見つけた金貨をてっきり枯れたニンジンの切れっぱしと思いこみ、自分の穴まで引っ張っていったり。いや、私の腕ではとても無理！　ただただ私は茫然と見とれるばかりだった。勢いのよい山羊の身の動き、すばしこい猫の身ごなし、犬が動く時の頭や身体の線の美しさ。少し哲学的に観察してみれば、どんな動物も人間よりはるかに面白いものだ。動物には不自然なところが全くない！　と思った途端、ふと私はわが身のことを振り返った。ここ数日歩行についていろいろ考えてきたことがいとも佗しい光のなかに浮かび上って来たのである。人を嘲ける悪魔が、ルソーのあの恐るべき言葉を私に投げつけた。

　考える人間は堕落した動物である！

いつも威風堂々とした鷲の姿や、いろんな動物の歩く姿がいまさらのように脳裏に甦った。私は「動物ノ運動」を深く研究して、そこからわが理論の真の教訓をひきだしてみようと決心した。嘘の多い人間にまで降りていった私は、今度は嘘のない自然の方へ昇ってきたわけである。

運動に関する解剖学的研究の成果は次のようであった。

どのような運動も精神から由来する固有の何かを表現する。不自然な運動はそもそもその人の性質から来る。ぎこちない運動は習慣のせいである。優美な動きはモンテスキューの定義した通り。もっとも御本人にそんな気はなく、もっぱら巧みさとは何かを語るつもりで、笑いながら言ったものだ。「つまり適切な力の配合だ」と。

動物の動きが優美なのは、めざす目的に必要なだけの力しか決して使わないからである。動物はどんな時にも不自然な動きやぎこちない動きをしたりしないで、無心に自分の考えを表す。猫の仕草を見て猫が何をしたいのか、間違ったりするわけがない。じゃれたいのか、逃げたいのか、跳び上がりたいのか、見ればすぐにわかるではないか。

だから人間も上手に歩けるように、まず姿勢を真直ぐ正すことである。しかもしゃちこばらぬよう気をつけること。両足を同一線上に踏み出すように心がけ、身体の中心線が左右どちらにも偏りすぎないように注意する。全身をごく自然に全体の動きに合わせながら、軽く左右に揺らして歩行のバランスをとること。その規則的な動きが、心中の邪念を一掃してくれるはず。頭はややかしげて、立ち止まる際には左右の手が決して同じ動きをしてはならない。ルイ十四世の歩きかたがこの通りであった。王の中の王ともいうべきこのルイ十四世に関してはいろんな作家が観察を残しているが、そこから出来上ったのが以上の歩きかたの原則なのである。有難いことにこの作家たち、もっぱら王の外面を観察してくれたのである。

人間若いあいだは、ことさら身振りに訴えたり、声を工夫したり、表情をつくったりするまでもない。若くて、愛らしくて、才気もあり楽しい性格なら、誰ニモ認メラレズなんてことは決してないはずだ。ところが年をとって来ると、一段と身のこなしに気を配って秘術をつくす必要がある。年をとった人間は、世の役に立つ限りで世の一員にしてもらっているのだから。若ければ、ひとの方から振り返って見てくれる。だが年をとると自分の方からひとを振り返らせなければならぬ。辛い話だが、本当のことだ。

歩く時に静かな動きが好ましいのは、お洒落にシンプルな装いが好ましいのと同じ。動物のふだんの動きは静かである。大げさな身振りや激しい動作、カン高く震える声、せかせかした挨拶、こうしたものほど滑稽なものはない。短時間なら滝を眺めるのも結構だが、長時間過ごすとなればやはり深い川のほとりや湖畔にかぎる。だからやたらと動きまわる者は饒舌家と同じことになる。つまり皆に逃げられるのだ。人間むやみに動きまわるものではない。子供が騒ぐのを我慢しておれるのは母親ぐらいのものである。

人間の動きは身体の文体のごとし。よくよく推敲してシンプルなものにしなければ。行動においても観念においても人間はつねに複雑なものからシンプルなものへと向う。良い教育というのは、子供をあくまで子供らしく、大人の大げさな態度を真似しないようにさせることである。

人間の動きには調和があって、この調和は一定不変の法則に従う。話をしながらいきなり声を張りあげたりするのは、激しく弓をかき鳴らすようなもので、聴き手に不快な印象を与えるのではなかろうか。不意に身振りを交えたりすれば聴き手は恐ろしくなってしまう。立居振舞についても文学と同じく、美の秘訣は滑らかな展開にこそある。

以上の原則をとくと学んで身につけるがよろしい。きっと人に好かれるだろう。なぜだか理由はわからない。何ごとにつけ美は感じられこそすれ説明できないのである。

美しい歩きかた、淑やかな立居振舞、もの静かな話しかたなどは必ず人を魅了し、これを身につければ凡庸な人間でも才秀れた人士をはるか足許に見下すことができる。おそらく「幸福」というやつは大馬鹿者なのだ！　才能というものは何につけ過激な動きをはらんでいて、人の嫌悪をそそるのである。才能はまた凄じい知性の濫用を伴わずにはいないので、いきおい常軌を逸した生活を強いられることにもなる。身体の濫用であれ頭脳の濫用であれ、濫用こそ社会の永遠の傷であり、この濫用が一種独特な肉体の歪みやひずみを惹き起こしては必ず人の嘲笑を買う。ボスポラス海峡の海辺に座してパイプをくゆらしながら暮らすあのトルコ人の怠惰は大いなる英知に違いない。生命の天才、かのフォントネルは、運動の微量投与を考案し、いわば歩行の類似療法を見出したのであったが、(36)そのフォントネルも本質的にアジア的であった。

フォントネルいわく、「幸福になりたければ、むやみに場所を塞ぐべからず、滅多と動くべからず！」

こうしてみれば思考こそわれわれの運動を歪め身体をねじ曲げる力に他ならず、思考が容赦なく力を振うと遂には身体が破壊されてしまう。思考は人類の大いなる破壊要因である。

ルソーはこのことを語ったのであり、ゲーテは『ファウスト』で、バイロンは『マンフレット』でこれを劇にし、詩にうたった。いや彼らを待つまでもなくつとに聖霊が、絶えず動いてばかりいる人々に向ってこう予言している。

「彼らは車輪のごとくならんことを！」

読者諸兄には、この理論の根底に恐るべき不条理《ナンセンス》がひそんでいるとお約束しておいたは

(36)　類似療法は当時フランスに流行した医学療法。きわめて微量の薬物を加減しながら連続投与するのが特色の一つであった。

ずだが、いよいよそれを明かす時が来た。

人間には太古の昔から知れ渡った三つの行為がある。この三つを比較してでてくる結論を予測していたのは主にベルギーの化学者ヴァン・ヘルモントであり、彼以前にはパラケルススであった。パラケルススはほら吹き扱いにされてしまったけれど、もう百年もたてば偉人と仰がれることだろう！

偉大にしてかつ鋭敏、幅広くしかも確かな人間的知性、一言でいえば天才は、次の三つと相容れない。すなわち、

消化運動
身体運動
発声運動

このことを結果的に証明しているのが大食漢であり、踊り子であり、お喋りである。またこれを原理的に証明しているのがピタゴラスの命じた無言の行であり、錚々たる幾何学者、神秘家、思想家が殆んど常とする不動の姿勢であり、頭を使う人に必要な節食である。史実を振り返っても、アレクサンダー大王の天才は放蕩のなかに潰えてしまった。マラトンの勝利を知らせに走り続けたあの市民も広場で息絶えてしまったではないか。瞑想に耽ける人がつねに寡黙であるという事実は誰しも認めるところだろう。

以上を踏まえたうえで、もう一つのテーゼを聞いていただきたい。

ここに繙《ひもと》くのは、パリ学派の医学的研鑽の証しでありその栄光のよって来たる所以である解剖学大全。まず王族に就いて見よう。

王家の人々をいろいろ解剖した結果明らかになったことは、格式ばった生活習慣が身体に害を及ぼしているということ。というのも骨盤が女性化しているのである。ブルボン王家特有のあの有名なよちよち歩きはそのせいなのだ。観察家によれば、ひいては王家の衰退もここに淵源するとか。運動不足や偏った運動はいろんな疾病を招き、やがてそれが全身に波及してゆく。あらゆる麻痺症状が脳髄から生じることを考えれば、運動の欠如が行きつくところもやはり脳髄ではなかろうか。偉大な王はそろって本来運動の人であった。ジュリアス・シーザー、シャルルマーニュ大帝、聖王ルイ九世、アンリ四世、ナポレオンが輝かしい証拠である。

司法官も一生座ったきりの生活を強いられるので体つきにどこかしら不自然なところが見受けられる。肩の動きやその他の特徴ですぐに判るが、いちいちここに描き出すまでもないだろう。面白くもおかしくもなく、退屈なだけだ。なぜとおっしゃるならその眼で彼らを観察なさってごらんなさい！　世の中を見渡しても司法官ほど早々と精神が鈍磨してしまう人種はない。本当ならこの司法界は教育が最も豊かな実を結ぶ階層であってもおかしくないのではなかろうか。ところがこの五十年というもの二人と偉人が出ていない。モンテスキューや裁判長ブロスは、司法界に属したといっても名ばかりのこと。一人は滅多に職務に携わらなかったし、もう一人は純粋の才人である。ロピタルやダゲソーは卓越した人士ではあったが天才とはいかなかった。知性にもいろいろあるが、司法官と官僚の知性は、何といっても行動を奪われた人種であるから真先に機械に成り下ってしまう。一段低い階層に眼を移せば、門番や堂守、さらには仕立屋のような座職の労働者がこの例で、みな運動不足が昂じて痴呆すれすれの状態に陥っている。こうした司法官型の生活やその思考習慣をみれば、いま掲げた原理がいかに正しいかよくおわかりであろう。

狂気や痴呆の臨床に当たった医者の研究によれば、人間的能力の最高度の表現である人間的思考は、睡眠過多によって完全に消滅してしまうとのことである。睡眠もまた休息に他ならない。

無為が精神的器官の疾病を招くという事実も鋭い観察が一致して明らかにするところ。いやこんなことはごくありふれた一般的事実にすぎない。肉体的能力を行使しなければ頭脳には睡眠過多と同じ結果がもたらされるはず。当たりまえのことを言うなとかえってお叱りを受けそうである。あらゆる器官は使いすぎても使わなすぎても駄目になる。そんなことなら誰でも知っている。

それなら次のように考えてみよう。人間の知性は往々にして魂そのものと混同されるほど生き生きと魂を伝えるものだが、その知性、すなわち人間ノ生命は、はたして頭脳、肺臓、心臓、腹部、下肢に同時に宿りうるのかどうか。

身体組織のどこか一部に運動が集中すると他の部分は運動が停止してしまうのかどうか。まことに思考は人間的なものであってきわめて流動性に富みしかも伸縮自在である。ガルはその思考の貯蔵器官の数を調べ、ラヴァターは思考の流れを見事に解明してみせた。こうして二人はヴァン・ヘルモント、ブールハーフェ、ボルドゥ等医学者の後を継ぎ、パラケルススの後を継いだわけだが、つとにそのパラケルススが述べている、「人間ニハ三循環アリ」と。すなわち体液、血液、神経である。イタリアの科学者カルダーはこの三つをわれわれの精気と命名した。さてこの思考はわれわれの体内の導管のどれか一つを選んでそこだけに偏って横溢したりするのかどうか。そしてその結果、普通の人間の一生をとってみて幼年時代には下肢に思考が集中し、青春時代には上昇して心臓に達し、二十五歳から四十歳にかけて頭脳に到達し、さらに年をとると腹部に下降する、ということになるのかどうか。

が、それにしても、運動不足が知性を減退させ休息がすべからく知性を抹殺してしまうというのなら、その一方でわざわざ沈黙や孤独にエネルギーを汲みにくい人間がいるのはなぜだろう。イエス・キリストその人が四十日もの間砂漠にひきこもって受難に耐える力を貯えられたというのに、王族や司法官や門番はなぜ愚鈍になってしまうのか。踊り子、大食漢、お喋りが馬鹿なのは運動のしすぎのせいだというのに、一方で運動さえしていれば仕立屋も少しは頭が良くなろうし、カロリング王朝の衰亡も防げたかもしれぬとは、いったいどういうわけだろう。矛盾する二つのテーゼをいかに両立させるべきか。

人間の内的生命のいまだ解明されていないしくみを今こそ熟考すべき時ではなかろうか。知性を司どる器官と運動を司どる器官を同時に支配する法則を正確に把握すべく熱意を傾け、どこまで運動が有益であり、どの線を越えると有害になるのか、その一線を知ることはできないのだろうか。

「物ニハ程ガアル」で片づくなどと思うのは浅はかな考え、物を識らぬ人間の言い草だ。いったい、精神的であれ物質的であれ、およそ過度な運動なくして勝ち得られた人間的偉業が一つでもあったためしがあるだろうか。並いる偉人の中でシャルルマーニュ大帝とヴォルテールの二人だけが大いなる例外である。この二人だけは世紀を導きつつしかも長寿を全うした。ありとあらゆる人間的事象を深く探ってみれば、そこには必ず二つの力の恐るべき二律背反がひそんでいる。この二律背反が生命をつくりなしているのだとはいえ、学問的にはただ一個の否定あるのみ。すなわち無。これこそわれわれの科学的探求の落ち着くところ、永遠の碑銘であろう。

いまや道は究めつくされた。だというのにまだわれわれは、独房の中で戸の開閉に頭を悩ましているあの狂人とたいして違わないところにいる。私に言わせればこれは生か死かの問題。ソロモンとラブレーは二人ながら素晴らしい天才であった。一人はこう言った。「一切ハ空ナリ！」ソロモンは三百人もの妻を娶りながら一人も子をなさなかったのである。もう一人のラブレーは諸国を巡ってあらゆる社会制度を見てまわった。そしてその結論に、われわれを徳利大明神にひきあわせ、御託宣を聞かせていわく、「飲めや笑え！」。もっとも、ラブレー先生、「歩け！」とは言わなかったが。(37)

私は、「人生に踏み出す第一歩はまた墓穴への第一歩である」という名言を言い出した人に、よくぞ言ったと深い感嘆の念を禁じえない。けれども私は、アンリ・モニエの描いたあの素敵な間抜け男のせりふにも同じように感心せずにはおれないのである。あの男も、偉大な真理を吐いたのだ。「人間を社会から取り出してみよ。人間は孤立してしまうであろう」(38)

(37) ラブレー作『パンタグリュエル』より。パンタグリュエルの一行は人生の真理を探ねて航海の旅に出て、さまざまな島を経めぐった後、最後に徳利大明神の御託宣を聞く。その神託が「飲め！」であった。

(38) 前述のジョセフ・プリュドムの言葉(訳注(30)参照)。俗物紳士プリュドムは、真面目くさってしかつめらしく、壮重でいて無内容な「名言」の数々を残したが、これもその一つ。

近代興奮剤考

バルザックが愛用したコーヒー・ポット

序

このたびシャルパンティエ書店から『味覚の生理学』の再版が刊行される運びとなったが、同書店からは幸いにも拙著『結婚の生理学』がこれと対の作品として刊行されている。私の本とブリア＝サヴァランの本がめでたく結ばれたという次第だが、そもそも二作の表題が似かよっているとあっては、私からも少々説明をさせていただかねばと思う(1)。

『結婚の生理学』は私の処女作にあたり、手がけたのは一八二〇年の昔のこと。当時二、三の友人にも見てもらったが公刊に賛成してもらえぬまま長い月日がたってしまった。一八二六年にいちど印刷してみたものの、やはり出版には至らなかった。という次第で、二作の形式が似通っているのは何も剽窃というわけではない。ただ図らずも私の作品が、まことに光栄ながら、当代で最も魅力に溢れかつ豪放磊落、光輝ある作家の一人に巡りあっただけの話である。一八二〇年来私は、社会生活を根本から分析し、その成果を四つの著作にまとめようという構想をあたためてきた。いずれも政治道徳と科学的考察を織りまぜ、諷刺をきかせた評論である。目下のところ四作とも筆が進んでいて出来上り具合もほぼ同じぐらいだが、まとめて『分析研究』と題される予定。これが私の『風俗研究』と『哲学的研究』を飾ることになるだろう(2)。

第一作は題して『教授団解剖』。人がこの世に生を授かる以前に始まって、母の胎内に

(1) ブリア＝サヴァラン（1755〜1826）の『味覚の生理学』（一八二五年）は当時広くフランスの人気を集め、わが国でも『美味礼讃』の邦訳名で親しまれている作品。バルザックは一八二九年にこれと題名、形式ともに良く似た『結婚の生理学』を出版している。一八三八年シャルパンティエ書店は『味覚の生理学』の新版を刊行し、ひき続きこれと対の作品と銘うって『結婚の生理学』を刊行した。訳出した「近代興奮剤考」は「序」とともに、その『味覚の生理学』新版の第二版に附録の形で収録されたもの。

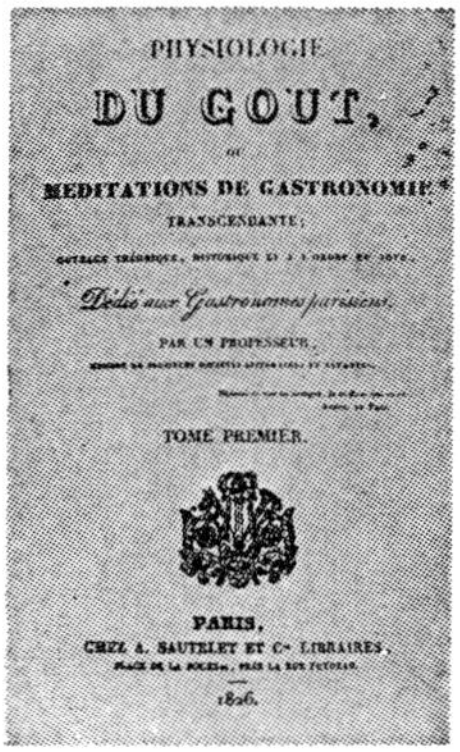

●『味覚の生理学』の初版本扉

ある間、誕生してから、誕生から二十五歳になるまでの間、つまりは人がつくられる時期に人に影響を及ぼす一切のものを哲学的に検討してみようというものである。広く人間の教育を包括する作品となるだろう。教育の先覚者たちが辿った領域より一段と広汎な領域を探ってみたい。この点ではルソーの『エミール』も、文明に新しい一面を切り拓いた書であるのは確かだが、教育の第二段階を包括しつくしているとはいえない。上流階級の女性が自分の手で子供を養育するようになってからというもの、また違った情操が発達してきている。「社会」が失ったものをそっくり「家庭」が得たわけである。ところがこの家庭を新しい法律が破壊してしまったのだから、今後フランスには悪がはびこるばかりだろう。私はJ-J・ルソーがもたらした改革を大いなる災と考える一人である。ルソーこそわが国をかのイギリス式偽善へ駆りたてた張本人。いまやこの偽善の習慣がわが国の魅力的な風俗を踏み荒しかねない勢いだ。良識ある人々は断固としてこれに立ち向わねばならない。イギリス学派、ジュネーヴ学派の猿どもが何を吠えようと構うことはない。行きつくべき所に行きついたプロテスタンティスムはその教会さながら貧寒とした姿をさらして、その醜悪さときたら代数のxそっくりではないか。

さて二十五歳になるとまず誰でも結婚するのが普通だろう。もっとも現在の世間の常識ではごく一部の例外を除いて適齢期は三十歳かもしれないが。というわけで第二作は、事の自然な成り行きとして『結婚の生理学』ということになる。この作品はすでに世に問うたが、残りの三つの理論も上梓したものかどうか、読者の反応を待つつもりであった。

第三作は題して『社会生活の病理学《パトロジー》』、または食、住、歩きかた、言葉づかい等々、あら

(2)『人間喜劇』の一部門を飾ることになっていた『分析研究』は、その予告にもかかわらず、ほとんど完成をみていない。あげられた四作のうち現在残されているのは、第二作『結婚の生理学』がほぼ完成の形で、第三作の『社会生活の病理学』が未完のまま、第一作『教授団解剖』は数ページの断片のみ、第四作の『美徳研究』に至っては全く書かれていない。

ゆる社会的形態をまとって現れる人間の思考に関する数学的・物理的・化学的・先験的考察』(3)（等々……に並ぶ項目は三十にのぼると思し召せ)。良かれ悪しかれ人は成長して、それぞれ性格も違った独立の人格となる。そして結婚とあいなるわけだが、ここから二重生活が始まるのだ。社会が育むよろずの気紛れに従い、社会がつくり出すよろずの法律に従って生きるからである。この法律ときては、出来上るのに議会も王様も野党も与党もいらないくせに、どんな法律より良く守られる。何しろ人は服を着るにも家に住むにも、喋るにも歩くにも食べるにも、馬に乗るにも馬車に乗るにも、一服するにも酒に酔うにも醒めるにも、すべて社会が定めた不変の規則に従って生きている。流行によってわずかな変化はあるにしろ、事が大きくなったり小さくなったりするだけで、何かがすっかり変ってしまうことは滅多にない。してみれば、こうした外面生活の法律を集成して、その哲学的表現を探り、その病を明らかにするのはきわめて重要な仕事ではなかったか。表題が妙に聞こえるかもしれないが、私もブリア＝サヴァランも共々こう考えている。現代社会はわれわれ人間の欲求や必要や嗜好をそれだけの数の傷とも病ともしている、と。思考のおかげでこうした欲望がむやみに発達し、われわれを駆りたてて過度に走らせるからだ。われわれの身体のどこを取っても思考の現れ出ないような場所は一つとしてない。以上のような考えをもとに、表題は医学から借りたものである。肉体の病がないかと思えば精神の病もある。これこれの物を所有できないといっては傷を負い、しかじかの成果が手に入らぬといっては傷を負うのが虚栄心というやつだ。そういう破目に陥るのも、たいていは事物を司る真の原理に無知なせいである。一年に二万フランも厩舎につぎこんでおきながら、

(3)『社会生活の病理学』は本訳書の原題。

いざ外出の時にはおんぼろ馬車を乗合馬車よろしき痩せ馬に引かせて出掛ける、そんな百万長者がよくいるではないか。この『社会生活の病理学』は目下のところ印刷中で、本年一八三九年の年内には刊行の予定。完成の暁には、学界、社交界、文学界、家庭、いずこからもこぞって求められる完璧な「人間学」の書になるだろう。

第四作は『美徳研究』。ずいぶん前から予告を出しているが完成はまだまだ先のことになるだろうか。しかしその重要性は表題だけでもおわかりいただけるかと思う。リンネの植物学の形式を借りて人間の美徳を一つの植物に見たて、そのいろんな種を描いてみようというもの。社会的人間がいかにしてつくられ、いかなる結婚生活を送り、生活の外面にいかに自己を表現するか、そこまで分析が終ったら、こんどは通常の意識と全く違った道徳意識の法則を解明してみなければ『分析研究』も完全とはいかないのではないだろうか。

ベルギーで海賊版が出廻ったとかで、シャルパンティエ書店は二冊の『生理学』ともども定価と版型を改め、このたびの普及版となった次第だが、ひき続き目下『社会生活の病理学』を印刷中。私としてはそこに「近代興奮剤考」を加えて完結させたいと思うのだが、同書店の意向ではこれが『味覚の生理学』を補う恰好のものということらしい。ここに発表する「興奮剤考」はしたがって『社会生活の病理学』からの抜粋と考えられたい。他にも二、三、「歩きかたの理論」や「身だしなみ考」など幾つかの抜粋をすでに発表ずみだが、といって近々本にまとまる意義は決して損われないと思う。私はそこに、われわれを悩ましもし幸福にもする社会的虚栄心のあらゆる形態を集め、それに関する理論や論考を豊富に盛りこんだ。すこぶる有益な書と自負する私、わが「馬医術の原理」をたとえ相手がスタール夫人の『コリンヌ』だろうと引き換えたりするのは御免である。なにしろぶつかる相手がみな質《たち》の悪い馬商人という御時世ではないか。またこの現代はかつてなく言葉が力をふるう時代、さればわが「声の構造と分類」をたとえシャトーブリアンの『ルネ』とだろうと交換する気はさらさらない。

以上に記したこの序文、はなはだ私事にわたり、あまつさえ「広告」という名で知られる現代の悪疫に染まった恨みもあるけれど、それもみな、ここに附録として載せられた「近代興奮剤考」の大それた抱負の程をお伝えせんがため。なにしろこの附録、恐れながら大御馳走の後のデザートの役を仕ろうというもの。まことブリア゠サヴァランの書こそ、「飲めや歌えのお祭り騒ぎ」という作者の言葉そのままに、読者に賞《め》で愛される大御馳走の一つではないか。

ド・バルザック

近代興奮剤考

すべて不節制は粘膜を損ない、命を縮める。
——公理7

当時のカフェ光景

第一節　問題の所在

およそ二世紀ほど前から世に知られて生活に取り入れられるようになってきた五つの物質がここ数年のあいだに猛烈な普及をみせ、その勢いは現代社会そのものの変容をきたしかねないほどである。この五つの物質とは、

1　蒸留酒《オ・ド・ヴィ》(4)、または酒精飲料《アルコール》。あらゆるリキュール類のもととなるこの物質が御目見得したのはルイ十四世治世も終りごろのことで、年老いた王の若返りの妙薬として考案されたのが始まり。

2　砂糖。砂糖が広く大衆の食料に使われるようになったのはごく最近である。ようやくフランスの工業も砂糖を大量生産して元のような価格で供給できるようになってきた(5)。国税庁が課税を狙って虎視眈々としているが、きっと今後も価格は下がる一方だろう。

3　紅茶。五十年来知られている。

4　コーヒー。古来よりアラブ人によって知られていたが、この興奮剤がヨーロッパで大量に消費されるようになったのは十八世紀も半ばを過ぎてから。

5　タバコ。火をつけて吸うタバコがこれほど猛烈な勢いで普及してきたのは、フランスに平和が訪れてから後のことである。

はじめに問題点をできるだけ高度な観点から考えてみたい。

人間はその生命力の一部を何らかの欲求を満たすのに使う。このとき快楽と呼ばれるあ

(4)　オ・ド・ヴィは蒸留酒一般をさすが、特にブドウ酒を蒸留したブランデーをさし、ここでバルザックがとりあげているのもブランデーである。しかし当時労働者階層があおっていた酒と、現在わが国で用いられているブランデーと、二つの間の語感のずれを考えて、ここでは適宜「蒸留酒」、「酒」の訳語をあてた。

(5)　帝政時代の「大陸封鎖」により砂糖の輸入が途絶え、価格の高騰を招いた。しかし結果的にはこれがフランス国内での製造開発を促した。

の満足感が生じるのであり、もとよりこれは体質により気候風土によりさまざまである。この快楽を司るのが体内の器官だが、殆んどが二重の働きをする。まず物質を体内に摂りこんで吸収し、次にこの物質の全部なり一部なりを土や大地に、つまりは人類共通の貯蔵庫に返すのである。土や大地はいわば兵器廠のようなもので、あらゆる生物が生命を再生産する力をここから汲んでくる。以上の数行に人間の生命の化学が言いつくされているといってもよい。学者ならこれ以上望まないことだろう。けれどもこれではおよそ感覚というものが欠けている。しかも感覚とはそのまま感官のことだ。この感官というしろものは、どんな感覚を司る場合にも、とても右の定理などに従ってはくれない。とかく人間は、自然が定めた正常な則《のり》を越えて一つの快楽を何度も繰り返したがるではないか。これこそあらゆる過度のもと。他に生命力を費やすことがなければいっそう過度に走りやすい。思考が否応なく人を駆りたてるからである。

1

社会に生きる人間にとって、生きるとは遅かれ早かれ自分をすり減らすことである。

ここから言えることだが、文明が行き渡って平穏な社会ほど過度に陥りやすい。ある種の人々にとっては平和がかえって災することさえある。だからナポレオンも言ったのであろう、戦争こそ自然状態だ、と。

どのような快楽であれ快楽を味わうには、何らかの物質の摂取、吸収、分解、消化、合成、排泄といった作用を経なければならないが、そのために人間は生命力を、ある時はそっくりある時は部分的に、めざす快楽を司る器官に注ぎこむ。

　このとき「自然」の命ずるところは、すべての器官が等しく生命に与かることである。ところが「社会」は、ある特定の快楽だけを欲しがるような一種の渇きをつくりだす。いきおいこの渇きを充たそうと、特定の器官だけに力が注がれ、時には全身の力が注がれる。そこだけに生命が横溢する結果、他の器官は空っぽ同然、ちょうどその欲張りな器官に取られた分だけ生命を奪われることになってしまう。これがいろいろな病のもととなり、ひいては短命につながってゆく。ア・プリオリに決めつける理論でなく事実に基いて打ち建てられた理論がみなそうであるように、この理論も恐ろしいほど確かなものだ。たとえば、始終頭を使う仕事に精を出して、生命を脳髄の方に集中させてみたまえ。脳髄は力に満ち溢れ、虚弱な脳膜もたくましく拡がり、髄質も発達してくるだろう。その代わり頭脳から下はすっかりお留守になってしまうので、天才でも必ず病気になってしまう。この病気を近頃医学は冷感症と呼んでいる。反対に、長椅子の足許で人生を送ってみたまえ。飛びきり魅力的な女性たちが横たわる長椅子の足許で。次から次へと恋をしたまえ。間違いなく白痴《たわけ》坊主になれるから。そちらの方に励みすぎると知性の働きは止んでしまう。真の力はこの両極の中間にある。知的な生活と愛の生活を二つ一緒に送りでもすれば、それこそ天才でも命がもたない。ラファエロやバイロンが良い例だろう。放蕩に耽っても命を縮めるし、純潔を守っても仕事が過ぎれば命を落とす。むろんこんな死に方はそうざらにあるものではない。普通はタバコやコーヒー、阿片、酒の飲みすぎが重い病をひき起こし、早死を招く。器官がたえず刺激され栄養を送られて肥大してしまうからである。異常なまでに膨れ上った器官は、衰弱し、機能も衰え、すっかり駄目になってしまう。

近代法によれば、人間誰しもおのれの主人であるとか。が、さにあらずだ。機関車よろしくタバコをふかそうが、アレクサンダー大王顔負けに酒をあおろうが害は自分ひとりにしか及ばない、などと思う読者がいたら大間違い。代議士に打って出ようかという金持だろうとプロレタリアだろうと、この真実に変りはない。こんな輩は一門を堕落させ、末代の衰微を招き、ひいては一国を滅亡させるのである。どの世代にも次の世代を駄目にしていいという権利はない。

2

食物は子孫繁栄にかかわる。

3

この公理を金文字に刻んで食堂に掲げておきたまえ。ブリア＝サヴァランが、生殖感覚も、学問上、感覚の一つに数えるべきだと主張しておきながら、人間なにを摂れば生命力にどのように影響し、その結果どんな子孫が生まれるのか、その点に触れてないのはおかしな話だ。ブリア先生の本に、例えば次のような公理でも載っていたらどれほど有難かっただろう。

海の魚は娘を授け、肉は息子を授ける。パンは思考の父である。

国民の盛衰は何を摂り何を摂らないかにかかっている。穀類は芸術的な国民を創造した。蒸留酒《オ・ド・ヴィ》はインディアンたちを滅ぼしてしまった。ロシアなんか私に言わせればアルコールのおかげで貴族制がもっているようなもの。スペインの衰亡にもチョコレートの摂りすぎが一役買っていなかったかどうか。折しもスペインがローマ帝国の世界支配を再現せんとしていた矢先、チョコレートが発見されたのであった。タバコはつとにトルコとオランダを滅ぼし、今はドイツを脅かしている。わがフランスはといえば、これほどタバコを吸い、砂糖を消費し、小麦の代わりにジャガイモを代用し、蒸留酒を飲みちらしていて、いったい先行きどうなるのやら、政治家の誰ひとり御存知ない始末。だいたいわが国の政治家は天下国家のことをなおざりにして私事にかまけすぎる。権勢をひけらかしたり、愛人をつくったり、資産を構えたり、まさかそれが天下のことでもあるまいに。

偉人はつねにその時代の国民と生活習慣を代表するものだが、今の偉人と昔の偉人を較べると、顔の色艶といい輪郭といい、まったく何という開きだろう。現代はとかくどのジャンルを見ても、ひ弱げな処女作一つで早くも疲れ、それっきり消えてしまうような才能ばかりではないか。そもそもわれらの父親が昨今のこんな意志薄弱児どもをつくったのである。

さて次に述べるのはロンドンで行われたさる実験の結果。その真実のほどはいずれも信頼のおける二人の人物によって保証ずみ。一人は学者、もう一人は政治家で、われわれが扱おうとしている問題にも明るい人物である。

イギリス政府の許可を得て三人の死刑囚が実験台に使われることになった。三人は、この国の決まり通り絞首刑を受けるか、それとも紅茶、コーヒー、チョコレートのいずれか一つを摂って他の食物飲物は一切摂らずに永らえるか、どちらかを選べと言われたのである。三人とも後者を選んだ。思うにどんな死刑囚もこちらを選んだだろう。三つの飲物で各々どれほど生命が持つかはわからないので、何を選ぶかは籤引きで決めた。

チョコレートで生きた男は八カ月後に死んだ。

コーヒーで生きた男は二年間もちこたえた。

紅茶で生きた男は三年後にやっと息絶えた。

さてはインドの紅茶会社が商売のためこんな実験をしてくれと政府に頼みこんだのか。チョコレートの男が死んだ時、死体は見るも無残に腐りきって蛆がたかっていた。両の手足が一つまた一つと、スペイン王国の植民地の陥落そのままに落ちていったのである。コーヒーの男は焦げたようになって死んだ。さながらゴモラの火で焼かれたごとく。そのまま石灰に使えそうであったとか。実際そうしてみようという意見もあったそうだが、そんなことをしては霊魂の不滅はどうなる、ということになったらしい。

紅茶の男は痩せさらばえて半透明状になってしまった。憔悴しきった死体はランタンよろしく向こうが透けて見えた。博愛家諸君のなかには、死体の向こうに明りをともし、透ける光で『タイムズ』をお読みになった方もあるとか。がそこは慎しみ深いイギリス人のこと、大胆な実験もそこまでということになった。

まったく、死刑囚をばっさりギロチンにかけてしまうより、こうした実験に使ったほうがはるかに博愛的ではなかろうかと申し上げずにはいられない。ローマの昔から闘技場で死んだ動物の脂肪を蠟燭に使っていたではないか。こんな良いことを止める手はない。さればどうか罪人は、死刑執行人の手ならぬ、学者の手に引き渡されますように。

フランスではまた別の、これは砂糖に関する実験が行われた。

生理学者のマジャンディ氏がもっぱら砂糖だけで犬を飼ってみた。恐るべき実験結果がどう出たか、犬がどんな死に方をしたか、すべて本になっている。犬は面白い動物でわれわれ人間の友達だが、こんな実験を引き受けたところをみると人間様と同じ悪癖があるらしい（彼らも危ない真似をするのが好きなのだ）。しかしこの結果では人間ならどう出るか、今のところ何とも言えない。

第二節　蒸留酒《オ・ド・ヴィ》について

発酵の法則が初めて明らかになったのはブドウのおかげである。発酵というのは大気の作用によりブドウの諸成分が変化をおこす現象で、さらにこれを蒸留するとアルコール分が得られる。以来化学はいろいろな植物のなかにアルコールを発見してきた。発酵だけで出来るブドウ酒は、興奮剤のなかで最も古い。何はおいても真っ先に挙げられよう。ところがこのブドウ酒の酒精たるや、現在これほど沢山の人命を奪っているものもない。世の人がコレラを恐れたのはいいけれど、蒸留酒こそまさにもう一つの天災である。

パリを遊歩すると言いながら、中央市場界隈のあの人間つづれ織り《タピストリー》を見逃すようでは遊歩という言葉が泣こう。毎日決まって朝の二時から五時の間、界隈の酒屋に集まる常連が男といわず女といわずびっしり犇《ひし》めきあってまさにつづれ織りさながら。その薄汚ない店は、酒で身を滅ぼしにやってくる客を目当てにロンドンに出来たという、あのジン・パレスとは雲泥の差。もっともそのジン・パレスとて飲んだ挙句の結果には何の変りもないけれど(6)。それにしてもつづれ織りとは良く言ったものだ。着ているボロがボロならそこから出ている顔がまた似たようなものだから、どこまでがボロでどこから先が肉なのか、どこにボンネットがあってどこに鼻が付いているのか、皆目見当もつかない。よくよく観察した挙句やっと引きずっているボロ着の判別がついたと思ったら、顔の方がさらに汚なかったり。いずれ劣らず醜悪な連中で、発育は悪いし、肉はそげ落ちて萎びきり、血の気のない蒼い顔をして、身体も捩じ曲っている。すべて酒のせいである。この連中が薄汚ない卵を産めば、孵らずそのまま死んでゆくか、育ってあの汚ならしいパリの餓鬼になる。この酒場のカウンターから生まれてくる発育不良の生き物がつまりは労働者階級をつくってゆくのだ。街の娘たちもパリでは殆んどが強いリキュールをあおってはあたら命を落としてゆく。

とはいえわが輩も、酒の酔いがどんなものか知らぬようでは観察家の名折れというもの。今こうして民衆を誘惑し、のみならずシェリダンに続いてバイロンを、そしてソノ同胞ノコトゴトクを誘惑してきたこの享楽をわが輩も知らずではすまされぬ。ところがこれが生易しいことではなかった。ふだん飲みつけぬ私だが、長年コーヒーを飲み慣れているせいか、飲めるだけ飲んだところで一向にこたえない。酔うにはひどく高くついた。ところがある時、このことを聞き及んだ友人の一人が、どうにでも私を酔わせてやれという気を起こし

(6) 産業革命にともない急速な都市化をみたロンドンではジンを飲ませるパブが大流行し、民衆のアルコール中毒が一大社会問題になっていた。

●ロンドンのジン・パレス(クルクシャンク画)

たのである。ちなみに私は喫煙の経験も全くなかった。知ラレザル神々に捧げるこのもう一つの初味が効いて友人の企みはまんまと当たることになった。話は一八二二年、イタリア劇場が開演中のある日のこと。くだんの友人は、デザートの頃から目をつけていた席に私を誘って、ひとつ飲みくらべといこうともちかけた。これから聞く予定のロッシーニの音楽も、サンティ、ルヴァサール、ボルドーニ、パスタの歌声も、そっくり忘れさせてやろうという魂胆である。あにはからんや、のびてしまったのは友人の方だった。あえないその最後を十七本の空壜が見看っていた。やれやれと階段を降りかけた、その時である、無理やり喫わされた二本の葉巻が効いてきたのは。階段がふわふわした材料で出来ているかのよう。それでも私は立派に馬車に乗った。まずは身体も真直ぐに、浮かれもせず、ただ舌だけが重かった。乗りこんだ馬車の蒸し風呂のような暑さに、窓を開けた。ところがその風で私はすっかりまわってしまい、つまりは立派なトラになってしまったのである。あたりのものが不思議な波のように見えてきた。わけてもブッフォン座(7)の階段の柔らかかったこと。どうにか無事へマもしでかさずに二階の桟敷席に腰をおろしたまではいいのだが、後はもう、自分がパリにいるのかどうかも覚つかなく、眩い社交界のただなかにいるのも夢のよう、人の服装も顔も定かでない。文字通り私は夢見心地であった。やがて始まったロッシーニの『泥棒カササギ』は、この世ならぬ楽の音に聞こえ、法悦境の女性の耳許に天から降りてくる調べのごとし。輝く雲の彼方から届く歌声は、人の作品につきまとう欠点がすべて拭い去られて、ただただ芸術家の魂がこめる神々しさに溢れんばかり。オーケストラも何か大きな楽器のように見えて、何かをやっているのはわかるのだが、何が

●当時の社交場でもあったイタリア劇場

(7) イタリア劇場の俗称

どう動いているのやら。ただぼんやりと、ベースを弾く袖、弓の動き、トロンボーンの金管、クラリネット、照明が目に映るのみ、楽士の姿はどこにも見当たらぬ。ただ私の傍に、髪粉を振った頭が一つ二つ、じっと動かないのと、大きく嵩ばった人影が二つ、いずれもしかめ顔をしているのが気になっていた。うとうとと私は眠りかけていた。

「この方、酔ってらっしゃるわ」と、婦人の小声。さては先刻から私の頰をくすぐっていたのはこの婦人の帽子であったか。知らぬ間に私の頰もそちらに触っていたらしい。

正直なところ、私はむっと来た。

「いいえ、私は音楽に酔っているのです」 言い返すなり、私は席を立った。これ見よがしにしゃんと立って、しかし静かに、冷然と。ひとに理解してもらえずに背を向けて去ってゆく男、いかにもそんな男を思わせるように。そんな時、悪口を言った人々は、もしや偉大な天才を迫害してしまったのではと不安に駆られるものだ。何とかしてこの御婦人に思い知らせてやらねばならぬ。いったい私が呑んだくれるような男かどうか、酒臭いのはたまたま振りかかった災難で、普段の私なら決してこんなことはないのだと。そうだ、あの……公爵夫人の桟敷に顔を出してやろう、と私は思いたった（夫人の名は口外無用）。夫人の美しい髪を縁取るえもいわれぬ羽飾りとレースが眼に飛び込んできて、止むにやまれず夫人の方へ吸い寄せられていったのである。想像を絶するその髪型が果たして本物か、それともこの数時間続いている目の錯覚がなせる幻か、確かめてみたい誘惑に駆られたのであった。

「あそこに行けば、さても美しい貴婦人と淑やかな笑顔をふりまく連れの婦人にはさまれた私を、誰も酔っぱらいとは思うまい。両手に花のどこぞの貴紳と思うだろう」そう思ってはみたものの、その呪われた桟敷の入口がどこにあるのやら、探しあぐねてイタリア劇場の長い廊下をうろつき廻る体たらく。そのうち舞台が終り、どっと溢れ出した観客が私を壁際に貼りつけてしまった。まったく、その晩は生涯に二度とない詩的な一夜であったに違いない。眼の前にこれほど沢山の羽飾りやレースや美女が並んで見えたのも初めてなら、識りたがり屋の連中や恋人たちが中の桟敷を覗きこむあの卵形の小窓がこれほどずらりと並んで見えたのも初めてだった。こんなに威勢良く意気盛んな自分というのにもついぞ覚えがない。いや恥を忍んで言ってしまえば、こんなに意固地な自分、と言うべきだろう。人波のなか、私は一所懸命背伸びをしながら、にこやかな笑顔を絶やさぬよう執拗に頑張っていた。その私のわけのわからぬ執念に較べれば、オランダのギヨーム公がベルギー問題に見せた頑固さなど軽いもの。(8) もっとも私は腹も立てたし何度か涙もみせたから、そんな弱みを見せたとあってはオランダ王の風下に立つと言うべきか。そうこうするうち、私は忿懣やるかたない思いに腹が煮えくり返ってきた。くだんの公爵夫人と連れの婦人のところに姿を現さなかったのだから、彼女の方から僕のことを想ってくれて良さそうなものではないか。まあ、いいさ、どうせ人間なんて皆ろくでなしなんだから、私は自分にそう言いきかせて我慢した。けれども私は勝手な思いこみをしていたのである。その晩のブッフォン座の客は歴とした上流人士であった。私は大そう目障りで、誰もが私にぶつからぬよう苦労していたのだった。とうとう、飛びきり美しい御婦人が出口まで腕を貸してくれた。そんな親切を受けたというのも、ロッシーニが私に丁重な挨拶をしてくれたから。二

(8) **ギヨーム公** (1772~1843) オランダの国王。一八三一年、軍を率いてベルギーを侵略したが、英仏の干渉により撤退。しかしギヨーム公は一八三九年に至るまで頑としてベルギーの独立を認めなかった。

言、三言かけてくれたその御愛想はもう忘れてしまったが、さぞや気の利いた言葉だったに違いない。話をさせても音楽にひけをとらぬロッシーニのことだ。それにしてもあの婦人、公爵夫人だったのか、それとも案内嬢だったのか。こんな曖昧な記憶では、きっと案内嬢だろう。いや、たしかあの羽飾りとレースをつけていたはず。なにしろ目に映るはただ羽飾り、ただレースであった！　とにもかくにも私はちゃんと自分の馬車に収まっていた。というわけはごく簡単、嘆かわしいことに御者も私の御同類で、劇場前の広場に一人眠りこけていたのである。どしゃ降りの雨だったが、濡れたかどうかも記憶がない。生まれて初めて私は世にも激しく奇妙な悦びの一つを味わったのだ。まさにそれは言いようのない愉悦であった。真夜中の十一時半ごろ、パリを駆けぬけて、街明かりの中を軽々と運ばれてゆく楽しさ。次から次へと通り過ぎてゆく、店、照明、看板、人の姿、人の群、傘をさした女たち。街角が不思議な光に照らされたかと思えば、また仄暗い広場。落ちてくる雨の縞模様の間にまに垣間見る幾千の物の姿は、どこかで一度、真昼間に見たことがありそうな錯覚をおこさせる。そして眼の行くところいずこにも、菓子屋の奥にさえ、ちらつくのはあの羽飾り、あのレース！

それからというものは、酔うことの楽しさがよくわかったものだ。酒の酔いは現実にヴェールをかけ、辛い思い悲しい思いを忘れさせ、思考という重荷を取り除いてくれる。天才が酒に手を出し、民衆が酒に溺れるのもまことに無理からぬこと。酒は頭脳を活発にするのではなく、頭脳を麻痺させるのである。胃を刺激して知的能力をかきたてるどころではない。一壜も飲むと、味蕾は鈍るし、導管は飽和状態、味覚も怪しくなってくる。勧め

●一八三九年頃のイブニング・ドレス。胸もとや髪にレースや羽飾りをあしらっている。

られた杯の微妙な味わいもうわからない。アルコールは体内に吸収され、一部は血液に混ってゆく。されば次の公理を胆に銘じること。

4

酔いは一時的な中毒症状である。

したがって始終飲んでばかりいてこの中毒症状を繰り返していると、終りには血液の質そのものに変化をきたす。成分が損なわれたり失われたりして血液本来の働きが妨げられ、大きな障害を引きおこすのである。その結果酒飲みの大多数が生殖能力を失ったり、あるいはその能力に支障をきたして脳水腫の子が生まれたりする。また飲んだ翌日や、時に宴会の終り頃など猛烈に喉が渇くのも見逃してはならない。明らかにこれは胃液と、なかでも胃液に欠かせぬ分泌成分が消費されたせいである。このことからもわれわれの結論の正しさがうかがわれよう。

第三節　コーヒーについて

ことコーヒーに関する限りブリア＝サヴァランはいかにも物足りない。かく申す筆者はコーヒーの効能を熟知するコーヒー通。ブリア先生の言ったことに少々つけ加えさせていただこう。コーヒーはわれわれを内部から焼く物質である。コーヒーが才知を与えてくれると思いこんでいる人は結構少なくない。だが誰にもわかる通り、退屈な人間はコーヒーを飲んでもますます退屈なだけではないか。早い話パリの雑貨屋は夜中まで開いているけれど、誰か頭の良くなる作家がいるだろうか。

ブリア＝サヴァランが見事に述べているように、コーヒーは血行を盛んにし、血液中の活動素を解き放つ。その刺激は消化を早め、眠気を吹き飛ばし、頭脳の働く時間をしばし引き延ばしてくれる。

勝手ながらこのブリア先生の考察に、私の個人的体験と他のお歴々の意見も加えて補足させていただこう。

コーヒーは横隔膜と胃の神経網に働きかけ、そこから伝播していって脳髄に達する。伝播といってもごく微細な現象でとても分析不可能だが、次のようにまとめることができるだろう。つまりコーヒーは体内で電気を放つかまたは電気を起こすのであって、神経流体がこの電気の導管の役割を果たすのである。こうしたコーヒーの力はもとより一定でもなければ絶対的なものでもない。ロッシーニが経験したコーヒーの効き目は私にも覚えのあるものだった。

ロッシーニが言うには、「コーヒーが効くのは二週間から二十日ぐらい。有難いことにちょうどオペラを一つ仕上げるのにいい期間だ」

これは本当である。ただしコーヒーの霊験あらたかな期間をさらに引き延ばすことも不可能ではない。少なからぬ人々に大いに役立つことであるから、素晴らしい成果をあげるコーヒーのいれ方をぜひここで御披露することにしよう。

さあさあ、かくれなき人間ローソクの諸君、頭脳を酷使してやまぬ諸君よ、いざ近う寄りて聞け、徹夜仕事と知的労働の福音を！

(1) コーヒーは挽き器で挽くよりトルコ式につき砕いた方が風味が良い。

感覚の楽しみに役立つ道具類にかけてはたいてい東洋人の方が西洋人よりはるかに優れている。東洋人の才能はガマ式の観察眼である。ガマは何年もの間自分の穴にこもりきりで、二つのお天道様のようにギラギラ光るその両の眼を見開いたまま、じっと自然を眺めている。西洋科学が分析によって教えてくれることを、東洋人は事実の啓示によって学んできたのだ。コーヒーが人体に有害なもとになる物質はタンニンだが、化学者もまだこの有毒物質を十分に研究しつくしていない。このタンニンによって胃の粘膜がなめされてしまうというか、何杯も飲みすぎてコーヒー特有のタンニン作用が粘膜を麻痺させてしまうと、粘膜はもはや激しい収縮をおこさなくなる。頭脳労働にはこの収縮が有難いのだが。それでもコーヒーを止めないと、重い病気に見舞われる。ロンドンではコーヒーを飲みすぎて慢性痛風そっくりに身体が曲ってしまった男がいるし、私の知っているパリの版画家もコーヒー好きがたたって身体をこわし、治るのに五年もかかっている。最近では装飾画家のシュナヴァールがすっかり憔悴して亡くなったばかり。何しろ労働者が居酒屋に通うような案配で、カフェに入り浸っていたというのだから。コーヒー好きが歩む道は、他のあらゆる情熱の辿る道と同じ。一歩、また一歩と進んでゆき、ニコレ道化芝居のかけ声よろしく「さあ、これから、これから」、そして遂には過度に行きつく。コーヒーは、つき砕くと奇妙な形をした細かい粒子になり、タンニンはそのまま、芳香分だけが抽出される。

だからイタリア人やヴェネチア人、ギリシア人、トルコ人たちは安心して四六時中コーヒーを飲んでおれるのだ。フランス人はこんなコーヒーを馬鹿にしてコーヒーもどきと呼んでいるけれど。ヴォルテールはもっぱらこれを愛飲したものだった。

だから次のことを覚えておかれるがいい。コーヒーは二つの成分からなる。一つはコーヒーのエキス。これは湯にも水にも溶け、しかも速やかに溶ける。このエキスがコーヒーの香味を伝えてくれる。もう一つの成分がタンニンだが、こちらは一段と水に溶けにくく、網状フィルターを通過するのにずいぶん時間がかかる。このことから出来あがる公理。

5

コーヒーはなるべく長時間煮沸せよ、などというのはもってのほかだ。出し殻でコーヒーをいれたりするのは胃やその組織をなめすようなもの。

(2)　かの不朽のド・ベロワ式コーヒーポットを使う場合には[9]、コーヒーを水に浸しておいた方が熱湯で出すよりコクがある。これがコーヒーの効能を高める第二の要領。(ちなみにこのコーヒーポットはド・ベロワ式であってデュ・ベロワ式ではない。世界中に普及しているこの入れ方を考案してくれたド・ベロワはかの枢機卿のいとこであって、卿と同じく名門の旧家ド・ベロワ侯爵家の血筋をひく人物)

コーヒーを挽き器で挽くと香味もタンニンも抽出される。これが味覚に訴え、神経網を刺激し、さらにこの刺激が脳細胞の隅々にまで伝わってゆく。

(9)　ド・ベロワが発案し、今日まで広く普及しているドリップ式コーヒーポット。たいていはブリキ製であった。なおこれをデュ・ベロワと誤記しているのはブリア＝サヴァランである。

したがってコーヒーにはトルコ式につき砕くのと挽き器で挽くのと二通りあるわけで、それぞれ効き目も違ってくる。

(3) コーヒーポットの上部に入れるコーヒー粉の量、その粉の圧搾度、入れる水の量によってコーヒーの濃度も異なってくる。これがコーヒーのいれ方の第三の要領。

たとえば一定の期間、せいぜい一、二週間の間なら、ついたコーヒーを熱湯でいれれば、一杯、次には二杯で興奮できる。しだいに粉の量を増やしてゆけばよい。

次の一週間は、コーヒーを水に浸しておいたり、挽き器を使ったり、圧搾度を強めたり、水を減らしたりして同程度の頭脳の能力を維持できる。

これ以上粉も圧搾できず、水も減らせないところまできたら、二杯飲めば興奮も倍化する。強壮な体質の人なら三杯でもいいだろう。こうしてまだ何日かはもつ。

実はもう一つ、ひどく身体にこたえる恐ろしい飲み方を見つけたのだが、これはもうよほど頑健な方々にしかお奨めできない。髪は黒く強《こわ》く、皮膚は赤褐色、手はごつく、脚は脚であのルイ十五世広場の列柱のよう、といった向きならよろしかろう。さてその飲み方だが、挽いてよく圧搾したコーヒーを無水（化学用語でごく少量の水ないし全くの水無し）でいれ、冷たいまま、すきっ腹に飲むのである。ブリア＝サヴァランを読んで御存知のように、胃袋の内側はビロードのように柔らかく、一面に吸盤と乳頭で蓋われている。この胃袋にくだんのコーヒーが落ちてゆく。なにしろ空っぽだから、たちまちコーヒーはなまめかしくも繊細なその胃壁を直撃する。コーヒーは一種汁液を求めてやまぬ食物と化

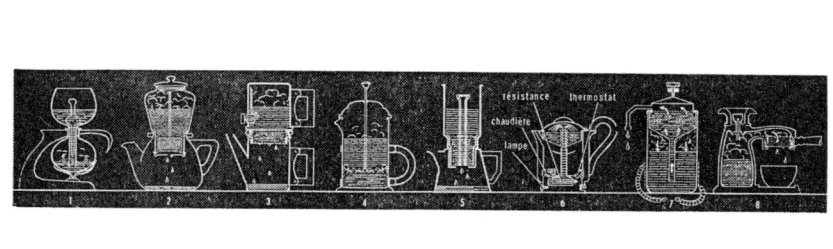

●コーヒーポットのいろいろ。ド・ベロワ式は左から二番目

して無理にも胃液を絞り出し、あのデルフォイの神殿でおのれの神を呼ぶ巫女ピューティアーさながら、胃液を乞い求める。仔馬を虐待する馬方よろしく、この美しい胃壁を痛めつける。神経網に火がつき、たちまち炎と燃えさかり、飛び散る火花が脳髄にまでとどく。と、せきをきったように、一切が動き出す。戦場のナポレオン大軍団の大隊さながらに、観念が行動を起こし、戦闘開始だ。記憶が軍旗を振りかざしていっせいに駆けつける。比較の軽騎兵が見事なギャロップで戦場に散ってゆく。論理の砲兵が薬籠と弾薬を持ってはせ参じる。次から次へ警句が狙撃兵のようにやって来て、登場人物が立上る。またたく間に原稿用紙はインクで覆われてゆく。戦闘に黒い火薬がなくてはならぬのと同様に、徹夜仕事もまた黒い液体の奔流に始まりそして終るのだ。

このコーヒーの飲み方を友人の一人に教えてやったことがある。明日までにという約束の仕事をどうしても片づけたいと言うからだ。ところが奴さん、毒でも飲まされたような気になってベッドに舞い戻ったきり、新婦よろしくベットから離れられなくなってしまった。背が高く、金髪で、その髪も薄い友人だった。こういう男の胃袋は、だいたい摩滅した紙のように薄っぺらに出来ている。私の事前の観察が足りなかったのである。

胃液という極上の乳化剤と混ぜて飲む、この空っ腹コーヒーを飲むところまできて、それも飲みほしてしまったという時、さらにその上をいってやれなどという気を起こしたら、きっと油汗はかくし神経は参るし、ぐったりしてしまうだろう。その先はどうなるのか私にもわからない。死ぬと決った死刑囚でもあるまいし、もうそれ以上は止めておくよう分別ある自然が私に忠告してくれたのである。ここまで来てしまったら、乳製品から始めて鶏肉や白身の肉といった食餌療法に従うのが順当だろう。緊張の糸を弛めてのんびりした生活に戻り、ぶらぶらと、隠居暮らしのブルジョアになったつもりで、埒もない隠花植物式の生活を送るがよろしい。

特別処方のこの空っ腹コーヒーを飲むと一種異様に神経が昂ってくるが、腹を立てた時の興奮がちょうどこれに似ている。声は荒らだち、動作も病的にせかせかとしてくる。先走りする思考のスピードに合わせて万事を運びたい。狂ったように、何でもないことにかっとする。雑貨屋連中が鼻つまみものにする、あの詩人のような気まぐれ屋になる。自分の頭が冴えているものだから、人もそうだと決めてかかる。こんなとき、頭を使う仕事の方は人前に出ぬよう、また人を近づけぬようせいぜい心がけることだ。私がこんな妙な状態に気がついたというのも、せっかく授かった興奮を仕事に役立てずに浪費してしまった、そんな一件があったからだった。田舎の友人のところへ滞在した折のこと、友人たちが気づいたことには、私がやけに気難しくて何かと喰ってかかり、意地悪いものの言い方をしたという。翌日、言われた私は自分の非を認め、一緒になって原因を考えてみた。友人たちは揃って一流の学者だったが、やがて一同はたと原因に思いあたった。コーヒーが餌食を求めていたのである。

以上の考察は特異体質によるものでない限り修正の要もない真実であり、何人かのコーヒー通の経験とも一致している。御存知ロッシーニもその一人だが、まったくこのロッシーニは味覚の法則を究めた第一人者の一人で、ブリア＝サヴァランにもひけをとらぬ大家なのだ。

省察――虚弱な体質の人のなかにはコーヒーを飲むと軽い脳充血を起こす者もいる。こういう人たちは溌剌としてくるどころか気だるくなり、コーヒーを飲むと眠くなると言う。この手の輩は鹿の脚や駝鳥の胃袋を授かっているかもしれないが、およそ頭を使う仕事をするようには出来ていないのである。また、二人の青年コンブ氏とタミジエ氏がエチオピアを旅行して書いているが、どうもエチオピア人には不能者が多いという。二人はためらわずその原因をコーヒーの飲みすぎに求めている。エチオピア人はこれ以上はないというほど濃いコーヒーを飲むそうだ。もしこの本がイギリスに渡るようなことがあれば、さぞかし政府に請願が出るに違いない。こんど死刑囚が出たら、女と年寄りでない限りさっそく実験台に使ってこの重大問題をといてくれと。

　紅茶にもタンニンが含まれているが、紅茶のタンニンにはナルコチンが含まれていて麻酔剤的な効果がある。このタンニンは脳には作用せずもっぱら神経網と腸に働きかける。腸はことにナルコチンを含む物質を速やかに吸収するのである。今日まで紅茶のいれ方は一通りしかない。紅茶党がせっせと胃の腑に送りこむ紅茶の量により効き目がどう違ってくるか、そこのところも詳らかでない。イギリスの先例が教えてくれる通りだとすれば、さぞかし紅茶はイギリス式道徳と青白い顔をした女性《ミス》と、おまけにイギリス式の猫かぶりと口の悪さを与えてくれるのだろう。確かなことは、紅茶が女性を肉体的にも精神的にも駄目にするということだ。女性が紅茶を飲むようなところでは愛は根っから萎れてしまう。そんな女性は蒼白く病弱で、お喋りで退屈で説教好きだから。強い体質に恵まれた人のなかには、濃い紅茶を大量に飲むと神経が過敏になって深いメランコリーに陥る人もある。

紅茶は人を夢想に誘う。といって阿片のような激しさはなく、おぼろな霞の中を幻が過ぎては消えていく。浮かんでくる想念も金髪女性のようにおとなしい。もともと屈強な人が疲れて眠りこむ時のあの深い眠りではなく、朝の夢うつつ時を思わせる、あるともつかぬまどろみの境地だ。コーヒーも紅茶も度を越すと皮膚がひどく乾燥してひりひりしてくる。コーヒーを飲んで汗をかいたり猛烈な渇きを覚えたりするのもよくあることだ。浴びるように飲み続ければ、唾液が薄くなって殆んど分泌も停止してしまう。

第四節　タバコについて

タバコを最後にもってきたのはそれなりの理由あってのことである。何しろこの興奮剤はいちばん新しいし、数ある興奮剤の中でも群を抜いている。

自然はわれわれの快楽に限界を定めた。といって何もここで有難き愛の勇武に水をさしたり、お堅い人々を刺激するような話をしようというつもりはないけれど、それにしてもヘラクレスの令名があの十二番目の偉業のおかげというのはほぼ間違いのないところではなかろうか。(10)もっともこの話、今では遠い昔の伝説になってしまっているようだ。何しろ現代は愛の炎なんぞよりタバコの煙の方がよほど女性を苦しめる時代なのだから。これが砂糖なら、誰でもじきに飽きがくるし、子供だって例外ではない。強いリキュールも度を越せばまず二年と命がもたないし、コーヒーも飲みすぎれば病気になってそれ以上続けるわけにはいかない。ところがタバコだけは無際限に吸えるものと信じられている。何という料簡違いだ。かの名医ブルセはたくましい偉丈夫であったが、よくタバコを吸った。

(10)　ギリシア神話の英雄ヘラクレスは武勇を誇り十二の功業を果たしたと伝えられるが、ここにバルザックが挙げているのは十二功業に含まれない伝説の一つで、一夜にして五十人の娘の処女を奪ったというもの。

タバコと仕事の量さえ過ぎなければきっと百歳を越えただろうに。その巨軀を思えばまだまだ男盛りで逝ってしまったのはつい昨日のことである。さる愛煙家のダンディも喉を壊疽にやられ、手術するすべもなくあえなく命を落としてしまった。

ブリア＝サヴァランがいやしくも『味覚の生理学』と題する本を書き、味覚の悦びに鼻腔と口腔の果たす役割をあれほど立派に証明しておきながら、タバコについての一章を忘れてしまったとはどういうことだろう。

近頃は口にくわえるタバコが普及しているが、それまでずっとタバコと言えば鼻で嗅ぐ嗅ぎタバコであった。タバコはブリア＝サヴァランが見事に示してくれた二つの器官、すなわち口蓋とその粘膜、および鼻腔に作用する。本当のことを言ってブリア大先生が筆をとった時分には、タバコもまだ近頃のようにフランス全域に広まってはいなかったのだ。この一世紀というものタバコは粉末状の嗅ぎタバコが主流で、煙を出して吸うのは少なかった。ところが今や葉巻が社会全体を汚染している始末。煙突まがいに煙を吐いたりすることが楽しみになろうなどと昔は夢にも思わなかったが。

タバコを吸うと最初はひどい目眩に襲われる。たいていの初心者は生唾がこみあげ、胸がむかついて吐いてしまうこともある。怒った身体がこうして忠告してくれているのに、喫煙志願者はなおも頑張ってしだいに慣れてゆく。この辛い修業が時には数カ月も続く。とうとうかのミトリダテス王(11)に倣ってこの毒に打ち勝つと、愛煙家は晴れて天国に入る。まったく喫煙の効能を天国と呼ばずに何と呼ぼうか。パンかタバコかどちらかを選べと言われたら、貧乏人だって迷うことなくタバコを選ぶに決まっている。一文なしの青年だっ

●一八二五年頃のタバコの広告

(11) **ミトリダテス**（B. C. 132〜63） ポントス王。服毒自殺を図ったが毒に慣れてしまって果たせず、遂に兵士に介添させて命を断ったといわれる。

て、大通りのアスファルトの上をてくてく歩いては長靴をすりへらし恋人も昼夜働きずめの身でありながら、右へならえでタバコを選ぶ。もし諸君がコルシカ島の絶壁やそこから眼の届く浜辺あたりで海賊に出喰すようなことがあれば、そいつもきっと持ちかけてくるだろう。お前さんの敵を殺してやるから代わりに一リーヴルのタバコをよこせと。タバコは厳しい逆境を慰めてくれると錚々たる偉人たちさえ述懐している。ダンディなら葉巻を捨てるより愛する女を捨てるだろうし、囚人とてタバコが吸い放題というのなら喜んで牢に繋がれたがることだろう！　王の中の王がその為なら国の半分を手放しかねなかったというこの快楽、不幸な身にはこよない慰めというこの快楽には、さてもいかなる力がひそんでいるのやら。ところがこの快楽を私は認めるわけにはゆかぬ。次の公理はこの私めの意見。

6

タバコを吸うとは、火を吸うことである。

タバコというこの秘宝を私に伝授してくれたのはジョルジュ・サンドである。もっとも私が秘宝と呼ぶのはインドの水煙管とペルシアの長煙管のみ。こと物質的な享楽にかけてわれわれはとても東洋人には敵わない。

長煙管もそうだが、水煙管という道具はすこぶる優雅なしろものである。風変わりで摩訶不思議な形をしていて、これを使ってタバコを吸う姿は傍目にも物珍らしく、何かしら貴族的で高尚な印象を与える。日本の壺のように中央のふくらんだ水容器で、上の方に陶器製の皿のようなものが載っており、その皿の上でタバコやパチョリなど香ばしい煙を出す物質を燃やすのである。というのも吸える植物はタバコの他にもいろいろあるからで、それぞれ持味もさまざまである。煙を吸う管は皮製で全長数オーヌもあり、絹や銀糸の飾りを施されていて、末端は容器の中、かぐわしい水の表面すれすれのところまで届いている。一方、上の煙突から延びている管は水中まで届いている。吸い口の管から吸うと、自然は真空を嫌うのでいきおい煙は水中をくぐってこちらの管の方に吸い寄せられていく。こうして水中をくぐるうちに煙は冷えていがらっぽさも取れ、それでいて植物の炭化に伴う本来の香ばしさは失なわずに芳香を発する。煙は螺旋状の皮の管を通ってさらに精練され、やがて君の口蓋に達するころには初夜の床に横たわる処女さながら、清らかに、馥郁たる香りを放ち、純白な姿でなまめかしく官能をそそる。その煙が味蕾を覆うように口内一杯に拡がってゆき、やがて脳髄に到達する。かぐわしい歌声にも似た祈りが天の神に届くかのように。水煙管を吸う君は、長椅子に身を横たえ、何するでないのに退屈を覚えず、思索に耽りながら疲れも知らず、飲まずして酔い心地、それでいて胸やけもなければシャンパンのように甘ったるい噯気《おくび》がこみあげてくるでなし、コーヒーのように神経が参ったりすることもない。頭脳はかつて覚えのない力を授けられて、もはや君は頭蓋の骨の重みすら感じず、翼を一杯に拡げて幻想の世界を飛ぶ。昆虫網を手にトンボを追って素晴らしい草原を駆けまわる子供のように、蝶と舞う甘美な幻をつかまえるのだ。その幻は理想の姿で現れて、今にも現《うつ》つになるかと思われる。こよなく美しい夢の数々が現れては消え、消

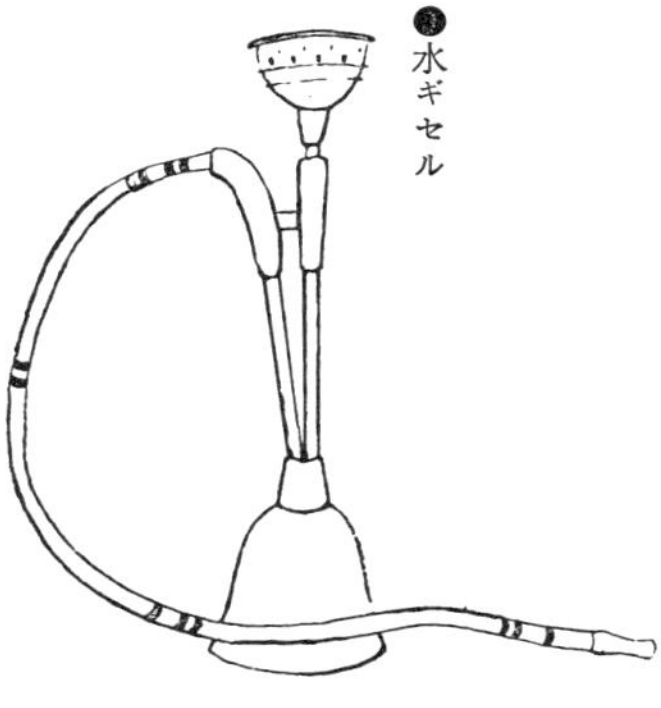

●水ギセル

えてはまた現れて、もはや幻とも見えぬその夢は、一つ一つが肉体をまといながらタリョーニのように宙を舞う。その姿態の何という美しさ！　君ならおわかりであろう、タバコを吸う君なら！　この夢の舞台に誘われれば、物の姿はいつになく美しく、世の苦しみもみな影と消え、人生はいと軽やかに、知は明晰に、灰色の想念は蒼く澄みわたる。が、やんぬるかな、水煙管の火が、パイプの火が消えるとき、このオペラにも遂に幕が降りる。さて君はかくも激しい悦びを味わうのに、いったいどんな代償を払ったのか、それを検討してみることにしよう。酒やコーヒーの与える一時的な効能についても同じことが考えられるだろう。

タバコを吸うと唾液の分泌が停止する。停止しなくても、分泌のしかたに変化をきたして一種唾液が希薄になる。唾液分泌が一切停止した状態でタバコを吸えば、導管は塞がり、導管の吸盤や排口も詰まるか破壊されるかしてしまう。吸盤や排口というのは実に精巧に出来た乳頭だが、その素晴らしいメカニズムの解明はかの生理化学者ラスパイユの顕微鏡にまたねばなるまい。この乳頭の図解が出てくれたら早速にも役に立つものと、私なぞ期待しているのだが。今しばらくここのところの問題を考えてみることにしよう。

粘液というのは血液と神経の間をつなぐ見事な髄だといえるが、こうしたさまざまな粘液の流れも人間の体内循環の一つである。「人間」という名の良く出来た冗談を造り給うた偉大な時計製作者は、腕によりをかけて見事な体内循環を造り給うたのだ。血液の中で人類の未来がかかっている最も重要な成分といえば血球だが、その血球と血球の間の緩衝役を果たすのもこの粘液である。生命組織の内的調和をはかるにはどうしてもこの粘液が

●タリョーニの舞台姿

欠かせない。だから激しい感動に襲われた時など、そのショックに耐えるため、どこか知られざる中枢から大量に粘液が分泌される。生命はかくも潤いを求めてやまぬもの、猛烈に腹が立った経験がおありの方なら、急に喉が渇いたり、思うように唾が出なくなったり、正常に復するまで時間がかかったりしたのをきっと覚えておいでだろう。この事実にはたと思いあたった私は、感動の中でも最も恐ろしい感動をとりあげてこれを確かめてみたいと思った。長い交渉の末、やっとさる二人の人物と夕食を共にしてもらえる約束を取りつけた。両氏とも職業的な理由から世間を避けておられる方々だが、一人は治安警察部長、もう一人はパリ王立裁判所の死刑執行人。むろんご両人とも市民であり選挙民であり、市民権を享受できるのは他のフランス人と変りない。さて、その名も高い治安警察部長が語ってくれたところでは、彼が逮捕した犯罪者はすべて、一人の例外もなく唾液の分泌能力を取戻すのに一週間から四週間かかっているとのこと。なかでもいちばん回復が遅いのは殺人犯だそうである。死刑執行人の話でも、身仕度をさせる時から刑場に引かれて行くまでの間、唾を吐くような罪人は一度もお目にかかったことがないとのことであった。

もう一つ、ある艦船上で起きた事件を紹介させていただこう。当の艦船の艦長本人の口から聞いた話だが、これもわれわれの見解の正しさを裏付けてくれる。

話は革命前のこと、航海中の警備艦の上で盗難事件がもちあがった。犯人はむろん乗組員の中にいるはず。ところが、厳重な捜索にもかかわらず、また常日ごろ艦上の生活には隅々まで監視の眼が行き届いているというのに、士官のなかにも水夫のなかにも一向に犯人とおぼしき者が見あたらない。乗組員全員が泥棒探しにかかった。もはや犯人はあがらぬものと艦長以下幕僚が諦めかけた時、副水夫長が艦長に申し出た。

「明朝、私が泥棒を見つけて御覧にいれます」

一同の驚きをよそに、副水夫長はさっそく翌日、これから犯人を探し出すと言い渡して乗組員を甲板に並ばせた。一人ひとり手を差し出させて、少量の小麦粉を配ってゆく。その小麦粉に各々自分の唾を混ぜてダンゴをつくるように命令すると、乗組員を一人ずつ調べていった。と、一人だけ、ダンゴの出来ない者がいた。唾が出ないのである。

「こいつが犯人であります」と、副水夫長は艦長へ。

果たして彼の言葉に間違いはなかった。

先に述べたことといい、いま見た事実といい、自然にとって「粘液」一般がいかに大切かがわかる。この粘液はことに味覚の器官にたっぷり分泌され、胃液の主成分も粘液である。まったくこの胃液ときては、われわれの実験室など形無しの腕のいい化学者ではないか。医者に聞けばおわかりかと思うが、病気の中でも最も重くて治りにくく、初期症状もひどいのは粘膜の炎症がもとで起きる病気である。早い話が俗に鼻風邪と呼ばれる鼻カタルだって、ひきこむと数日間はいちばん大事な能力が失われてしまう。それでいて元はといえば、ただ鼻と脳の粘膜が軽い炎症を起こしたにすぎないのだから。

とまれ喫煙は、この粘液の循環を阻害する。排口を塞いだり、乳頭の働きを妨げたり、わざわざ乳頭を詰まらせるような液体を吸収させたりする。だからタバコを吸う人は吸っている間中ほとんど麻痺状態も同然なのだ。だいたいタバコを吸う国民は、ヨーロッパでいちばん早くから喫煙を始めたオランダを見てもおわかりのように無気力で精気に乏しい。

オランダに人口過剰などついぞあったためしがない。ただ幸いなことにこの国は、食生活が魚類中心にならざるをえないし、塩漬けもよく利用され、またヴーヴレなどアルコール度の強いトゥーレーヌ産のブドウ酒も入ってくるからわずかにタバコの害が防がれている。しかし何のかのといっても、オランダはつねに狙った者の勝ちだろう。現に今だって、こっちによこせといろんな国の政府が嫉妬してフランス領になるのを阻んでいるから、かろうじて独立国でいられるようなものだ。最後にタバコは、吸いタバコにしろ嚙みタバコにしろ身体の各部に見逃せない影響を与える。歯のエナメル質が摩滅するし、歯茎も腫れて膿を出し、この膿が食物に混じると唾液が変質をきたす。

トルコ人はタバコを水で洗浄して薄めながら大量に摂取するけれども、ごく若いうちから精力を枯らしてしまう。音に聞こえたあのハーレムもあたら若さを浪費させるだろうが、そんなハーレムを所有できるほどの金持はそうざらにはいないから、やはり彼らの生殖能力喪失の主な原因はタバコと阿片とコーヒーと、いずれも良く似たこの三つの刺激剤だと言わねばなるまい。何しろトルコでは三十歳の男がヨーロッパなら五十歳の老け方である。風土の問題はさして影響なく、緯度を比較してみても違いはごくわずかなもの。ところでこの生殖能力こそ生命力の尺度なのであり、しかもこの能力は「粘液」の状態に密接に結びついている。

この点に関して実は筆者、さる方のひそかな経験を聞き及んでいる。科学のため、国のため、あえて御披露いたすことにしよう。たいそう愛らしい御婦人の話なのだが、この婦人、夫が自分に近寄らなければかえって夫を好きになれるという。そうそうないことだけに思わず注目したくなるケースだが、さりとて民法典が控えているのにどうして夫を遠ざけたものか、なかなか妙案が浮かばない。くだんの夫はもと船乗りで、蒸気船よろしくタバコをふかす男。その夫の愛の欲求の変化を観察これ努めた彼女は、やがて一つ確かな事をつきとめた。何かの事情でタバコの量が少ないような日があると、夫はいつにもまして、淑女風に言えば、お熱いのである。さらに観察を重ねた結果、愛の沈黙とタバコの消費量とは正比例することを確かめた。葉巻か紙タバコを五十本も吸うと（この男はそこまでいっていたのだが）、その夜はごく静かなもの。たまたまこの船乗りは旧体制のシュヴァリエの末裔で滅びかけた血筋をひく身であったから、なおさらこの愛の沈黙は妻として得がたいものであった。この発見にすっかり嬉しくなった彼女は、自分の願いでそれだけは止めてもらっていた嚙みタバコも許してやることにした。こうして、嚙みタバコ、パイプ、葉巻、紙タバコをちゃんぽんで吸うようになってから三年も経つと、彼女は国中でいちばん幸福な妻の一人になっていた。夫婦生活なしに夫婦であれたのである。

鋭い観察眼にかけては群を抜くかの艦長も私に言ったものだ。「嚙みタバコをやらせると、部下たちも聞きわけがよくなる」と。

第五節　結び

ごらんのとおり興奮剤についていろいろ警告をならべてきたけれど、さぞかし専売公社はこれに反駁しようと動き出すにちがいない。なにしろこの興奮剤には税金がかかっている。けれども私の警告は確たる根拠あってのもの。それどころか私は一歩進んで、現在ドイツが鳴りをひそめているのは大いにパイプタバコのおかげだとさえ言いたい。パイプタバコは人間から一定のエネルギーを奪うのである。そもそも国税庁のやっていることは馬鹿げているし反社会的だ。まったくインドの軽業師よろしくあの手からこの手へと金を回す楽しみを後生大事にして、今に国民を痴呆状態に突き落としてしまうだろう。

近頃は社会のどの階層を見てもむやみに酔いたがる傾向が著しい。道徳家も政治家もこうした傾向と闘わねばならない。酔うというのはどんな形の酔態にしろ、社会進歩の敵である。ロンドンのジン・パレスを一目見れば禁酒協会の意義がうなずけようというもの。

ブリア＝サヴァランは人間の口に入る食物がその運命に及ぼす影響にいち早く注目した一人だが、彼なら主張できただろう。統計学をあるべき地位に高めて、これを土台に世の天才が仕事をすればどれほど有益なことか。統計学は事物の収支見積表となるべきものだ。近年の興奮剤の摂りすぎが国民の将来に投げかける由々しき問題も統計学なら明らかにできるであろうに。

ブドウ酒は下層階級の興奮剤だが、そのアルコール分が人体に害を及ぼす。もっともこのアルコールで人間が例の一時的な燃焼状態に行きつくまでにかかる時間は体質によってまちまちであるし、そう滅多にあることでもない。

砂糖は、久しくフランスに枯渇していた。一八〇〇年から一八一五年にかけて生まれた世代には肺病が多く、統計に携わった医者たちを驚かせたものだが、私の知るところでは砂糖の欠乏もその一因であるらしい。また砂糖は余計に摂りすぎても皮膚病にかかりやすくなる。

大多数のフランス人が大量に摂取するブドウ酒やリキュールには基礎成分としてアルコールが含まれており、コーヒーも貴族向けの刺激物に盛んに入ってきている。リンと燃素を含む砂糖もますます大量に用いられるようになってきた。まったくアルコールといいコーヒーといい砂糖といい、こうした物質が人類の生殖のあり方を変えてしまわないわけがない。現在、科学は魚食が子孫に影響を与えることまで明らかにしているのである。

専売公社というのは賭博よりさらに不道徳的で、「ルーレット」などよりはるかに頽廃的、反社会的ではないだろうか。蒸留酒の製造も有害に違いないのだから、小売販売を取締まってはどうだろう。国民というのは大きな子供のようなものだから、政治がその母にならなければ。総体としてみた国民の食物は政治の一大部門であるにもかかわらず、最もなおざりにされている。まだまだよちよち歩きの部門だとさえ言いたいくらいだ。

以上に見てきた五種の興奮剤はいずれも摂りすぎればそっくり似たような結果をもたらす。すなわち渇きと発汗と「粘液」の消失、そしてその結果としての生殖能力の喪失。されば次の公理が是非とも人間の科学の一つに加えられんことを。

7

すべて不節制は粘膜を損ない、命を縮める。

人間には一定量の生命力しかそなわっていないのであり、その生命力は、血液、粘液、神経の三循環に均等に配分されている。どれか一つのために他の一つを空にすれば、三分

●パレ・ロワイヤル賭博場のルーレット光景

の一が死んでしまう。以上の締めくくりに、絵になる公理でまとめておこう。

8

フランスが五十万人の国民をピレネー山脈側に送れば、その数だけライン河寄りの国民の数が減ってしまう。人間とて同じこと。

解説

山田登世子

近代の毒と富

――バルザック『風俗のパトロジー』について

『社会生活の病理学《パトロジー》』*

*『社会生活の病理学《パトロジー》』は、本書の原題である。

まぼろしの大著

バルザックはおよそ百編にものぼる小説群を書いて十九世紀フランス社会の「悪徳と美徳の目録」を綴り、巨大な風俗の歴史を描きあげた。『人間喜劇』と名づけられたその世界のなかには、野心家あり事業家あり、貴婦人あり娼婦あり、商人、学者、芸術家、総勢二千名を超える職業も顔もとりどりの人物たちがひしめきあい、壮大な風俗絵巻を繰り広げて見せてくれる。けれども『人間喜劇』の作者は、社会を描くばかりでなく、社会を動かす「原理」を探ろうとした。「こうして描かれた社会はその運動の原理をそなえていなければならない」(『人間喜劇』序)。近代社会の画家バルザックは、同時に近代の哲学者たらんと欲したのである。

めざましい発展を遂げてゆく近代フランスに分析のメスを入れ、その「運動の原理」を探ること、それが哲学者バルザックの野心だった。『社会生活の病理学《パトロジー》』**Pathologie de la vie sociale** はここから生まれた。その野心のほどは、一八三九年に書かれた『近代興奮剤考』の「序」に詳しい。「一八二〇年来わたくしは社会を根本から分析し、その成果を四つの著作にまとめようという構想をあたためてきた。いずれも政治道徳と科学的考察を織りまぜ、諷刺をきかせた評論である。……四作は、まとめて分析研究と題される

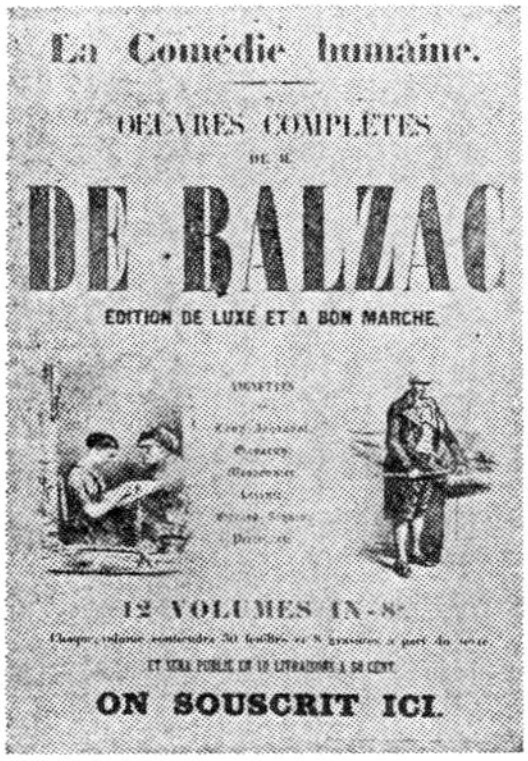

●フュルヌ版『人間喜劇』の広告

予定。これがわたくしの『風俗研究』と『哲学研究』を飾ることになるだろう」。ここにあがった「四つの著作」の一つが、『社会生活の病理学』。ほかの三作とならんで『分析研究』と一括され、『人間喜劇』の頂点を飾ることになっていた。

ところが、その抱負とはうらはらに、『分析研究』は遂に完成をみていない。四作のうち陽の目を見たのは十年前に刊行ずみの『結婚の生理学』と、この『病理学』のみ。その『病理学』も未完の作品で、ばらばらに書かれた三篇だけが残されている。「序」によれば、『優雅な生活論』、『歩きかたの理論』、『近代興奮剤考』の他にもなお幾篇かを加えて、かなりの大作となるはずだったが、三篇の他は書かれずじまいに終っている。けれども、未完に終ったとはいえ、「社会を根本から分析」しようとする哲学者バルザックにとって、表題からして野心的なこの『社会生活の病理学』ほど書くにふさわしい作品はなかったであろう。事実バルザックはその後も幾度となく作品の予告を繰り返している。『社会生活の病理学』は、いわばバルザックのまぼろしの大著であった。

大衆文学とジャーナリズム

が、その「大著」は、読んでみればむしろ洒落のめした軽い読物という印象が強い。「諷刺をきかせた」評論という言葉が、作品のもう一つの顔をいいあてている。この哲学者は、どんな時にも読者を楽しませることを忘れない流行作家だった。バルザックが誰にむけて『病理学』を書いたのか、ここで当時の読者をふり返ってみておこう。三篇の特異なスタイルは実はそこから来ている。

●ロマン派文学者の行列行進を描いた「栄光への大道」(ルーボー作) 先頭はユゴー、バルザックは例のステッキを持っている。

王政復古末期から七月王政にまたがる時代といえば、ちょうどロマン主義文学が全盛期を迎えようとする時代。一八三〇年ヴィクトール・ユゴーの『エルナニ』上演が火ぶたを切り、続いてラマルチーヌ、ミュッセなど、数々のロマン派詩人、作家たちが輩出していった。彼らはみずみずしい個の感性を謳いあげたが、ともすれば大衆から孤立し、その孤独をテーマとも糧ともした。しかしその一方で大衆を志向する通俗文学が生れてきたのもまさにこの時代である。ブルジョアジーが歴史の主人公として社会の表舞台に活躍するようになるにつれ、彼らを読者とし、彼らにうける文学が盛んになってきた。こうした文学の大衆化を一段と飛躍させたのが、バルザックとも交流のあった未来の新聞王、エミール・ド・ジラルダンである。時代を先取りする才覚をそなえ、機略に富んだジラルダンは、飛びきり購読料の安い新聞、雑誌を次々と創刊して成功させ、かつてなく広汎な読者大衆をつくりだしていった。ジラルダンとともに近代ジャーナリズムが生誕したといってもよい。一八一五年からおよそ三十年の間に日刊紙の読者の数は三十倍にも膨れあがっている。こうしたジャーナリズムの興隆につれて、大衆うけのする通俗的ジャンルもますます盛んになってゆく。ガヴァルニやドーミエの描く見事な諷刺漫画が新聞の紙面を飾り、面白おかしい読物が人々の人気を集める。大むねそうした読物はパリの日常生活に題材を求めたもので、街頭風景や風俗案内、人物スケッチなど、いずれも気楽な風俗批評の類だった。この種の通俗的ジャンルの代表例が、『おしゃれの法典』など、民法典をもじって出来た「法典《コード》もの」であり、人物スケッチ、風俗スケッチを売りものにした「生理学《フィジオロジー》もの」だった。太鼓腹を突き出してそっくりかえった俗物紳士ジョゼフ・プリュドムを描き続け

て巷間の人気をさらったアンリ・モニエなどはこの道の大家であり、わが国では『美味礼讃』の邦訳名で知られているブリア＝サヴァランの『味覚の生理学』も、当時大ヒットした「生理学もの」の一つである。

バルザックもまた無名時代からこの種の通俗ものを書き飛ばし、その無類の書き手でもあった。デビュー作となった『結婚の生理学』は表題どおりの「生理学もの」だし、そもそもブリア＝サヴァランの成功にあやかった本。その後も、『ラ・モード』、『ラ・シルエット』など、ちょうど一八二九年から三十年にかけて創刊された新聞には売れっ子ジャーナリスト・バルザックの筆になる面白いスケッチ文が毎号のように顔を並べている。「雑貨屋」、「高利貸」、「山師」などブルジョアの肖像があるかと思えば、「手袋にみる風俗研究」や「食事の新理論」など、洒落めかした風俗批評もある。『病理学』の三篇はいずれもこの系譜に属している。『近代興奮剤考』だけは書下しの形をとっているが、もともと『優雅な生活論』は『ラ・モード』に、『歩きかたの理論』は『ヨーロッパ文芸』に連載された読物だった。三篇の一種独得なスタイルはここから来ている。学術論文のパロディよろしく、しかつめらしい公理や格言を盛んに使いながら風俗批評を展開してゆくのは、「生理学もの」をはじめこのころ流行った通俗的ジャンルの常套的手法だった。文豪バルザックはこの種の戯文の名手でもあったのである。

こうしてバルザックが手がけた一連の風俗批評を、文豪にふさわしからぬ売文稼業とばかり決めつけてしまうのは早計だろう。バルザックにとってジャーナリストとしての活躍は近代社会を観察するまたとない機会だったにちがいない。七月王政下のフランスは、あ

●バルザックも寄稿した諷刺新聞の一つ『ラ・カリカチュア』

らゆる分野にわたって「近代化」が開始された時代だった。産業革命が端緒につき、セーヌには蒸気船が姿を見せ、鉄道が開通する。繊維工場は多数の労働者を集め、やがて株式会社が飛躍的な発展を遂げてゆく。バルザックはこうした社会の動静に旺盛な好奇心をむけ、さまざまな文明の風物を例の「眼の美食」によって享受するのである。『人間喜劇』のあの沸きかえるような「もの」の世界は、こうした卑近な現実の観察なくしてはありえなかっただろう。バルザックの比類ないモデルニスムがここにある。

都市の哲学

けれども、「もの」の観察がたんなる事物の観察に終らないのがバルザックである。バルザックは、目に触れるさまざまな事象を通して、背後にある世界そのものを洞察してゆく。ここに、夥しい通俗文学の書き手からバルザックをへだてる秘密がある。彼にとって事物はたんなる事物以上のもの、近代社会を解読する表象となるのだ。バルザックが服装を語るのは「服装が社会を表す」からであり、歩きかたの理論を手がけるのは、歩行が人を表す「象形文字」だからこそ。もともと「生理学もの」と銘うたれた通俗ジャンルは、外貌が内面を表すというラヴァターの観相学を面白おかしく俗流化したものであった。バルザックはこの観相学を武器に、何気ないパリの表情一つひとつに隠された意味を探ってゆくのである。こうしてバルザックにとっては一切が興味のつきない考現学の対象となってゆく。街頭の風景に、雑踏に、せわしなく行き過ぎる人々の足どりに見とれるブルヴァールの散策者は同時に都市の哲学者なのだ。服装や歩行をユーモラスに論じる風俗批評は、

PHYSIOLOGIE
DU POËTE,
PAR SYLVIUS,
Illustrations
DE DAUMIER.
PARIS.
JULES LAISNE, ÉDITEUR, PASS. VÉRO-DODAT.
AUBERT et Ce, Place de la Bourse. | LAVIGNE, Rue du Paon Saint-André.
1842.

●生理学ものの一つ『詩人の生理学』（一八四二年、挿画ドーミエ）

社会生活の「病理学《パトロジー》」なのである。

　このとき、その病理学の鍵となるのが「思考」pensée という言葉。三篇を読むのにこの言葉の理解はどうしても欠かせない。というより、そもそも『病理学』に予定された副題は次のようなものだった。「社会生活の病理学、または食、住、歩きかた、言葉づかい等々、あらゆる社会的形態をまとって現れる人間の思考に関する数学的・物理的・化学的・先験的考察」。バルザックの言う「思考」は、知性、意志、欲望、情念の一切を含むもの、およそ人間の内にある生ける力 force vive のすべて、生命エネルギーそのものといっていいだろう。バルザックは時にまたこれを意志 volonté とも生命流体 fluide vitale とも呼ぶ。彼によればおよそ人間の為すことすること、すべてこの「思考」の表れに他ならない。「われわれの内にあって思考の表れでないようなものは何もない」。あらゆる人間現象を「思考」の発現としてとらえること、それが、一種の精神生理学にも神秘思想にもつながってゆくバルザックの哲学的関心であった。十八世紀啓蒙主義の唯物論に学び、一方で十九世紀のヴィタリスムにも傾倒したバルザックは、青年時代から、宇宙の力の根源を統一的に把握したいという欲求を抱いていたのである。

　ここ、社会生活の病理学でも、この「思考」が鍵となって生きている。というのも、バルザックのいう「思考」の発現は、著しく「社会」の影響をこうむって歪んでいくからだ。「社会はわれわれ人間の欲求や必要や嗜好をそれだけの数の傷とも病ともする」。ブルヴァールの哲学者が見ているのは、都市生活に歪められた「思考」、つまりは文明に生きる人々の病める生命なのである。道行く人の相貌の一つひとつ、歩きかたの一つひとつがその病の徴候なのだから。十九世紀は目覚ましい「進歩」の時代であった。科学と産業の発展は、富と繁栄の夢を謳った。時代を席捲した「進歩」への熱狂を抜きにして、十九世紀西欧を語るのは難しい。けれどもその進歩の歴史はまた人間の内と外の自然の破壊の歴史でもあった。人々を駆りたててやまぬ黄金の夢には、破滅に誘う「毒」が含まれている。人一倍時代の動向に敏感なバルザックは、いち早くこの近代の病に眼を向ける。『社会生活の病理学』はここから生まれたといってよいだろう。

むろん今日残された三篇は、他の傑作群に比べれば渺たる小品にすぎないけれども、見逃すには惜しいユニークな文明批評をうかがわせ、文豪バルザックのもう一つの顔を伝えてくれるのである。

優雅な生活論

新しい特権階級

『優雅な生活論』Traité de la vie élégante は、一八三〇年十月から五回にわたって『ラ・モード』La Mode に掲載された。創刊紙の成功にのったジラルダンがこんどは上流社会むけと銘うって、豊富なグラビアや流行記事を売りものに一八二九年に創刊した週刊誌が『ラ・モード』である。ジラルダンの依頼を受けたバルザックのこの記事も、編集者の面々を紙面に登場させて編集の内幕をのぞかせたり、架空のインタビュー形式をとってみたり、粋な趣向を凝らしていて、いかにも新しいジャーナリズムの息吹を伝えている。けれどもこの作品をただの気楽な読物に終らせなかったのは、一八三〇年十月という日付であった。七月革命からわずかに三カ月後。人々の耳にはあの「栄光の三日間」のバリケードの音がいまだに新しい。七月革命に触発されたバルザックはここで社会分析を試みる。『優雅な生活論』はさながらユニークな近代社会論なのである。

まず、優雅な生活という表題に注目しておこう。一八三〇年十月の現在、この言葉はスキャンダラスな響きを持っていた。七月革命は貴族階級を権力の座からしめだし、デモクラシーの時代を約束したはずだった。産業社会に向って未来が開かれ、「労働」が時代の標語となった。ところがそこに、労働ならぬ「閑暇」を楽しむ優雅な人々が存在するではないか。「優雅な生活」論は表題からしてアイロニーなのである。バルザックは言う、「国民が一人残らず金持になる政治などというのは夢の話。国民は、生産する人々と消費する人々に必ず分かれてしまう」と。一八三〇年十月のフランスに、依然としてぬくぬくと消費を楽しむ有閑階級が存在する――つまり七月革命は何も変えはしなかったのだ。表面のユーモラスな調子にもかかわらず、この苦い幻滅感が作品の基調に流れている。同じころ他の新聞に書きなぐった時評にも、こうした幻滅感が生々しい。たとえば一八三〇年秋から『盗人』紙に連載した「パリ通信」の一節。「われわれは騒ぎまわった挙句に権力を交代させただけなのだ。権力そのものは変りはしなかった」「約束と現実のこの乖離……」。寄生階級を追放するかに見えた七月革命は裏切りに終ってしまった。「平等」の約束を掲げてきた四十年来の社会革命は、実は新しい特権階級をつくりだしたにすぎない。『優雅な生活論』はすぐれて特権階級論なのである。バルザックはこの新しい特権階級を「金銭、権力、才能の三大貴族階級」と呼ぶ。

金銭、権力、才能。いいかえれば「産業」と「能力」。いうまでもなくこれは封建体制を打ち倒した近代の武器に他ならないが、とりわけそれはサン＝シモン主義の闘いの武器であった。ちょうど七月革命後のこの時期は、アンファンタン、バザール等が率いるサン＝シモン主義者たちの旗上げ期に当たっている。彼らは早くも「教会」を設立し、一八三〇年八月、機関紙『地球《グローブ》』を創刊したばかり。読者は、『優雅な生活論』にこのサン＝シモン主義の用語が散見するのにお気づきだろうか。生産者と非生産者（暇なし人間と優雅な生活者）の区別をはじめとして、「人間の人間による搾取」、「人間の完成可能性の法則」、

「知性の時代」など、バルザックはここでサン＝シモン主義の言葉で語っている。折から一八三〇年三月ジラルダンが創刊した『政治新聞便覧《フヨトン・デ・ジュルノ・ポリティック》』は、事実上サン＝シモン主義の機関紙の役割を果たしていて、バルザックも創刊からしばらくの間これに協力を惜しまなかった。この時期バルザックとサン＝シモン主義者たちとの間に思想的交流があったとしても決して不思議はないだろう。それがバルザックの思想形成に結局どれほどの影響を与えたかは措くとして、バルザックはサン＝シモンの進歩の思想に共鳴しながら語っているのだ。いまや時代の担い手は「思考で武装した人間」なのであり、十九世紀は「知性の時代」なのだと。

　けれども、『優雅な生活論』のサン＝シモン主義は実は両義的である。というより、アイロニーなのである。マルクス主義の立場からバルザックを論じる批評家バルベリスは、その労作『バルザックと世紀病』のなかで見事に指摘している。バルザックがここでサン＝シモン主義の概念を使うのは、それが、「新しい搾取の形態にもとづく近代的な〈優雅な生活〉をうまく説明してみせる」のに、うってつけだからだ、と。いいかえればバルザックは、「産業」といい「能力」といいサン＝シモンが近代の解放の武器として謳ったものを、新しい支配の武器としてひっくり返してみせるのであって、つまりそれはサン＝シモン主義のパロディといえるだろう。周知のようにサン＝シモン主義は「生まれの特権による財産」（貴族的土地所有）をしりぞけて、「能力による財産」を掲げ、労働と産業を謳った。彼らはそうして「人間の人間による搾取の歴史」を終らせようとしたのである。ところが、いまバルザックのみる一八三〇年のフランスには、他ならぬその「産業」と「才能」が新しい有閑階級として君臨しているではないか。解放の武器であったはずのものが、いまや支配の道具にすりかわっている——これが『優雅な生活論』に一貫するテーマであり、そのレトリックともなっている。

たとえば「知性」など、そのレトリックをきかせたモチーフの一つであろう。サン＝シモン主義は「科学」を顕揚した。科学知識こそ封建時代の蒙を啓き、人類の進歩を実現する偉大な武器であった。ところがバルザックの語る「知性」は、優雅な生活の武器である。バルザックはユーモラスに説いてやまない。自分の権勢をひけらかすのにもはや「剣」（暴力）では古い、有閑階級の士たるもの、よろしく「思考で武装」し、剣ならぬ「頭」を使え、と。つまりこれは支配のための知性のすすめに他ならず、結局はサン＝シモンが謳った大いなる武器のカリカチュアにすぎない。『優雅な生活論』のこのアイロニーを、バルベリスの言葉を借りてまとめてみよう。「人類共通の大義のために知性を使うことができぬとなれば、こんどは同胞に対抗して、自分を守るため、互いに分裂するために知性が使われることになるだろう。ここでバルザックは、ブルジョアジーの革命的エランがいかに踏み迷い、自分自身のカリカチュアになっていくか、見事にみせてくれるのだ」（強調点バルベリス）

バルベリスが語っているように、ただ「知性」ばかりでない、何かが、ここで大きくすりかわっているのである——ブルジョアジーの「革命的エラン」そのものが。封建制の軛《くびき》から解き放たれたブルジョアジーのエネルギーは、いつの間にか歴史のなかで別なものにすりかわってゆく。平等を約束された人々は、いまやその持てる力をアナーキーな私的競争へふりむける。支配のすすめを説く『優雅な生活論』は、こうした私的競争の世界を暗黙のコードにしているといってもいいだろう。軽妙な筆致を見せながら、バルザックはここで近代社会の病にふれている。民主主義の約束する形式だけの「平等」は、逆説的に「支配」の欲望を、「差別」の情熱を呼び覚ます。バルザックはそれを力強い言葉で語っている。新しい体制は「社会に生きる一人ひとりの胸に『立身出世』の情熱を呼び覚ます」と。身分的特権が旧来の力を失った七月王政下のフランスは、せきをきったようにこの黒い「情熱」が吹き荒れた社会であった。七月革命は、解放どころか、こうした熾烈な私的競争社会の到来を告げたにすぎない。「かくて立憲王政に復帰したフランスは、偽瞞的な政治的平等をかざしつつ実は悪を一般化したにすぎない」「悪はその力を弱めながら世にひろく行き渡った」。平等を掲げた近代社会は、「悪」（権力）を廃絶したのではなく、新しい「悪」を創り出したのであり、その悪は、眼に見える権力（剣）としてではなく、絶えざる支配への意志としてわれわれの内に宿る。『優雅な生活論』はたんに七月革命後の時評にとどまらず、そこから始まる近代社会そのものを透視しているといえるだろう。

差異の記号

さて権力が新しくなれば、それを表示する表象もまた新しい。これが作品のもう一つの大きなテーマであろう。このとき舞台に登場するのが産業社会の創りだす豊かな財である。バルザックが喧伝するように、「優雅な生活」とは日常を彩るさまざまな「もの」を優雅に使いこなす学問なのだから。身の廻りの品々、そしてそれを使いこなす暮らしぶりは

●ダンディの祖ブランメルの肖像

「人」を表す。この意味で『優雅な生活論』はいかにもバルザックらしい「もの」の考現学であり、「服装」の観相学であろう。が、重要なのは、それらの「もの」が人を表す以上に人と人との差異を表すということである。文明の産み出すさまざまな財は、豊かな使用価値をもつばかりでなく、何より人々の胸に宿る「差別」の欲求に応えなければならない。バルザックはくりかえし語っている。優雅な生活は新しい体制の所産であり、「新しい人間関係、新しい欲求の表現」なのだと。彼の言う新しい体制とは、旧来の身分差が消滅して「およそ差異というものがなくなってしまった社会」、だからこそ「もの」によって差異を表示する社会なのだ。近代社会の「もの」は、もの以上の存在、まさに差異なき社会の差異の記号といってよいであろう。『優雅な生活論』はディスタンクシオン論でもある。

「流行《モード》」も、こうしたディスタンクシオン現象として理解することができるだろう。バルザックが新しい体制と呼ぶ時代は、今日の私たちが言う「大衆社会」が始まろうとする時代であった。パリは日一日と膨張してゆく人口を集め、産業革命は奢侈の都に日々豊かな消費財を送りこむ。消費生活がようやく大衆のものとなろうとするこの時代をまって、西欧の歴史にはじめて今日的な流行が発生してくるのである。そのモードを背景に、ルイ=フィリップ時代はダンディズムが花と開いた黄金時代でもあった。海峡をへだてたイギリスでは、かの伊達者《ボー》ブランメルが優雅な身仕舞によってつとにロンドン社交界を席捲し、カーライルが『衣装哲学』を著す。こうして生誕したダンディズムは、大衆社会を背景としながら、他面でその大衆社会への反逆でもあった。画一性に反抗して優越性を誇示すること、いわば差異なき社会での差異の顕示こそダンディズムなのだから。小説の中で幾多のダンディ

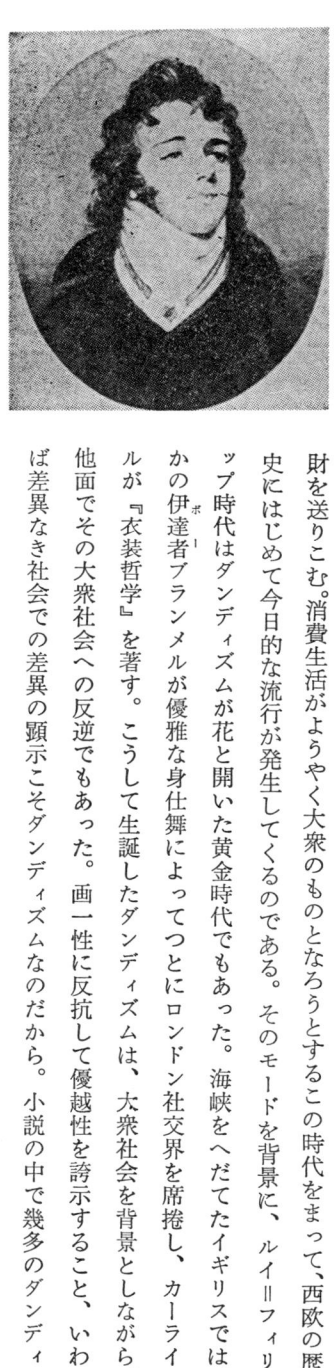

たちを描いたバルザックは、ここで彼らを生み出した時代状況そのものを掘り下げてみせているわけだが、やがて登場するボードレールもダンディズムの時代性を同じように語るだろう。ダンディズムは「ことに、民主主義がいまだ全盛でなく、しかも貴族階級の凋落と失墜もいまだ部分的でしかないような過渡的時代に現れる」(『現代生活の画家』)と。貴族的権力がその表象とともに色あせ、代って新しい権力と新しい表象が現れる「過渡的時代」、バルザックの言う新しい時代に、あたかもその象徴として生誕する存在、それがダンディだといえよう。一介の平民に生まれながらその優雅な風姿によってジョージ四世の寵を受け、異例の出世を遂げたうえに、当の国王をも凌ぐ名声を恣《ほしいまま》にした希代の伊達者ブランメルの生涯は、まさに時代を映す神話ではなかっただろうか。

バルザックが『人間喜劇』に描いた幾多のダンディたちも、明らかにこの時代の刻印を帯びて、いずれも冷たい仮面の下に「立身出世の情熱」を秘めた青年たち、新しい社会が生んだヒーローであった。彼らは、「黄色い手袋をはめた海賊」の異名そのままに、競争社会の勝者をめざし、権力を志向する。ラスティニャック、ド・マルセー、リュシアン……。『人間喜劇』の読者にはすでに親しい青年たちだが、バルザックはその彼らの服装、アクセサリーの一つひとつを、まさに「もの」の考現学者の熱意と執拗さをもって克明に描き出す。なにしろそれらは彼らの支配の武器の一つであり、その優越性の表徴なのだから。

バルザックは、そうしてダンディを描き、論じるだけでなく、自らもまた実人生の舞台の上でダンディを演じようとした。いかにも肉屋を思わせるその短軀肥満の容姿をものと

●二輪馬車に乗ったバルザックと少年馬丁《ティーグル》

●ステッキを持ったバルザック（ダンタン作）

もせず、作中人物顔負けの凝った服装に身を固めたバルザックのダンディぶりは、当時の諷刺漫画の好餌となり、その驚くべき浪費ぶりは伝説の一つともなっている。トルコ玉を散りばめた豪華なステッキ、真白なチョッキ、黄金の片眼鏡、紋章入りの二輪馬車……。人一倍流行を追い求め、文明の奢侈を愛したバルザックは、近代社会の「もの」はもの以上の存在となり社会的威信《プレスティージュ》の記号となるという真実を、誰よりも深く洞察していたにちがいない。ここに『優雅な生活論』の「事物の形而上学」が生まれる所以があり、まことこれを語るのにバルザックほどふさわしい作家はいなかったであろう。

ひるがえって、バルザックがそうして生きた世界は、現代の私たちが生きている「豊かな社会」と別なものだろうか。過剰なまでの「もの」が存在するかどうかこそ違え、「もの」が差異の記号として機能するという事実は変らないのではなかろうか。『消費社会の神話と構造』の著者ボードリヤールは、消費社会に溢れる商品は「人々が他人と自分を区別する記号」として機能すると述べ、人々はモノを消費しながら実は「差異化の秩序」を打ち建てているのだと語っている。「財を生産する社会である前に、この社会は特権を生産する社会」なのであり、現代社会は日々そうして差別の体系を打ち建てているにもかかわらず、民主主義（個の幸福）の神話がそれを隠蔽しているのだ、と。まさにそれは、民主主義社会への転換期にバルザックが見てとった事態ではなかったろうか。むろんバルザックが生きた十九世紀前半は、いま私たちの生活に溢れている財がようやく社会の舞台に出現しはじめた時代にすぎない。けれどもそれは、だからこそいっそうものの「豊かさ」が強く人々を蠱惑した時代であった。富の眩惑力を倦むことなく描き続けた『人間喜劇』

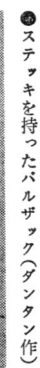

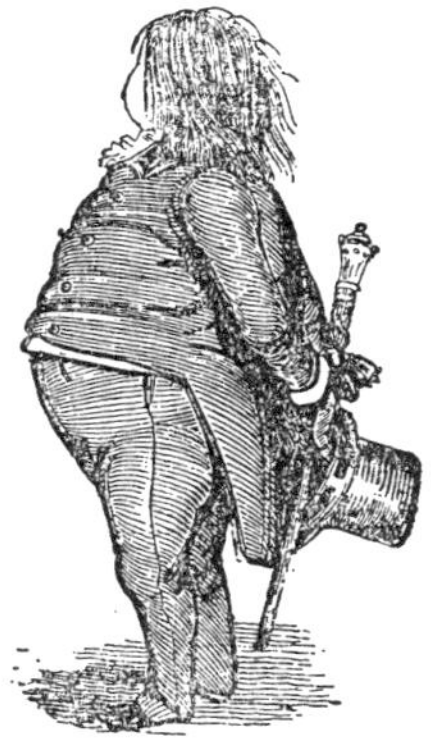

●ダンディ姿のバルザック

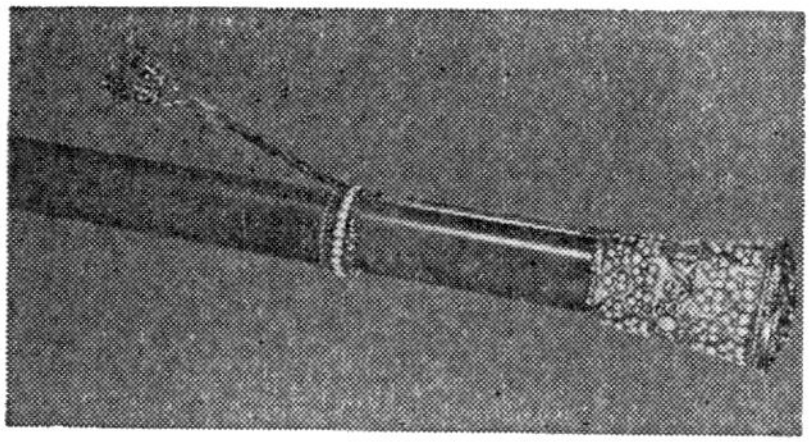

●トルコ玉を散りばめたバルザック愛用のステッキ

の作者は、近代文明の産みだす「もの」が社会的威信の記号であるからこそ際限なく人々を所有に駆りたてるという真実を、「もの」にひそむこの魔物のような性格を、同時代の誰にもまして深く見てとった人であった。

民主主義の神話

しかし忘れてならないのは、作品のアイロニーが示すように、バルザックがこうした歴史の展開に悲劇をみていることであろう。新しい時代が解き放ったエネルギーは、いつの間にか「もの」を求める競争に、差異の記号であるからこそ限度のない競争にむけられる。「立身出世」の情熱——近代人の胸に宿るこの抽象的欲望の激しさを、バルザックほど強烈に描いた作家は後にも先にもいない。けれども、倦むことを知らないこの競争は、新時代の約束した進歩と幸福の実現なのだろうか。実はそれは自分の影を追いかける競争ではないのか。

バルザックの生きた世紀は、大革命の掲げた「平等」の夢が、ナポレオンの英雄伝説とあいまって生々しく人々に働きかけた時代であった。歴史に呼び覚まされた個は生きる世界を求め、世界は彼らを呼ぶ。十九世紀の都市パリは輝かしい約束の地として多くの世紀児たちを冒険に誘ったであろう。たとえば『幻滅』の若き詩人リュシアンの眼に映る金色のパリ。「いまリュシアンの眼にパリが、その壮麗さがひろがった。田舎者の眼には黄金境とも思えるあのパリが。金色の衣をまとい、宝石の王冠をつけたパリが、才能ある人々に腕をさしのべるのだった」

けれども、そうして誘《いざな》われた世界のなかで、約束された幸福を手にした者は誰一人としていない。みずみずしい野心に溢れた青年たちは否応なくあの果てしない競争に巻きこまれてゆく。その競争の中で彼らが勝ち得る成功は、もはや夢見たものの影にすぎないであろう。幾年ののち功成り名遂げたラスティニャックが、はや自分のなかの天使の部分を墓標に埋めた脱けがらにすぎないように。何かがそこですり変ってしまうのであり、あふれる情熱をもって人生を始めた青年たちは、やがて人間喜劇《コメディ》の一員になりかわってしまう。バルザックは幾多の世紀児たちの幻滅劇を通して近代世界の本源的な「理念」（平等）と「現実」（支配）の分裂を描き続けた。黄金の夢は絶えず現実をあざむきながら罠のように人々を誘う。その共同幻想がエネルギーを呼び集めつつ資本主義の展開を可能にしてゆくのである。民主主義の神話、とそれを呼ぶことができるだろう。罠にかけられたその世界のなかで、エネルギーは腐蝕しながらいつかしら別なものにすり変ってゆく。「きたるべき資本主義に向って巨大な人的資源を集めたフランスのさなか、力への競争、権力への競争は、こうして呼び集められた人類全体の疎外と散文化をはらんでいる」（バルベリス、『バルザック』）

しかしながらバルザックの認識のダイナミズムは、そうして呼び覚まされたエネルギーが、にもかかわらずやはり人間的な力であり豊かさなのだ、というところであろう。たとえ疎外をはらむにしろ「産業」と「才能」は創造的な生産力にちがいなく、文明の創りだす「財」は、差別を生産するにしろやはり人間的な富にちがいない。『優雅な生活論』には、まぎれもなく近代フランスの新しい富を謳い、豊かさを謳うバルザックがいる。「優雅な生活は国中のありとあらゆる奢侈を代表するのであるから、国の為しとげた進歩を表すのではないだろうか」。いや、むしろ正確にこう言いなおすべきだろう。バルザックが十九世紀フランスの動的な展開のうちに見たのは、ものの「豊かさ」が人間的な「貧しさ」を通してしか実現されず、エネルギーの開花が同時にエネルギーの破壊を招来せずにはいないような、近代の病理そのものなのだ、と。そして実はこれは『歩きかたの理論』のテーマなのである。

歩きかたの理論

「動」の理論

『歩きかたの理論』Théorie de la démarche は、一八三三年、『ヨーロッパ文芸』L'Europe littéraire に四回にわたって掲載された。表題からして学術論文のパロディで、ジャーナリストの筆はここでも冴えている。オペラ座でパリっ子たちの喝采を浴びた舞踊家タリョーニをはじめ、ロッシーニやパガニーニなど多士済々、巷の人気をさらった人物を登場させ、また時の成り上がり貴族院議員をあげつらったり、時事問題にふれたり、随所でルイ＝フィリップ王政に対する痛烈な諷刺をきかせている。

しかしこの作品も、軽妙な筆の下にバルザックの深い哲学的関心をのぞかせている。万有を生命エネルギー（思考）の発現としてとらえ、その神秘を解明すること。十八世紀の唯物論と十九世紀のヴィタリスムの影響をうけた唯物論的神秘主義ともいえる思想が長年にわたるバルザックの哲学的関心であった。しかもちょうど同じ年の春、バルザックはこの思想をテーマにした哲学小説『ルイ・ランベールの知性史』を上梓したばかり。「思考」の神秘を究めようとする若き哲学者ランベールは孤独な思索と探求のはて、狂気のうちに短い生涯を閉じる。この神秘的な小説が『歩きかたの理論』のエピグラフを飾って、二作のひそかな親近性をあかしている。思考、意志、生命流体など、動物磁気説《マネティスム》の影響が色濃

『ラ・カリカチュア』に載った政治諷刺画「運動派、中道派、抵抗派」（ペランジェ作）

い独得な言葉も二作に共通する用語。『歩きかたの理論』は、道化の仮面をつけてバルザックの哲学を展開した作品ともいえるだろう。

ことにバルザックの関心は「運動」に注がれている。歩く、とはとりもなおさず運動であり、それこそ生命エネルギーの発現なのだから。十九世紀の都パリに往きかう人々の動きはあちらこちら歪んでいて、満足に歩くことさえできていない。そして、人々の運動の背後には、都市そのもの、社会そのものの運動があるだろう。産業社会はあらゆる意味で「動」の世界をきり拓いた。動かぬ「土地」に代って、すべてを動かす「貨幣」が価値となり、「閑暇」に代って「労働」が価値となった。こうした社会の価値転換は人々の生活を変えずにはいないであろう。『歩きかたの理論』は身体の表徴《シーニュ》を通してみた都市の病理学ともいえる。

もう一つ、作品が書かれた年代にも注意しておこう。一八三三年、七月革命から三年の後。時のブルジョア政権は二つの党派に握られていた。銀行家ラフィットが率いる運動派と、同じく銀行家のカジミール・ペリエが代表する抵抗派。いずれも七月革命の成果を手中に握って金融ブルジョアジーの政権確立に与った二人だが、選挙制度の改正など自由主義的改革の是非をめぐって対立していた。結局、改革に消極的な抵抗派が実権を握ったことは、その後の七月王政全般の政治の保守性を暗示している。運動派か抵抗派か、この言葉は当時のジャーナリストたちが好んであげつらった言葉でもあった。こうした時勢に運動の理論を語るところにも、いかにもバルザックらしい諷刺がきいていて面白い。

狂人と学者

さてバルザックは冒頭からその「理論」の意義をやかましく喧伝してやまない。知識と学問の偉大な進歩を誇るこの十九世紀に、どうして『歩きかたの理論』がないのか、と。むろんこれは瑣末な事がらを故意にアカデミックにもってまわる「法典もの」特有のレトリックにちがいないが、そのくだりの中で見逃せないのが次の一節。そこにはバルザックの真摯な問いが顔をのぞかせている。バルザックはそこで、十九世紀の科学に対して根本的な疑問を投げかけているのだ。

「戸を開けたり閉めたりする行為を深く考え過ぎたために気が狂ってしまった男がいた」「狂人《フー》とは深淵を見つけてそこに落ちてしまう人間のことである。落ちた物音を聞きつけると、学者《サヴアン》が物差しを取り出してきて穴の深さを測り、梯子をかけて底まで降りていくと、また地上にとって返す。やおら全世界に向って〈この穴は深さ千八百二フィートあります。底の温度は地表より二度高い〉。そう言ってしたり顔に手をこする。そして学者は家庭に戻って暮らす。狂人は独房にこもったまま。両者ともどもやがては死んでゆく。狂人と学者とどちらが真理に近いのか、それは神のみぞ知る。ギリシアの哲学者エンペドクレスは二者を兼ねそなえた最初の学者であった」

狂人《フー》は「穴」に落ちて叫び声をあげる。学者《サヴアン》はその声に耳を貸さずに、ただ穴の大きさを正確に測る。十九世紀は偉大な「科学の世紀」であり、科学による無限の進歩を謳歌した。しかしその科学は果たして人間を幸福にしてくれただろうか。幸福どころか、進歩を謳歌するこの都市にはいたるところ「穴」があって、そこに躓く人々がいるではないか。その人間の痛みを科学は知らない。社会の進歩そのものが引きおこすひずみを、科学は理解しようとしない。だからこそバルザックは語ってやまないのではないか。いまこそ歩きかたの理論が必要なのだ、新しく招来した「病」を理解しなければならない、と。

　他方で狂人の叫びは、痛みの声そのものであろう。そしてバルザックの言う「穴」（深淵）とは、社会にはりめぐらされた見えない罠の見事なメタファーであろう。近代が約束した夢を信じて生きる者にとって、現実はつねに罠であり、落とし穴に他ならない。「この地上の舗道の下にはいたるところ深淵が隠されていて、狂人がそこに足を踏みはずす」。『優雅な生活論』は、アイロニーをこめて、新しい時代の武器は「知性」だと語っていた。その時代に生きながら競争するすべを知らず、おのれ一個の情念に盲いる者には、敗者の運命が待っている。彼らは新しい競争社会に適応できない「逸脱者」なのであり、そのエネルギーは自分の穴の中でむなしく腐蝕してゆくほかないだろう。彼らの情念は、狂気として疎外されてゆく。『ルイ・ランベールの知性史』に描かれた若き哲学者は、まさにその狂気の運命を生きたのではなかっただろうか。ひとりランベールだけでなく、『人間喜劇』の読者には、幾多の「狂人」たちの敗残の姿が目に浮かぶ。ただ娘たちへの愛に生き、無用者として犬のように死んでゆくゴリオ、探求の情熱に憑かれて破滅してゆく化学者クラース、そして愛を信じて敗れていった若き娘たち……。社会の進歩は数々の逸脱者を生み、新しい無能者をつくりだしてゆく。その悲劇に耳傾けようとしない「科学」を、バルザックは批判するのである。だからこそバルザックは社会分析を志向しながら、にもかかわらず情念の小説を描き続けたのだといえるだろう。

がその一方で、バルザックほどロマン主義的な情熱主義からほど遠い作家もいない。この情熱の小説家は決して手ばなしの情熱讃歌をうたわなかった。バルザックは非情なまでの眼をもって情熱の破局を追求してゆく。世界に罠がしかけられているという事態は、否応なく個を超えて世界の全体にかかわることであるから、自分の「穴」をどれほど深く掘ろうと、人はけっしてその世界の外に出ることはできないであろう。「狂人」たちには、世界を客観的に認識する知が欠けているのである。バルザックは語っている。「偉大な作家であると同時に偉大な観察家でなければならぬ。ジャン＝ジャック・ルソーと〈経度数理学会〉を兼ねそなえていなければならぬ」と。狂人の苦悩はいったいどこからやって来たのか、それを認識するには「学者」のモノサシが要る。だからこそバルザックは小説のかたわら歩きかたの理論を書き、『社会生活の病理学』を書いたのではなかったか。「学者」と「狂人」と、全体と個と、知と情念と——ここにこそ、一社会の全体を表現しようとするバルザックのレアリスムがあるといえよう。

『歩きかたの理論』のこの短い一節は、つとにニクログによって掘り起こされ、バルベリスによって深められて、バルザックの文学世界を理解する重要な鍵の一つともなっている一節である。

都市の病理

さて、狂人たちを「穴」の中に残して、表通りには忙しく都市に生きる人々が往き過ぎる。街角にたたずんでその人々を観察する「学者」の眼には何が映るだろうか。往きかう誰を見ても、「美しく自然な歩きかたをする人は一人として」いない。「文明は一切を堕落させる！　一切を歪める、運動さえも！」　生命のエネルギーは、自分の「穴」の中で腐蝕してゆくけれども、それ以上に社会に生きるなかですり減ってゆくものである。というより、そもそもこの都市の運動が人々の肉体を歪め荒廃させているのではないだろうか。

　無限の進歩をめざす社会は、本質的に限度のなさによって特徴づけられる社会である。自然に制約され、季節の周期を世界の中心にすえる農耕社会が円環的な世界像を創りあげるのに対して、自然の征服に乗りだした産業社会はどこまでも伸びてゆく直線的な世界像を創りあげる。こうした十九世紀の世界像は、たとえば次のようにも語られよう。「自由な行動主体＝ホモ・エコノミクスの利益追求のフロンティアとしての科学と産業が、十九世紀を象徴するものであった。この時代から、この文明の中に生きる人びとは、生産されるものの量の拡大に、発明されるもののスピードの増大に、科学が新しく発見するものと新しく開拓する領域に、神秘的な情熱の対象を見出しはじめる」（中岡哲郎『科学文明の曲りかど』）。前へ前へと、絶えず自己を更新しようとする限度のない運動、それが産業社会のリズムであろう。

　いまバルザックがブルヴァールに立つパリ、金銭と産業の王侯に率いられる七月王政下のパリは、まさに、「科学と産業のフロンティア」になるべく、無限の前進を始めた都市であった。動かぬ「土地」にとって代って価値となった「貨幣」は、一切のものを動かし自己の運動にひき入れながら、新しい時間と空間を創出してゆく。ようやく開通して飛躍的な発展を遂げてゆく鉄道交通は、こうしてひらかれた動の時代の象徴でもあろう。この世界に生きる人々は、もはや自分の「足」ならぬ貨幣の運動に運ばれ、そのスピードに追いたてられて動きはじめる。「もの」の運動が自律化して否応なく人々を巻きこんでゆく、それが、あらゆる近代の都市の相貌であろう。バルザックはこの十九世紀のパリの相貌を、『歩きかたの理論』と同じ頃に手がけた小説『金色の眼の娘』の一章に生き生きと描き出している。たとえば、その有名な冒頭部。「パリとは、絶え間なく利害の嵐が吹き荒れる広大な畑ではなかろうか」「パリにあってはいかなる感情も噴出する事物の動きに抗えるものはなく、事物の流れは、情熱を弛緩させる戦いに人々を駆りたてる」「パリでは、上流、中流、下流の別なく、あらゆる人々が、『必要』という容赦ない女神に鞭打たれ、走り、跳び、駆けまわるのだ」

　近代の都市は、何かに向って絶えず人々を駆りたてる都市である。量を追いかけ、差異を追いかける「利益追求」の欲望には決して限度がない。「立身出世」の情熱。上へ上へと、どこまでも人を競争に駆りたててやまないこの欲望こそ、近代の都市に生きる人々の生命のかたちであり、その表徴であろう。人々は、この倦くなき欲望につき動かされて、われとわが身をすり減らしてゆく。『歩きかたの理論』は格言に掲げている、「すべて過度な運動はこのうえない〔生の〕浪費である」と。産業社会の「過度な運動」は、否応なく人々を巻きこんで、その肉体を荒廃させてゆく。「身体であれ頭脳であれ、濫用こそ社会の永遠の傷であり、その濫用が独得の肉体の歪みやひずみを惹き起こす」。進歩の旗のもと、巨大なエネルギーを呼び集めた近代社会は、同時にそのエネルギーの巨大な破壊と濫用の場でもあるのだ。『金色の眼の娘』に描かれる十九世紀のパリ、「絶え間なく利害の嵐が吹き荒れる」都は、まことに「パリ地獄」と呼ばれるにふさわしい。

むろん『歩きかたの理論』は、いまだ統一的な都市像《ヴィジョン》を描きだすには遠く、あくまで「学者」の眼に映った都市の一光景であり、一断片にすぎない。けれどもその「学者」は舗道の下いたるところに「穴」がひそんでいることを知っている。その学者にとって、街ゆく人々の歪んだ歩きかた、偏った動き、その一つひとつが、この都市の「運動」の刻む破壊の傷跡であり表徴なのだ。「われわれの運動の一つ、行為の一つとして深淵でないものはない」。ロマン派の作家たちは劇的なものを、日常の外、神秘の夜や嵐に、中世の古城に求めた。だがバルザックにとって悲劇は、今ここに、最も卑近な現実に、人々の歩きかたのなかにある。この意味でも『歩きかたの理論』は、レアリスト・バルザックにしか書けなかった作品といえるだろう。

「豊かさ」の神話

その『歩きかたの理論』をこえてしまうけれども、もう一つ関連した作品にふれて、バルザックのとらえた近代の病理の深さをみておきたい。バルザックの描く近代社会が悲劇であるのは、それが破壊の世界だからというばかりではない。それにもかかわらず人々が

●『あら皮』第五版（一八三八年）の扉

幸福の追求をけしてやめようとしない、というところにこそ、その世界の深い悲劇性がある。「進歩」と「平等」の約束を掲げた近代社会は、まことに罠にかけられた世界であって、黄金の夢はたえず人々を駆りたててやまない。

一八三一年、ちょうど『優雅な生活論』と『歩きかたの理論』の間に、バルザックはまさにその悲劇をテーマにした小説『あら皮』を書いた。表題にのぼった「あら皮」は、生命を象徴する魔法の皮。あらゆる願望をかなえてくれるが、望みのたびにすり減って小さく縮んでゆくという。青年主人公はこの皮とひきかえに自分の生命を売り渡す。悪魔との契約というテーマ自体は当時ロマン主義が好んで取りあげたテーマの一つであった。バルザックの独自性は、そこに社会的な意味を附与し、「皮」の象徴性を駆使しながら、時代の神話を創造したことにある。主人公の青年は、みずみずしい野心にあふれて人生を始めたあの世紀児のひとり。夢を抱きながら、貧しい境遇にある青年を、時代の奢侈は蠱惑してやまない。青年は、「豊かさ」に眩惑され、語の広い意味での「富」とひきかえに生命を売り渡すのである。しかも契約というあくまで自由な選択を通して。社会に生きようとするエランそのものが、こうして罠となって人を破壊に導いてゆく。刻一刻とすり減ってゆくあら皮は、社会に参与する者の宿命の象徴、その「過度な運動」の象徴といってもよいであろう。この宿命に巻きこまれることなしに、人は富にあずかることはできない。きらびやかな「富」は人を蠱惑しながら、いつの間にか破滅に誘ってゆく。

いいかえればそれは、この社会の諸力が否応なく人間に敵対し、人間を破壊する力になっているということではないだろうか。そして、それこそアナーキーな発展を遂げてゆく近代社会の根源的な疎外ではないだろうか。悪魔とは、人間から自立して人間を巻きこんでゆく巨大な「もの」の運動であり、人間のものでありながら人間にとって敵となった社会的諸力のことであろう。近代社会の「豊かさ」はこの疎外とともにしかない。

けれども、あら皮の神話のいっそう深い悲劇性は、ひとたび富の味を識った青年がもはやもとの「貧しさ」に戻れぬということ、あら皮を捨てることができぬということであろう。たとえ「豊かさ」が人を破壊に導く罠であるにしろ、一方であら皮を選ぼうとしない者には、あの孤独な「穴」の中の狂気しか待っていないのだから。ブルヴァールの賑わしい「運動」をよそに聞くその「穴」の中で、生命エネルギーは空しく腐蝕していくほかないだろう。社会的な力の全き欠如は、やはり人間的な貧しさにちがいない。過度な運動か、不毛な非動か、あら皮は選びようのないその二つの間に人を引き裂いてしまう。破壊につながる「豊かさ」と、貧しさにつながる「自然」と、二つの間に引き裂かれた世界——まさしくそれは、自然の征服に乗り出した近代文明そのものの矛盾ではないだろうか。ボードリヤールは先に引用した『消費社会の神話と構造』のなかで疎外の文学的表現にふれ、「悪魔との契約譚は自然支配の歴史的・技術的過程が始まった社会の中心的神話」であると語っている。だからこそこのテーマが「産業革命時代の開始とともにロマン主義者たちによって蘇った」のだと。あら皮の神話は、産業革命の展開のさなか、書くべくして書かれた近代の神話であろう。

富と破壊

富と破壊と。バルザックの描く世界はつねにこの二つのものの動的な矛盾に満ちている。近代社会は、人間的自然を破壊しながら、そして人々を私的競争のうちに分裂させながら、にもかかわらず限りなく豊かな人間的富を生産する。十九世紀の都市の「過度な運動」は、エネルギーの浪費を招きよせるけれども、しかし未来への前進にちがいなく、その都市にあふれる豊かな「もの」は、差別を生産するとはいえ、やはり富にちがいない。『金色の眼の娘』に描かれるあのパリ地獄は、まぎれもなく進歩の都なのである。そこには、進歩に酔うバルザックの声すら聞こえてくる。「パリは、知性を満載した素晴らしい船ではあるまいか?……この船は世界中に航跡をしるし、数百の演壇の砲口から火を吹き、科学の海を耕しつつ、帆に一杯の風を受けて進み、マストの上から学者や芸術家の声を借りて叫ぶ、〈進め! 我につづけ!〉と」

この進歩の神話こそ人々を駆りたててやまぬ罠にはちがいないけれど、それを通して人類の「才能」とエネルギーは飛躍的に開花する。人間的な豊かさが人間の内と外の自然の破壊を通して創造されるという近代の動的な矛盾を、バルザックほど深くそして明らかに見た作家はいないであろう。この深い認識のなかから、『人間喜劇』のあの豊穣な混沌の世界が、悲惨でありながら躍動感にあふれ、光であるとともに闇であり、富と毒をともにはらんだあの世界が立ち現れるのではないだろうか。

バルベリスはバルザックのこのダイナミックな認識を次のように語っている。「産業社会は開かれた、動的な世界にちがいない。しかしこの産業社会はまた、自然の領有と支配という偉業に向って進む世界である以上に、ただただ利益の追求をめざして進みやがて快楽と消費に溺れてしまう世界でもある。だが、にもかかわらず進歩はそれを通してしかない。ここにバルザックの偉大な認識がある」（『バルザック』強調点バルベリス）。『歩きかたの理論』の結びの言葉もまた、この「偉大な認識」と別のものではない。近代文明が人々の肉体に刻みつける傷跡を見つめながらバルザックは言う。「文明は一切を堕落させる！一切を歪める、運動さえも！」と。けれどもその一方でバルザックは反問するのだ。「いったい、精神的であれ、物質的であれ、およそ過度な運動なくして勝ち得られた人間的偉業が一つでもあったためしがあるだろうか」と。「ありとあらゆる人間的事業を深く探ってみれば、そこには必ずこの二つの力の恐るべき二律背反がひそんでいる」。富と破壊と、この二律背反こそバルザックのみた近代世界のヤーヌスの顔であった。

　バルザックがそうして十九世紀の歴史の展開のうちにみた二律背反は、二十世紀の私たちが巻きこまれている矛盾と決して別なものではないだろう。高度な産業化が地球を駆けめぐってかつてない自然の破壊をもたらし、「豊かな社会」が新しい差別と人間的貧しさを生み出した今日の世界は、バルザックが見たものの非情な結末ではないだろうか。十九世紀を席捲した進歩の神話は、成長の神話となって私たちを駆りたてたのではなかったか。ブルヴァールの哲学者は、「繁栄」に向って人類を駆りたてた産業社会の神話を、その発端においてみてとったのだ。

近代興奮剤考

病める快楽

『近代興奮剤考』Traité des excitants modernes は、一八三九年ブリア＝サヴァランの『味覚の生理学』が再版された折、その附録としておさめられた小品である。『味覚の生理学』（邦訳名『美味礼讃』）は、一八二五年に公刊されて以来ひろく大衆の人気を集めていた。バルザックもつとにブリア＝サヴァランを愛読し、「読者に賞《め》で愛される」大御馳走と彼の本を讃えている。自分の小品は「その大御馳走の後のデザート」にすぎない、と。けれども現代の私たちには、この二つの作品の対照が興味深い。ブリア＝サヴァランは永遠の美味を楽しく語り聞かせてくれる。ところがバルザックは近代の快楽を論じて警鐘を打ち鳴らすのである。

酒《オ・ド・ヴィ》、タバコ、コーヒー、紅茶、砂糖。バルザックがここでとりあげている味覚は、どれ一つとっても今日の私たちの舌に馴じみ深いものばかり。十九世紀は、現代の消費社会の食卓をにぎわすさまざまな嗜好品がようやく社会の舞台にお目見得しはじめた時代だった。豊かな社会が始まろうとするところで、いち早くその脇役たちを筆にのぼせ、味覚の考現学を手がけてみせる、ここにもジャーナリスト・バルザックの炯眼が光っている。けれども、豊かな社会の到来が同時に病める社会の始まりであったように、この新しい嗜好もまた新しい病をひきおこさずにはいない。ここでもまたバルザックはジャーナリストである以上に、病理学者なのである。『社会』は、ある特定の快楽だけを欲しがるようにわれわれをしむけて、一種の渇きをつくりだす」「とかく人間は自然が定めた正常な則《のり》を超えて一つの快楽を何度も繰り返したがるではないか。これこそあらゆる過度のもと」。近代の快楽は、人を駆りたてて、過度に走らせる。美味の歓びにとって代って、たえずかきたてられる「興奮」と「酩酊」が近代の嗜好となったといっていいだろう。

どこまでも満たされることを知らぬこの快楽は、人を酔わせ、溺れさせていく。まことに近代の都市はあらゆる欲望が「罠」となって人を誘う世界だが、なかでも快楽こそ最も人を欺きやすい危険な罠かもしれない。愛の情熱、野心、貪欲、人間に憑りつくありとあらゆる情熱を描き続けた『人間喜劇』の作者は、むろん快楽に盲いた魂を描くことも忘れてはいなかった。美食の楽しみに溺れたばかりに身ぐるみ剝がれて死んでゆく『従兄ポンス』のポンス、色欲の虜となって一家を破滅に追いやる『従妹ベット』のユロ男爵……。バルザックの描く快楽はつねに人を破滅に導いてゆく。「現代社会はわれわれ人間の欲求や必要や嗜好をそれだけの数の傷とも病ともしている」。近代の快楽は、もはや生の歓びならぬ、「傷」であり「毒」なのである。十九世紀の都市に生きる人々はあの熾烈な競争に身をすり減らすばかりでなく、快楽を通してもそれぞれの「あら皮」を縮めてゆく。

事実、七月王政下のパリでは、いち早く産業革命を開始したイギリスにひき続き、都市労働者のアルコールによる荒廃が深刻な社会問題となっていた。苛酷な労働に身を委ねる

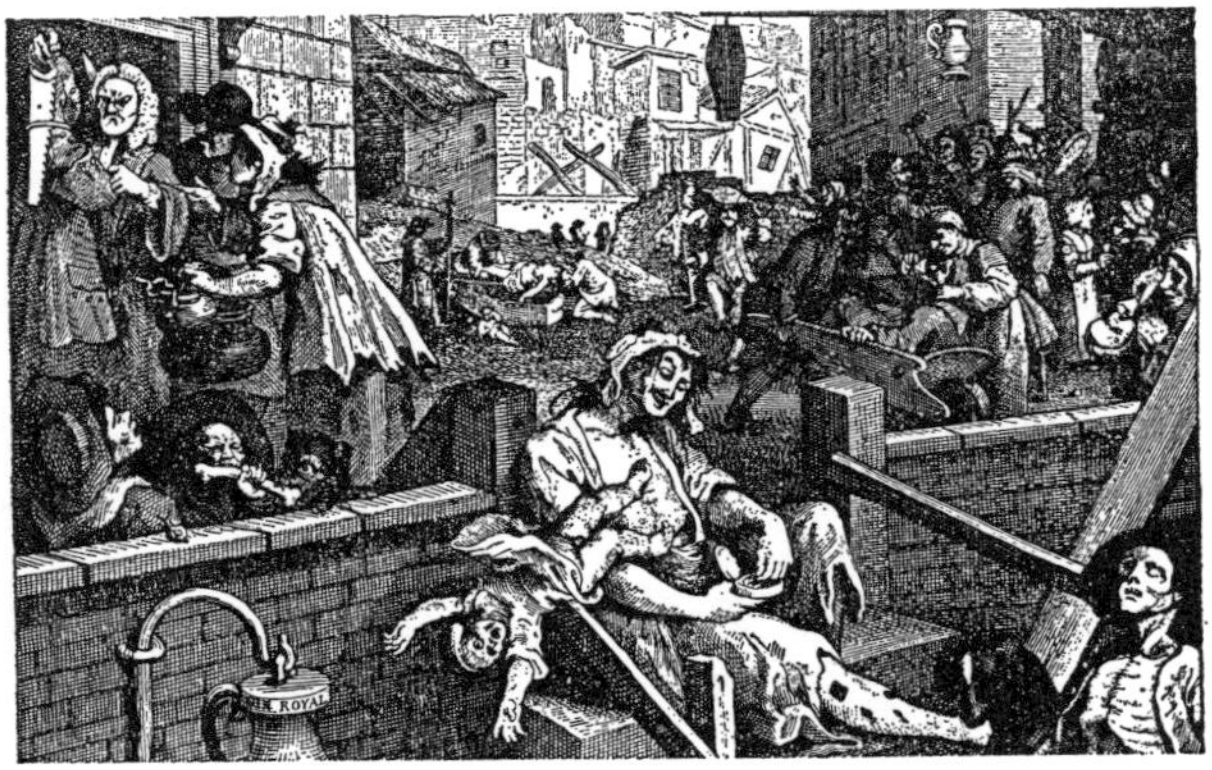

●ジンによるイギリスの民衆の荒廃ぶりを描いた「ジン横丁」(ホガース作)

彼らは、酒に溺れて、わずかに残るエネルギーをあたら束の間の「放蕩」に費してしまう。バルザックはそうした労働者たちの凄じい荒廃ぶりを、あの『金色の眼の娘』に描き出している。「黙々と労働にはげむ彼らは、それだけ狂暴に快楽を求める。だから五日間のあいだ、パリの活動をになうこの人々に休息は一切なしだ!……そしてめぐって来る快楽と休息がまたくたびれるような放蕩なのである。皮膚は茶色っぽくくすみ、殴りあって黒あざをつくり、酔いで蒼ざめ、消化不良で黄色くなる。この放蕩は二日間しか続かないが、将来のパンを奪いとり、その週のスープと女房のドレスと、ボロ同然の子供の産着を奪いとる」。まさにアルコールは労働者の「阿片」であって、彼らのすりきれた生命はこの病める快楽のなかに消えてゆく。同様に、上流階級にはコーヒーが、タバコがあり、それぞれの階層にその阿片があるだろう。「近頃は社会のどの階層を見てもむやみに酔いたがる傾向が著しい」。十九世紀のパリは「巨大な快楽の工房」と化して、人々を酔わせ、病める悦楽に誘ってやまない。産業都市の過度な運動は、いたるところで人々を駆りたてて、その肉体を荒廃させてゆく。「社会に生きる人間にとって、生きるとは遅かれ早かれ自分をすり減らすことである」。バルザックの語る近代の快楽は、もはやブリア＝サヴァランの説く生の歓びからなんと遠いことだろう。

放蕩の詩《うた》

けれどもバルザックにとって十九世紀のパリがまぎれもない進歩の都でもあったように、その病める快楽にもまた固有の「詩」があり悦びがあるのではなかろうか。バルザックにおいてはすべてが二重であって、快楽もその例外ではない。『興奮剤考』の病理学者は、同時にまた、人一倍激しく放蕩を謳った作家でもあった。生命の過度な燃焼、生命の濫費は、たしかに破壊であるにしろ、そこには密度の悦びがあり、激しさの悦びがあるだろう。たとえば『あら皮』の一節に語られる放蕩の詩——「たしかに放蕩は詩歌にも似た一個の芸術にちがいない。それに立ち向うには強靱な魂がいる」「放蕩に身を委ねる者は、悪魔に魂を売って悪をなす力を得たと言い伝えられるあの伝説のなかの人物達さながら、自分の死とひきかえに人生のありとあらゆる快楽を手に入れるのだ。あふれんばかりの快楽、豊かな快楽を！　勘定台や事務所の奥で、単調な岸辺をのろのろ流れていく川のような人生を送るのではなく、奔流のように沸きかえり、激しく過ぎていく人生だ」

　密度と激しさ。まさにそれは都市の悦楽、「動」の世界にしかない悦楽であろう。近代の都市はいたるところ破壊をひきおこしながら、が、その悪は目眩を起こさせるように人を魅了する。さまざまな都会の風物に好奇の眼をよせてやまなかったバルザックは、その快楽においてもモデルニストであった。彼の描くパリ地獄は極彩色の有毒植物のような妖しい魅惑を放っている。その都市の「奔流のように沸きかえる」激しい生、過度なまでの生の燃焼をバルザックほど力強く謳った作家はないであろう。そしてバルザックのその放蕩の詩は、もうひとりの近代の詩人ボードレールを想起させる。この都市の詩人もまた人工的な生の「興奮」を愛し、『アシーシュの詩』を謳った。しかも、ほとんどバルザックを想わせる言葉で。アシーシュに酔う者は「神経流体をかくも多大に消費する、神を恐れぬ浪費とひきかえに、しびれんばかりの悦楽」を手に入れるのだ、と。ただに放蕩の悦楽ばかりでなく、都市のかきたてる興奮と酩酊、ブルヴァールの雑踏、ただよう悪の薫り、ボードレールのうたうパリの魅惑は、ほとんど『人間喜劇』に予告されているといっても過言ではない。近代《モデルニテ》の悪と魅惑と――バルザックの創造する世界には、必ずこの二律背反が息づいている。

モデルニテの作家

そしてその二律背反は、『人間喜劇』の舞台ならぬ、実人生の舞台の上でバルザックが自ら生きたドラマでもあった。新しい時代に破壊と病をみたバルザックは、しかし一方で「放蕩」の詩を謳い、誰にもまして時代の豊かさを求め、享受しようとした。それも、彼一流の巨人的な貪欲さをもって。過度、とは他ならぬバルザック自身が身をもって生きた真実である。バルザックは貴族の血ならぬ農民の血を継ぎ、野卑とさえいえるエネルギーに恵まれ、そのエネルギーの濫費ぶりにかけてもまた群を抜いていた。あのパリ地獄の神話を、バルザックは自らの内側から創造したのである。そうしたバルザックの桁外れな生活ぶりを、ツヴァイクの伝記は実に生き生きと伝えている。

「彼のなすことは何事も他の人にくらべると十倍も強力であった。笑うと壁の絵が揺れた。話をすると言葉が口をついて出た。歯並の悪いことなど忘れられてしまった。旅をすると、半時間ごとに郵便馬車の御者にチップを出して、もっとスピードを出すように馬に鞭をあてさせた。金勘定をすると、何千フランという金が上になり下になってころ

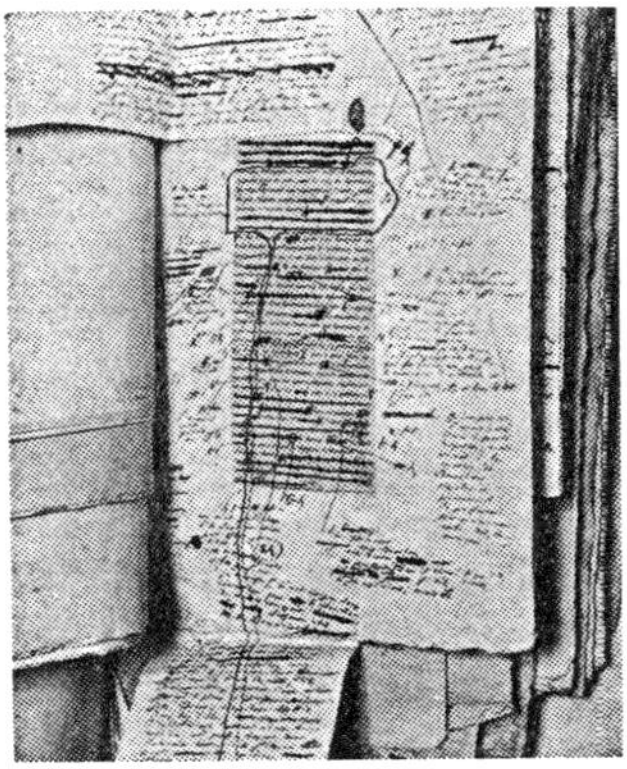

●バルザックの校正刷の一つ。膨大な加筆を加えていくのが彼のいつものやり方だった。

●バルザックが名作を書いたサッシェの館。机の上に愛用のコーヒーポットが置かれている。

がり出た。仕事をすれば昼夜の別がなかった。十時間、十六時間と机にかじりつき、一ダースもの鵞ペンの先をチビらせた」（『バルザック』水野亮訳）

まさに巨人的としか形容しようのない凄じさだが、ツヴァイクも触れているようにその桁外れのエネルギーは、作品創造の場でも遺憾なく発揮された。都会の喧噪が遠ざかる夜の時、真夜中から朝にかけて、例の伝説的な僧衣ひとつを身にまとったバルザックは、倦むことなくただただ書き続ける。九時間、十時間と休みなく走り続けるその鵞ペンの下から、やがてラスティニャックが、ゴリオが立ち上がり、公爵夫人が、高利貸が、公証人が立ち上がって、凄絶な野心と情念のドラマを繰りひろげ、近代の「人間喜劇」を織りなしてゆく。実際に事業をやらせれば破産することしか知らぬバルザックは、小説の中で正確無比な貸借対照表を書いた。社交界の人々の嘲笑を買った彼の田舎者ぶりは、その創造の時間のなかで十九世紀の世紀児たちの幻滅劇となった。神の天地創造にも喩えられる彼の『人間喜劇』は、まさしく一時代の近代フランスを映すミクロコスモスとなっている。『人間喜劇』という名の、その小宇宙の創造——それこそバルザックの類まれな生命エネルギーが最も密度高く燃焼する場、他の何にもまして激しい生命の濫費の時であった。現実世界の騒音を遠くに聞く異形の静寂のなか、ひたすら燃え盛ってやまぬ想像力の燃焼は、文字通り恐るべき頭脳の放蕩であっただろう。

そうして、バルザックのその頭脳の放蕩をいやがうえにも凄じいものにしたのが、他ならぬ「近代興奮剤」の一つ、コーヒーだったのである。読者は『興奮剤考』のコーヒーの

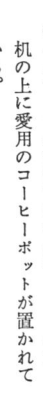

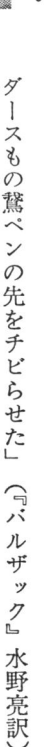

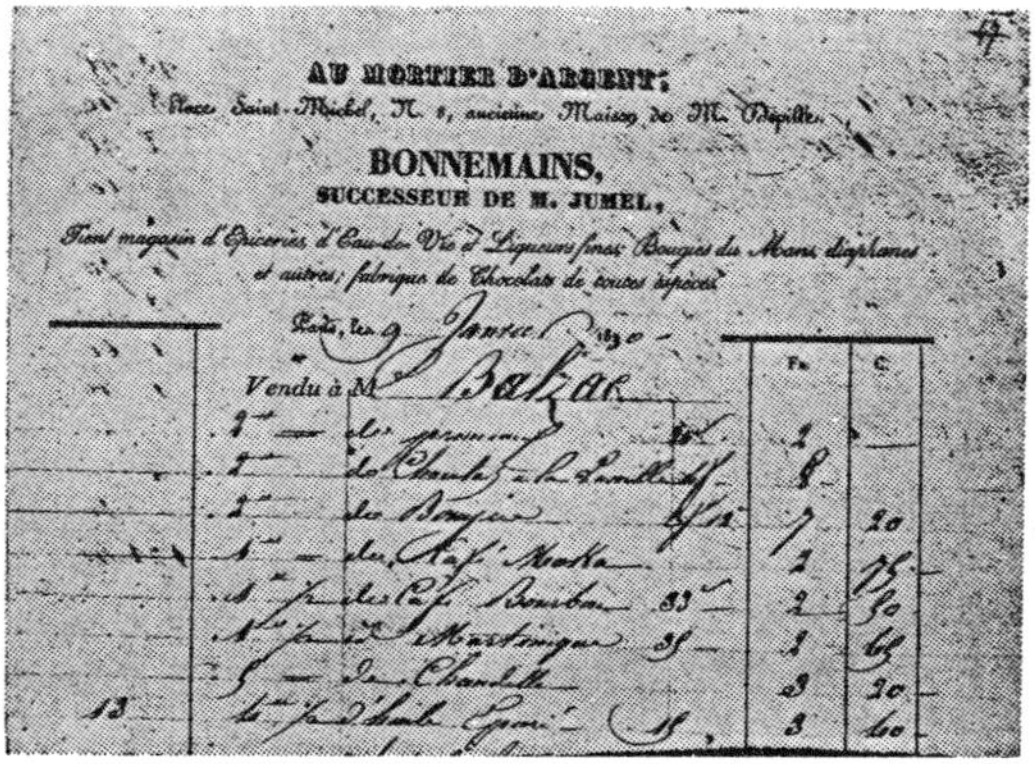

AU MORTIER D'ARGENT;
Place Saint-Michel, N. 8, ancienne Maison de M. Dépille.
BONNEMAINS,
SUCCESSEUR DE M. JUMEL,
Tient magasin d'Epiceries, d'Eau-de-Vie, de Liqueurs fines, Bougies du Mans, diaphanes et autres; fabrique de Chocolats de toutes espèces.
Paris, le 9 Janvier
Vendu à M. Balzac

バルザック宛のコーヒーの送り状

壮年のバルザック（ナダール作）

叙述が異様なまでに精密なのにお気づきかと思う。コーヒーこそバルザックが夜の創造の時に求めた「毒」であり、天才の秘薬であった。彼の愛好したコーヒーの猛烈な濃さと桁外れの量は今に伝えられる伝説の一つであり、バルザックのゆかりの館の仕事机の上には現在もなお愛用のコーヒー・ポットが鎮座している。さればこそそのコーヒー論は、ツヴァイクが言うように、「およそ詩人のうたったコーヒー讃歌の極美の歌」となったのであろう。

興奮剤ひとつにとどまらず、バルザックは時代の奢侈を追い求めてやまぬ人であった。この「富と名声」の狩猟家は、数々の事業に手を染めた。まだ建ててもいない自邸の庭に大規模な果樹栽培を思いたったり、一獲千金を夢見てはるばるサルジニアの銀山にまで足を延ばしたり。そしてあの嗤うべきダンディズムと貴族趣味。社会的威信《プレスティージュ》の記号を求めてやまぬ彼の貪欲さは、彼が創造したどの人物もはるかに及ばない。バルザックほど超俗孤高の芸術家というイメージから遠い作家も稀だったことだろう。バルザックは近代フランスの胎動とともに生まれ、そのエネルギーを一身に体現し、その「過度な運動」を身もろともに生きた。目ざましい展開を遂げてゆく産業社会の喧噪のただなか、貴族作家ならぬ彼にはいかなる退却の地も隠棲の地もなかった。だからこそバルザックはその社会の豊かさと病を二つながら同時代の誰より深く識りえたのではなかっただろうか。十九世紀が始ってからほぼ半世紀、この巨人が駆け抜けるようにして生きた生涯には、近代《モデルニテ》の富と毒とが絢爛たる破片のように散りばめられている。あら皮は他の誰にもましてバルザックその人の内で刻一刻と縮まっていたことだろう。

けれどもその巨人が創造というもう一つの宇宙のなかでひたすら作品に向う夜の時は、限りない覚醒の時であった。その創造の高みから、バルザックは自らの生きた矛盾を明らかにみ、それを時代の神話にまで高め、近代の栄光と悲惨の叙事詩を書き続けたのだ。『人間喜劇』の全篇が、それを証している。

訳者あとがき

本書は、Balzac, *Paihologie de la vie sociale*, in *La comédie humaine*, tome XII, Gallimard, 1981 の全訳である。

アナール学派のインパクトによって社会史や文化史と題された書物がたくさん生まれるようになり、近年、その邦訳もまた続々と人文書コーナーにならぶようになってきた。「風俗」という領域が魅力つきない大きな研究領域として開かれてきたのである。

それら社会史や文化史の本をひもといてみると、たいていバルザックに言及しているのは決して偶然ではない。『人間喜劇』のサブタイトルが「一九世紀風俗研究」であることの意義が新しくとらえかえされているというべきだろう。バルザックは無類の風俗観察家であり、時の観察者なのである。同時代の風俗研究にかけてはいまだにバルザックを超える作家はないといっても過言ではない。

同時代を読むバルザックのその眼を育てたのは、ひとつには、新聞というメディアであった。新聞王ジラルダンをはじめとする多数のジャーナリストとの出会いが彼に現代風俗観察を教え、アクチュアルな「今」という時を読むすべを教えた。バルザックは文豪である前にメディアの中の作家だったのである。本書におさめられた三論それぞれの初出がそのことを語っている。

しかもバルザックは、それでいながらメディアを超える作家であった。歴史が大きな転換期にさしかかるとき、もはや既成の解読コードでは「もの」も「ひと」も読むことができない。都市の人口が日々膨らんでゆき、見知らぬ人びとがひしめきあう群衆の時代である一九世紀は、「観相学」という人間観察のコードを生誕させた時代でもあった。首のかしげ方ひとつから顔の表情にいたるまで、眼に見える外貌は見えない内面を語るデータの集合となる。

バルザックはこの観相学を駆使した大家であった。人物の顔かたちから、服装、建物の表情まで、彼の小説にあふれかえるものやひとの外見の記述は、このデータの巨大な集積である。見知らぬ人びとの織り成す「交通」の場であるモダン都市に生起するドラマは、もはや外面的データのない抽象的な心理劇というかたちを許さないものであったのだ。小説家バルザックは卓抜な観相学者であらざるをえなかったのである。

この観相学者は、パリの街を行き交う人びとの装いのあれこれから、身のこなし、歩きかた、話しかた、嗜好品の端々にいたるまで、子細にその風俗を観察し、描破してゆく。骨太でしかもエスプリあふれるその文章は、たんなる風俗ウオッチング、風俗学として読んでも面白く、あるいは「優雅な生活論」ならさしずめ近代のハイスタイル論として読んでも面白い。けれどもバルザックの風俗観察は、近代という時代の転換そのものを解読しようとする射程の大きいものである。その問いの深さに支えられているから、彼の文章はいつまでも古びない。アクチュアリテと深さという、ともすれば両立不可能なものが両立しているところがバルザックのバルザックたる所以である。そのバルザックらしさがいかんなく発揮されているのが、本書だと思う。

現在、二〇世紀末に生きるわたしたちは、また大きな歴史の転換期に立ち会っている。

既成のコードではとうてい読めえない現象が次から次へと起こってゆく。そうした現象につきつつ、「深い」問いをたもちつづけるのに、バルザックの風俗研究から学ぶところはつきることがない。邦訳タイトルを「風俗研究」*とした所以である。

一九九二年二月

山田登世子

*編集部注記　本訳書は当初、一九八二年に『風俗のパトロジー』(新評論)として刊行された。一九九二年に小社から刊行した際に、表題を『風俗研究』に変更し、訳者あとがきも改めた。

此度の新版刊行にあたって、当初の表題に戻したが、残念ながら訳者の山田登世子氏が二〇一六年八月八日に逝去されたため、訳者あとがきは一九九二年版から変更を加えていない。

本書の概略については、本書の充実した訳者解説とともに、〈バルザック「人間喜劇」セレクション〉別巻2『バルザック「人間喜劇」全作品あらすじ』(大矢タカヤス編、藤原書店、一九九九年)もご参照いただきたい。

(二〇二四年九月)

著者紹介

バルザック (Honoré de Balzac, 1799–1850)

1799年5月20日生まれ。1816年(17歳)、コレージュを修了後、代訴人の事務所で見習いとして働くかたわら、パリ大学法学部で講義を受ける。1819年(20歳)、公証人にしようという両親の希望を拒否、作家志望を宣言。一年の猶予期間が与えられ、一人で屋根裏部屋にこもって文学修行を始める。1821年、出版ブローカー兼雑文作家のルポワトヴァンと知り合い、1827年までの6年間に偽名で数多くの通俗小説や記事を書く。1822年、ベルニー夫人(当時45歳)との関係が始まる。以後1836年の死まで夫人は物心両面でバルザックを支える。1825年、家族やベルニー夫人の資金援助を受け、出版業を始める。次に印刷業、活字鋳造業と手を広げるが、いずれも失敗、3年後、約6万フランの負債を抱えて事業から手を引く。1829年、『最後のふくろう党』を初めて「オノレ・バルザック」の実名で出版。12月、『結婚の生理学』を匿名で出版。これが思わぬ成功を博す。1830年から活発な文筆活動に入り、「オノレ・ド・バルザック」と署名し始める。1831年、『あら皮』などの成功で人気作家となる。1832年、ウクライナの大貴族の夫人エヴリーヌ＝コンスタンス＝ヴィクトワール・ハンスカとの文通が始まる。

1834年、自分の著作全体を体系化することを考え始め、『ペール・ゴリオ』から「人物再登場法」を適用し始める。新聞事業での成功を狙って『クロニック・ド・パリ』紙の株を取得するがうまくゆかず、新たに4万6千フランの負債が増える。1839年、文芸家協会の第三代会長になる。著作権の確立のために努力。1840年、著作全体の総題に「人間喜劇」を冠する。1843年、ハンスカ夫人に結婚を申し込む。1848年、第17巻の刊行をもって「人間喜劇」出版契約完了。健康状態が悪化。1849年、二度のアカデミー・フランセーズの会員選挙で落選。1850年、ハンスカ夫人と結婚。8月18日、死去。葬儀は21日、墓前の追悼演説はヴィクトル・ユゴー。

訳者紹介

山田登世子（やまだ・とよこ）

1946–2016年。福岡県田川市出身。フランス文学者。愛知淑徳大学名誉教授。

主な著書に、『モードの帝国』（ちくま学芸文庫）、『娼婦』（日本文芸社）、『声の銀河系』（河出書房新社）、『リゾート世紀末』（筑摩書房、台湾版『水的記憶之旅』）、『晶子とシャネル』（勁草書房）、『ブランドの条件』（岩波書店、韓国版『Made in ブランド』）、『贅沢の条件』（岩波書店）、『誰も知らない印象派』（左右社）、『「フランスかぶれ」の誕生』『モードの誘惑』『都市のエクスタシー』『メディア都市パリ』『女とフィクション』『書物のエスプリ』（藤原書店）など多数。

主な訳書に、バルザック『従妹ベット』上下巻（藤原書店）、アラン・コルバン『においの歴史』『処女崇拝の系譜』（共訳、藤原書店）、ポール・モラン『シャネル――人生を語る』（中央公論新社）、モーパッサン『モーパッサン短編集』（ちくま文庫）、ロラン・バルト『ロラン・バルト　モード論集』（ちくま学芸文庫）ほか多数。

風俗《ふうぞく》のパトロジー〈新版〉

1992年3月25日　初版第1刷発行
2024年9月30日　新版第1刷発行©

訳　者　山田登世子
発行者　藤原良雄
発行所　株式会社 藤原書店

〒162–0041　東京都新宿区早稲田鶴巻町523
電　話　03（5272）0301
FAX　03（5272）0450
振　替　00160‐4‐17013
info@fujiwara-shoten.co.jp

印刷・製本　中央精版印刷

落丁本・乱丁本はお取替えいたします
定価はカバーに表示してあります

Printed in Japan
ISBN978–4–86578–437–4

7　金融小説名篇集

吉田典子・宮下志朗 訳＝解説
〈対談〉青木雄二×鹿島茂

ゴプセック――高利貸し観察記　*Gobseck*
ニュシンゲン銀行――偽装倒産物語　*La Maison Nucingen*
名うてのゴディサール――だまされたセールスマン　*L'Illustre Gaudissart*
骨董室――手形偽造物語　*Le Cabinet des antiques*

528頁　3200円（1999年11月刊）◇978-4-89434-155-5

高利貸しのゴプセック、銀行家ニュシンゲン、凄腕のセールスマン、ゴディサール。いずれ劣らぬ個性をもった「人間喜劇」の名脇役が主役となる三篇と、青年貴族が手形偽造で捕まるまでに破滅する「骨董室」を収めた作品集。「いまの時代は、日本の経済がバルザック的になってきたといえますね。」（青木雄二氏評）

8・9　娼婦の栄光と悲惨――悪党ヴォートラン最後の変身（2分冊）

Splendeurs et misères des courtisanes

飯島耕一 訳＝解説　〈対談〉池内紀×山田登世子

⑧448頁 ⑨448頁　各3200円（2000年12月刊）
⑧◇978-4-89434-208-8 ⑨◇978-4-89434-209-5

『幻滅』で出会った闇の人物ヴォートランと美貌の詩人リュシアン。彼らに襲いかかる最後の運命は？「社会の管理化が進むなか、消えていくものと生き残る者とがふるいにかけられ、ヒーローのありえた時代が終わりつつあることが、ここにはっきり描かれている。」（池内紀氏評）

10　あら皮――欲望の哲学

小倉孝誠 訳＝解説
La Peau de chagrin　〈対談〉植島啓司×山田登世子

448頁　3200円（2000年3月刊）　◇978-4-89434-170-8

絶望し、自殺まで考えた青年が手にした「あら皮」。それは、寿命と引き換えに願いを叶える魔法の皮であった。その後の青年はいかに？「外側から見ると欲望まるだしの人間が、内側から見ると全然違っている。それがバルザックの秘密だと思う。」（植島啓司氏評）

11・12　従妹《いとこ》ベット――好色一代記（2分冊）

山田登世子 訳＝解説
La Cousine Bette　〈対談〉松浦寿輝×山田登世子

⑪352頁 ⑫352頁　各3200円（2001年7月刊）
⑪◇978-4-89434-241-5　⑫◇978-4-89434-242-2

美しい妻に愛されながらも、義理の従妹ベットと素人娼婦ヴァレリーに操られ、快楽を追い求め徹底的に堕ちていく放蕩貴族ユロの物語。「滑稽なまでの激しい情念が崇高なものに転じるさまが描かれている。」（松浦寿輝氏評）

13　従兄《いとこ》ポンス――収集家の悲劇

柏木隆雄 訳＝解説
Le Cousin Pons　〈対談〉福田和也×鹿島茂

504頁　3200円（1999年9月刊）◇978-4-89434-146-3

骨董収集に没頭する、成功に無欲な老音楽家ポンスと友人シュムッケ。心優しい二人の友情と、ポンスの収集品を狙う貪欲な輩の蠢く資本主義社会の諸相を描いた、バルザック最晩年の作品。「小説の異常な情報量。今だったら、それだけで長篇を書けるような話が十もある。」（福田和也氏評）

別巻1　バルザック「人間喜劇」ハンドブック

大矢タカヤス 編
奥田恭士・片桐祐・佐野栄一・菅原珠子・山﨑朱美子＝共同執筆

264頁　3000円（2000年5月刊）◇978-4-89434-180-7

「登場人物辞典」、「家系図」、「作品内年表」、「服飾解説」からなる、バルザック愛読者待望の本邦初オリジナルハンドブック。

別巻2　バルザック「人間喜劇」全作品あらすじ

大矢タカヤス 編　奥田恭士・片桐祐・佐野栄一＝共同執筆

432頁　3800円（1999年5月刊）◇978-4-89434-135-7

思想的にも方法的にも相矛盾するほどの多彩な傾向をもった百篇近くの作品群からなる、広大な「人間喜劇」の世界を鳥瞰する画期的試み。コンパクトでありながら、あたかも作品を読み進んでいるかのような臨場感を味わえる。当時のイラストをふんだんに収め、詳しい「バルザック年譜」も附す。

全く新しいバルザック像

バルザックがおもしろい

鹿島茂・山田登世子

百篇にのぼるバルザックの「人間喜劇」から、高度に都市化し、資本主義化した今の日本でこそ理解できる十篇をセレクトした二人が、今日の日本が直面している問題を、既に一六〇年も前に語り尽していたバルザックの知られざる魅力をめぐって熱論。

四六並製　二四〇頁　**一五〇〇円**
（一九九九年四月刊）
◇978-4-89434-128-9

十九世紀小説が二十一世紀に甦る

バルザックを読む

Ⅰ対談篇　Ⅱ評論篇

鹿島茂・山田登世子編

青木雄二、池内紀、植島啓司、高村薫、中沢新一、中野翠、福田和也、町田康、松浦寿輝、山口昌男といった気鋭の書き手が、バルザックから受けた〝衝撃〟とその現代性を語る対談篇。五十名の多彩な執筆陣が、多様で壮大なスケールをもつ「人間喜劇」の宇宙全体を余すところなく論じる評論篇。

各四六並製　Ⅰ三三六頁　**二四〇〇円**
Ⅱ二六四頁　**二〇〇〇円**
（二〇〇二年五月刊）
Ⅰ◇978-4-89434-286-6
Ⅱ◇978-4-89434-287-3

明治の児らは、ひたとフランスに憧れた

「フランスかぶれ」の誕生

「明星」の時代 1900-1927

山田登世子

明治から大正、昭和へと日本の文学が移りゆくなか、フランスから脈々と注ぎこまれた都市的詩情とは何だったのか。雑誌「明星」と、〝編集者〟与謝野鉄幹、そして、上田敏、石川啄木、北原白秋、永井荷風、大杉栄、堀口大學らの「明星」をとりまく綺羅星のごとき群像を通じて描く、「フランス憧憬」が生んだ日本近代文学の系譜。**カラー口絵八頁**

A5変上製　二八〇頁　**二四〇〇円**
（二〇一五年一〇月刊）
◇978-4-86578-047-5

瞬間の都市、19世紀パリの熾烈な言説市場の実相

メディア都市パリ

山田登世子
工藤庸子＝解説

「新しいものは面白い」――十九世紀の流行通信『パリ便り』ほか、当時の資料を駆使して迫る、新聞王ジラルダン、文豪バルザック、デュマらの「ニュース」「小説」生産の生々しい現場。虚実を超えた情報の「新しさ」が席巻する都市とメディアを描いた名著が、SNS・フェイクニュース全盛の現代に蘇る！

四六上製　三二〇頁　**二五〇〇円**
（二〇一八年一一月刊）
◇978-4-86578-201-1

「嗅覚革命」を活写

においの歴史

〔嗅覚と社会的想像力〕

A・コルバン

山田登世子・鹿島茂訳

アナール派を代表して「感性の歴史学」という新領野を拓く。悪臭を嫌悪し、芳香を愛でるという現代人に自明の感受性が、いつ、どこで誕生したのか？　十八世紀西欧の歴史の中の「嗅覚革命」を辿り、公衆衛生学の誕生と悪臭退治の起源を浮き彫る名著。

A5上製　四〇〇頁　**四九〇〇円**

（一九九〇年一二月刊）◇978-4-938661-16-8

LE MIASME ET LA JONQUILLE　Alain CORBIN

西洋史を貫くプラトニック・ラヴ幻想

処女崇拝の系譜

A・コルバン

山田登世子・小倉孝誠訳

現実的存在としての女性に対して、聖性を担わされてきた「夢の乙女」たち。「娼婦」「男らしさ」の歴史を鮮やかに描いてきたコルバンが、神話や文学作品に象徴的に現れる「乙女」たちの姿をあとづけ、「乙女」たちに託された男性の幻想の系譜を炙り出す。

カラー口絵八頁

四六変上製　二二四頁　**二二〇〇円**

（二〇一八年六月刊）◇978-4-86578-177-9

LES FILLES DE RÊVE　Alain CORBIN

浜辺リゾートの誕生

浜辺の誕生

〔海と人間の系譜学〕

A・コルバン

福井和美訳

長らく恐怖と嫌悪の対象であった浜辺を、近代人がリゾートとして悦楽の場としてゆく過程を抉り出す。海と空と陸の狭間、自然の諸力のせめぎあう場、「浜辺」は人間の歴史に何をもたらしたのか？

A5上製　七六〇頁　**八六〇〇円**

（一九九二年一二月刊）◇978-4-938661-61-8

LE TERRITOIRE DU VIDE　Alain CORBIN

近代的感性とは何か

時間・欲望・恐怖

〔歴史学と感覚の人類学〕

A・コルバン

小倉孝誠・野村正人・小倉和子訳

女と男が織りなす近代社会の「近代性」の誕生を日常生活の様々な面に光をあて、鮮やかに描きだす。語られていない、語りえぬ歴史に挑む。（来日セミナー）「歴史・社会的表象・文学」収録（山田登世子、北山晴一他）。

四六上製　三九二頁　**四一〇〇円**

（一九九三年七月刊）◇978-4-938661-77-9

LE TEMPS, LE DÉSIR ET L'HORREUR　Alain CORBIN

「モードは殺されるためにある」

モードの誘惑

山田登世子

仏文学者、山田登世子（一九四六—二〇一六）が遺した、文化、芸術、衣装、風俗に大胆に切り込む膨大な単行本未収録原稿から、「モード」「ブランド」に関わる論考を精選。流行現象に現れた人間の心性をすくい取り、歴史理解へとフィードバックする、著者ならではの視点が発揮された名文集。鮮烈に時代を切り取る「モード」論を集成。

四六変上製　三二〇頁　二八〇〇円

（二〇一八年八月刊）

◇978-4-86578-184-7

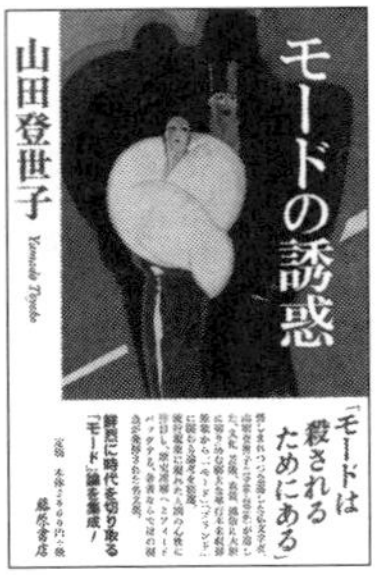

「私の街歩きは、ほとんど常に忘我の体験だ」

都市のエクスタシー

山田登世子

仏文学者、山田登世子の単行本未収録論考集、第二弾。パリ、ヴェネツィア、上海など世界の各都市を遊歩し、その歴史と裏面に触れる「異郷プロムナード」ほか、情報・メディアの技術革新による人間関係・都市文化の変容をめぐる随想、そして内田義彦、阿久悠らへの追想など、都市・メディア・文化の交点に鮮やかに斬り込んだ名篇を集成。

四六変上製　三二八頁　二八〇〇円

（二〇一八年一一月刊）

◇978-4-86578-200-4

「女はいつも鏡の中で生きている」

女とフィクション

山田登世子

書物をこよなく愛した仏文学者、山田登世子が、自ら専門としたバルザックをはじめ、モーパッサン、デュマからプルースト、コレット、デュラスまでを参照しつつ、「文学の中の女」／「女の文学」という視座から、愛と性、美徳と悪徳、虚構と現実を痛快に描く。単行本未収録論考集、第三弾！

四六変上製　三二〇頁　二八〇〇円

（二〇一九年二月刊）

◇978-4-86578-213-4

「本も男も、“うらぶれ”がいい——ことに男は」

書物のエスプリ

山田登世子

古典から新刊まで様々な本を切り口に、水、ブランド、モード、エロスなど著者ならではのテーマを横断的に語る「エッセイ篇」と、四半世紀にわたり各紙誌に寄せた約一二〇本を集めた「書評篇」。時には書評の枠を逸脱しつつ、書物の世界を自在に逍遥する。単行本未収録論考集、最終第四弾！

四六変上製　三二八頁　二八〇〇円

（二〇一九年六月刊）

◇978-4-86578-229-5